AF284881

Vollgas ohne Ziel

TOM HARTMANN

Vollgas ohne Ziel

Rock 'n' Roll ist auch keine Lösung

Bibliografische Information der Deutschen Nationalbibliothek

Die Deutsche Nationalbibliothek verzeichnet diese Publikation in der Deutschen Nationalbibliografie; detaillierte bibliografische Daten sind im Internet über http://dnb.d-nb.de abrufbar.

Umschlagdesign, Satz, Herstellung und Verlag:
BoD – Books on Demand, Norderstedt
ISBN 978-3-7534-5277-7

Inhalt

»Rock 'n' roll is about attitude and rebellion. It's supposed to be fun and spontaneous.«

Slash (Guitarist Guns 'n' Roses)
Quelle: https://www.quotetab.com

»Rock 'n' roll is an attitude, it's not a musical form of a strict sort. It's a way of doing things, of approaching things. Writing can be rock 'n' roll, or a movie can be rock 'n' roll. It's a way of living your life.«

Lester Bangs (American Music Critic and Jounalist)
Quelle: https://www.goodreads.com

»Rock 'n' Roll ist eine Lebenseinstellung. Das ist Freiheit, Sex und Drogen, Gerechtigkeit, die soziale Rebellion der Armen gegen die Reichen, gegen Kriege, gegen das Establishment.«

Tim Vario (Songwriter und Sänger)

Prolog

Die Welt der 50er- und 60er-Jahre erstickte in Spießigkeit und Kleinbürgertum. Deutschland hatte den Krieg überstanden und endlich gab es wieder für jeden gut zu essen. Der Hawaii-Toast wurde erfunden, der Mett-Igel und die Käsespießchen. Der deutsche Wein war süß, Bier floss in Strömen und noch einen Klaren hinterher. Wir sind wieder wer. Nach Konrad Adenauer, der aus dem Kaiserreich und der preußischen Tradition kam, genau genommen aus einem anderen Jahrhundert, und Ludwig Erhard, dem Vater des Wirtschaftswunders, war Kurt Georg Kiesinger von der CDU von 1966 bis 1969 dritter Bundeskanzler der Bundesrepublik Deutschland.

Kiesinger war Rechtsanwalt und privater juristischer Rechtslehrer. Im Dritten Reich war er NSDAP-Mitglied. Die Leistungsträger des alten totalitären Regimes waren plötzlich die des neuen, der Demokratie. Weite Teile der Politik, Polizei, Gerichte, vom Staatsanwalt bis zum Richter, waren damals an ihrem Vorgehen und den gefällten Urteilen als übrig gebliebene Nazis zu erkennen.

Gleiches galt für Lehrer und Dozenten an Universitäten: »Unter den Talaren – Muff von tausend Jahren« stand auf dem Transparent, das am 9. November 1967 in der Universität Hamburg bei der Rektoratsübergabe in der Öffentlichkeit enthüllt wurde. Das dabei entstandene Pressefoto hat sich weit verbreitet, es wurde und wird bis in die Gegenwart als eine der Kernparolen der Deutschen Studentenbewegung der 60er-Jahre zitiert.

Die Studenten protestierten damit gegen die ausgebliebene Aufarbeitung der Verbrechen des »Dritten Reiches«. Der Talar, ein weitärmeliges, veraltetes Obergewand, das von Professoren, Absolventen, Geistlichen und Juristen getragen wurde, wurde für sie ein Sinnbild elitärer Strukturen und überholter, fragwürdiger Traditionen in der Universitätspolitik sowie den Inhalten der Lehre. Gefordert wurden eine Demokratisierung der Universitäten und die Mitbestimmung der Studentenschaft.

Die Studentenbewegung, die Proteste gegen den sinnlosen Vietnamkrieg der USA, die Radikalisierung bis hin zur RAF und deren barbarische Taten, später die Proteste gegen Atomkraft und die Friedensbewegung – die Welten der Bewahrer und Reformer, der Rechten, Konservativen und der Linken und Linksliberalen standen sich zu dieser Zeit absolut unversöhnlich verfeindet gegenüber. Im Gegensatz zu heute war die Welt damals also recht übersichtlich aufgeteilt.

Das Aufbegehren der Jugend führte zu Gewalt und Willkür der Alten gegen die Jungen, die Langhaarigen, die Gammler und Hippies, ob von Privatleuten, Hausmeistern, von der Polizei oder durch die bayerische Staatsregierung unter Franz Josef Strauß: Repressalien waren allgegenwärtig und mit Händen zu greifen.

Mit 18 war vielen Jugendlichen klar, dass er oder sie niemals so sein will wie die eigenen Eltern. Mit 18 war man der Meinung, auf keinen Fall über 30 Jahre alt zu werden und viele, viele, auch in Tim Varios Umfeld, haben das geschafft. »Only the good die young« – das war die Message der Legenden des Rock 'n' Roll. Jim Morrison, Janis Joplin, Jimi Hendrix, Brian Jones und viele mehr sind jung gestorben.

Für Jugendliche der 60er- und 70er-Jahre war die Musik, die sie hörten, ein Symbol der Auflehnung gegen die bestehenden Fesseln der Gesellschaft, ein Aufbruch zu einem anderen, alternativem Leben. Für viele war Rock 'n' Roll fast eine Art Glauben: Die Götter hießen Elvis, Beatles, Rolling Stones, The Who, The Doors, Led Zeppelin und viele, viele andere.

Heute wissen wir alle, dass sie nicht wirklich funktioniert haben, die alternativen Lebensformen der rebellischen Jugend.

Als die Rolling Stones in den Aufzügen der Kaufhäuser gespielt wurden, war alles vorbei. Der Kapitalismus hat uns alle gefressen. Auch Tim Vario.

Allerdings erst, als er 40 Jahre alt war.

1 Duisburg, grau geboren (1956 – 1962)

Ich wurde auf die Welt geworfen ohne Rückfragen, konnte ja nicht sprechen, Widerstand zwecklos. Duisburg war immer grau. Die Vereinigten Stahlwerke, Thyssen, Krupp, Mannesmann, die Familie Haniel und ganz viel schmutzige Kohle, der größte Binnenhafen Europas. Rote, graue, schwarze Klinkersteinfassaden, die Farben gut versteckt. Im Winter der beißende Geruch der Kohleheizungen. Wenn Schnee, dann über Nacht braun vom Ruß. Nebel in Straßenschluchten. Der Sternbuschweg war die Piste für Lloyd Rennpappen, DKW, Ford, Opel und hier und da ein Mercedes. Mobilität war oft blau rauchendes Zweitaktknattern, Kabinenroller und Isettas, viele Motorräder. Es hat gestunken, es war laut. Fußgänger bildeten das Ende der Nahrungskette. Wer bremst, verliert.

Wir hatten eine kleine Wohnung in der Haroldstraße, vielleicht eine Viertelstunde Weg zur Oma. Drei Zimmer ohne Balkon. Wenn Badetag war, zog Mami in der Küche eine große, graue Blechschüssel unter der Spüle hervor. Dann wurde in einem Topf mehrmals Wasser heiß gemacht und ich musste in die Schüssel. Haarwaschmittel war damals Kernseife, also für harte Männer. War ich nicht. Damals nicht und das wurde ich auch nie. Als Kind habe ich wohl meine Lungen ausgebildet. Ich habe sehr viel und sehr laut geschrien. Nicht nur beim Baden. Eigentlich immer.

Die Arbeitsfläche der Möbel in der Küche war mit Resopal beschichtet. Irgendwo gebraucht besorgt und die Küchenfront von meinem Vater, dem Werner, gelb und weiß angemalt. Wir hatten kein Geld. Werner entdeckte damals den Alkohol als ständigen Begleiter. Ich war wohl drei Jahre alt, als ich einmal in der Nacht wach wurde vom Lärm in der Küche. Mami hat immer noch sein Essen warm gemacht, wenn er spät am Abend besoffen nach Hause kam. Ich weiß es noch wie heute. Ich stand bei der halb offenen Kinderzimmertür und schaute in die Küche. Werner saß da mit ins Gesicht hängendem Haar und lallte. Es gab Frikadellen, Rotkohl und Kartoffeln. Sie hat ihm wohl Vorwürfe gemacht, denn er wurde laut und wischte mit einer ungelenken Bewegung das ganze Essen vom Tisch. Der Teller zerbrach. Alles lag auf dem Fußboden. Mami hat mich wieder ins Bett gebracht und beruhigt.

Der Sternbuschweg hatte an der Ecke Holteistraße eine Attraktion. Eine Trinkhalle, ein ovaler Kiosk mit einem Dach rundherum, gerade so, dass es im Regen etwas Schutz bot. Drinnen saß Erhard Polonka, der übergewichtige Besitzer mit roten Backen, einem gelben Pullunder und einer Lesebrille, die er an Bändern auf dem Bauch trug. Hier standen sie, die matten, schmutzigen Männer aus dem Bergbau, Schlosser, Automechaniker und ab und zu einer mit Krawatte. Ab achtzehn Uhr wurde Bier getrunken und geraucht bis etwa zwanzig Uhr, dann war Schluss. Also flott reinschütten. Manchmal wurde es laut.

Auch tagsüber waren Leute da, Kinder vor und nach der Schule, die sich für einen Groschen was Süßes gönnten, Rentner, die eine Zeitung kauften. Der Kiosk erschien mir bereits in jüngsten Jahren als eine Art Schaltstelle, ein Zentrum des Lebens. Hier war was los. Hier wollte ich später auch immer sein, schon mit zehn, als wir nur noch in den Sommerferien bei Oma in Duisburg waren. Merkwürdig – mit vier Jahren bin ich umgezogen worden, nach Bayern, in die tiefste Provinz aufs Land. Urlaub habe ich dann im grauen, lärmenden Duisburg gemacht. Viel Schönes gab es nicht in dieser Stadt. In den Ferien. Aber ich war immer gerne bei Oma.

Obwohl Oma sehr gemein sein konnte. Aber nur unserer Mutter gegenüber, wir hatten es gut. Ja, die Oma und die Mutter. Mami hat sehr früh geheiratet, war gerade einundzwanzig. Sie wollte weg von ihrer herrischen Mutter, die sie herumkommandierte und ständig zurechtwies. Nichts war gut genug und als sie dann noch mit meinem Vater ankam, stand das Urteil gleich fest. Werners Vater war ein Maler, Oma nannte ihn immer verächtlich »den Anstreicher«. Werner war Bühnenmaler. Eine Familie der Arbeiterklasse war unterste Schublade für Oma. Da kannst du ja gleich mit einem Pollacken ankommen. Oma war mal eine hochwohlgeborene Unternehmergattin mit Personal im Haushalt, also eine stolze Dame von Stand. Man sprach Französisch bei Tisch. Als Kind hatten Wörter wie Trottoir, Chaiselongue oder Parapluie etwas Magisches, eine

Art Geheimsprache, die außer uns niemand verstehen konnte.

Es gab da wohl auch eine familiäre Verbindung nach Belgien, eine sehr begüterte Familie, die im Diamantenhandel tätig war und ein Juweliergeschäft betrieb. Welcher Natur diese Verbindung war, habe ich nie verstanden. Aber Oma musste im Krieg ordentlich Federn lassen, ihr Mann war mit seiner Druckerei pleitegegangen, wurde in den letzten Kriegstagen noch im eigenen Haus im Keller von einer Fliegerbombe erwischt.

Den Dünkel hat sie sich gerettet. Also war Werner natürlich eine sehr, sehr schlechte Wahl. Das hat sie ihn von Anfang an spüren lassen, ihre Tochter auch. Nur wir Kinder, wir waren in Ordnung, zumindest weitestgehend. Ja, da war noch ein Bruder, Frederik, zwei Jahre jünger als ich. Werner hat am Theater Duisburg gearbeitet und er fuhr einen Lloyd. Mami war beim Konsum beschäftigt, wurde dann im Westen Coop genannt. Im Osten der Republik blieb der Name für den Supermarkt bestehen.

Mami hatte einen Bruder, mein Onkel Bernd. Er war Professor für Kunst an der Akademie Köln und er malte auch. Bei ihm zu Hause in Köln roch es immer nach Ölfarben und nach Roth-Händle ohne Filter. Er und seine Frau Karin, eine exaltierte, stolze Vertreterin des Bildungsbürgertums und Lehrerin für Kunst und Basteln an der Hauptschule, die zwei hatten ein kleines

Häuschen in Griechenland. Unglaublich. Natürlich war Karin auch ein Ziel des Spotts für Oma. Kunstgewerbelehrerin. Mit einer besonderen Verachtung auf dem Wort Gewerbe.

Onkel Bernd hatte sich in die Epoche der Romanik verliebt. Er mochte Putten in allen Formen, obwohl die ja eigentlich mehr in den Barock gehören. Er suchte gerne am Rhein nach Fundstücken. Eine Puppe am Strand des Flusses, der ein Bein fehlte, die Farbe ausgewaschen vom Wasser, ein paar Muschelstücke, ein rostiges kleines Drahtgitter, Sand und bunte Kieselsteine. Daraus entstand ein Diorama, eine Art kleiner Kasten mit Glasscheibe davor, eine Art 3-D-Stillleben. Ich habe es geliebt, oft stand ich vor den aufgehängten Exemplaren in Onkel Bernds Wohnung. In meiner Vorstellung begannen die Gegenstände immer zu leben, sich im Arrangement neu zu sortieren. In späteren Jahren habe ich zu Onkel Bernd eine bewundernde Beziehung aufgebaut, wurde das Gefühl aber nie los, dass von ihm da emotional nicht so viel zu erwarten wäre.

Die Familie von Werner ist schnell erklärt. Sein Vater Heinz, Maler von Beruf, seine Mutter Hausfrau. Sie hatte ich als Kind auf Anweisung von Werner und Mami ein paarmal besucht. Sie hatte Parkinson und lag damals schon nur noch im Bett. Sie ist früh gestorben. Opa Heinz war von begnadeter Ignoranz seiner gesamten sozialen Umgebung gegenüber. Er brauchte seine Zigarre und was Ordentliches zum Essen und fertig. Reden war nicht seins. Er war der große Schweiger, der meistens nur etwas Grunzen als nötig erachtete, um Zustimmung zu zeigen. Ablehnung pflegte er mit zwei, drei Worten zu begründen.

Bei Oma in der Holteistraße gab es eine Bäckerei. Die Vermeulens, natürlich Französisch mit »ö« ausgesprochen. Sie kamen aus Holland, an der Grenze zu Belgien. Vermeulen bedeutet so viel wie »die von der Mühle« und das passte ja ganz gut für einen Bäcker. Am Sonntag bin ich da immer hingelaufen, so zehn Minuten, ganz allein durch die ruhige Welt am Sonntagmorgen. Obwohl es hell war, war es mir unheimlich. Man sah nur wenige Leute auf der Straße. Man musste sich in der Schlange vor der Bäckerei anstellen und es dauerte schon ein wenig, bis man drankam. Der Bäcker selbst war ein lärmender, dicker und großer Mann mit noch größeren Händen. Er hatte etwas Furchteinflößendes an sich. Irgendwann ging das Gerücht herum, er habe sich an seinem Lehrmädchen vergriffen.

Ich war immer froh, wenn ich mit der Tüte voller warmer Brötchen wieder die Wohnung von Oma erreicht hatte. Im dritten Stock, sehr geräumig, so etwa neunzig Quadratmeter, vier Zimmer. Man betrat die Wohnung und befand sich zunächst in einem etwa dreißig Quadratmeter großen Vorraum, von dem aus es links in die Küche führte, die nächste Tür ins Schlafzimmer. Rechts als Erstes zu Bernds Zimmer, dann das Esszimmer. Obwohl es eine Mietwohnung war, hatte sie etwas Herrschaftliches. Ein Esszimmer mit einer riesigen Biedermeierkommode, einem Esstisch mit sechs Stühlen, einer Anrichte aus dunkler Kirsche und Nussbaum mit geschnitzten Säulen, Glastüren mit Gravur, damals waren das sehr teure Möbel. Das Schlafzimmer von Oma, alles aus der Jahrhundertwende, das Jugendzimmer von Onkel Bernd, vollgestopft mit Büchern und einem Bett, das meines war, wenn ich da war. In der Küche ein schwerer Gasherd aus Gusseisen und noch einmal ein Esstisch mit sechs Stühlen. Von dort aus ging es auf den Balkon nach hinten raus. Da war unten ein kleiner Garten, ein Stück Wiese mit einer Stange zum Teppichklopfen. Das musste ich ab und an mal machen für Oma. Mit einem Teppichklopfer aus Bambusrohr habe ich Zwerg mehr oder weniger erfolglos auf ihren Perserteppichen herumgehauen. Nach dem kleinen Grünstreifen kam der Hof einer Baufirma. Da konnte man den Männern bei der Arbeit zusehen, wenn sie einen Lastwagen beladen haben. Spannend.

Richtung Tiergarten befand sich eine Art Stadtwald, durchschnitten von einer viel befahrenen, zweigleisigen Bahnstrecke. Es war toll, auf der Brücke zu stehen, wenn die schwer arbeitenden Dampflokomotiven mit endlosen Schlangen an Güterwaggons, beladen mit Kohle oder Eisenerz, unter der Brücke durchfuhren. Für einen Moment wurde alles von ihrem Rauch verschlungen. In der Nähe meines Lieblingsplatzes war ein steiler Berg, ein breiter Fuß- und Radweg, der im Winter auch zum Schlittenfahren benutzt wurde.

Oma hatte mich darauf aufmerksam gemacht, dass dort im Sommer ein Seifenkistenrennen stattfinden würde. Ab diesem Moment fing ich an, Mami zu nerven, dass ich mitfahren will. Mit vier Jahren und ein paar Monaten nicht unbedingt vollständig Herr meiner körperlichen Koordination, aber ich wollte dabei sein, in der Klasse vier bis sechs Jahre. Werner wurde bearbeitet, bis er sich bereit erklärte, aus einem alten Kinderwagen, so ein Teil mit Federung und geflochtenem Aufbau, eine Seifenkiste zu basteln. Das Ding war konstruktiv eher rudimentär ausgebildet. Werner hatte die Vorderachse mit einer Art Hilfsrahmen in der Mitte lenkbar aufgehängt und aus Holz einen Boden gebastelt, hinten eine Sitzbank drauf. Gelenkt wurde mit zwei Schnüren. Die hatte man als Fahrer in der Hand.

Als wir dort waren und ich die Seifenkisten von den anderen Vätern gesehen habe, wollte ich am liebsten nicht mehr mitfahren. Die sahen aus wie Rennwagen, manche hatten sogar Flügel dran, die Blamage war vollständig. Schlimmer wurde es erst, als ich dran war und meine Kiste auf der Startposition stand. Meine Güte ging es da steil runter. Ich habe vor Angst gezittert. Kreidebleich.

Irgendwie haben mich alle so lange angefeuert, gebettelt und gebeten, schließlich haben noch Dutzende Kinder gewartet, bis ich endlich losgefahren bin. Mit weit aufgerissenen Augen und viel Geschrei habe ich die ersten zwei Kurven geschafft und dann ging's mit Vollgas ab in die Brennnesseln.

Willi Schalupke hatte den Hilfsrahmen geschweißt. Der war nun im Eimer. Von diesem Tag an hat mich Seifenkistenrennen nie mehr interessiert. Wegen der Brennnesseln.

Willi Schalupke war ein Grobian. Er war Werners Freund aus irgendeiner Kneipe. Ab und an war er bei uns in der Haroldstraße zu Besuch. Mami hat gute Miene zum bösen Spiel gemacht, dann hat er das meiste vom Essen abbekommen und wir mussten uns mit den Resten begnügen. Das war auch später so. Werner hat alle eingeladen, aber seine eigene Familie hatte eigentlich nichts.

2   Aliens in Altenberg (1962 – 1967)

Im Jahr 1964 hat Werner einen besser bezahlten Job bekommen bei der Firma Barthel in Fürth. Wir sind dann umgezogen. Als Aliens in Altenberg. Er sollte die dritte Dimension in die Schaufenster der Bundesrepublik bringen. Das Heißverformen von weißen 0,7 bis 2 mm starken PVC-Folien von Rolle, Tiefziehen von Körpern für Kulissen wie im Theater. Alles, was ins Schaufenster sollte, musste zunächst in Ton modelliert werden. Davon eine Negativform und dann eine positive aus Metall, die beheizt wurde, Negativform von oben drauf, auch beheizt, um die Folie weich und formbar zu machen. Danach wurde das Ganze als fertige Figur, bestehend aus zwei Teilen oder als Halbrelief, per Hand in Airbrush- und Maltechniken koloriert. Ich kann mich noch an das Thema Ägypten erinnern, die Sphinx, Tempelsäulen und die Totenmaske von Tutanchamun.

Bald hatten wir einen VW, dann einen VW 412 als Limousine mit Flachmotor, immerhin 53 PS. Werner hat gesoffen wie eine Güllepumpe auf dem Bauernhof.

Wir waren Aliens. Kamen aus einer fremden Stadt. Damals wusste man in Altenberg nicht, wo Duisburg ist. Wir hätten auch sagen können, wir kommen aus Rom. Wir haben die Einheimischen nicht verstanden und die haben uns nicht verstanden. Altenberg hatte vielleicht 600 Einwohner. Ein Bauerndorf voll mit Bauernhöfen.

Ein Edeka, ein Metzger, ein Bäcker, ein Friseur und drei Kneipen. Die einzigen Mietwohnungen wurden gerade vom Bauern Meier gebaut. Bauern sind in den 60er-Jahren auf dem Dorf alle reich geworden, haben Grund verkauft oder selbst Wohnungen gebaut. Da sind wir nun eingezogen. Ringsherum alles grün. Wälder und Wiesen, kaum Verkehr. Der nächste größere Ort war die »Stadt« Zirndorf mit neuntausendachthundert Einwohnern. Fußläufig in einer halben Stunde zu erreichen.

Mami hat sich beim Metzger im Ort geweigert, bestimmte Wurstsorten zu bestellen. Presssack, das kam ihr nicht über die Lippen, überhaupt bestellte sie immer ein Viertelpfund. Wer bestellt denn so was, wer weiß überhaupt, wie viel Gramm das sind? Das war damals schon so. Entsprechend fragend die Augen im Edeka und beim Metzger, egal wo. Mami machte unbeirrt weiter. Sollen die Landflegel doch was lernen, dann wissen die auch, was ein Viertelpfund ist.

Mami und Papi haben sich nach Kräften bemüht, dass wir auffallen, ganz furchtbar auffallen. Mami hat uns Jungs zuallererst mal weiße Jacken gestrickt, mit Hirschgeweihknöpfen, dazu kurze Lederhosen. Im Umkreis von mindestens zweihundert Kilometern ist kein einziger Junge so herumgelaufen. Lederhosen gab es in Oberbayern, Niederbayern, aber selbst da gab es keine schneeweißen Strickjacken mit Hirschgeweihknöpfen. Preußen

22

in Franken. Für jeden Bayern, auch die aus Franken, war alles außerhalb Bayerns Preußen.

Beide Elternteile wussten zwar, dass sie Preußen waren, den Unterschied zwischen Franken und Bayern haben sie bis zu ihrem Tode nicht gekannt. Ignoranz ist auch nicht wirklich wichtig, solange sie nicht wehtut. Die weißen Jacken und die kurzen Lederhosen haben wehgetan. Mein Bruder und ich, wir waren die ersten Mobbingopfer, noch bevor das Wort erfunden war. Der vermeintlichen Landestracht, die von niemandem außer den Fremden mit der komischen Sprache getragen wurde, haben wir uns dann mittels einer perfiden Aktion in gerade mal zwei Stunden entledigt. Zumindest die weißen Jacken waren ruiniert. In einer roten Lehmgrube, eine Baustelle nach wochenlangem Regen. Mehr muss ich hier nicht sagen.

Es begann mit der Einschulung 1962. Von Anfang an Außenseiter, weil der deutschen Sprache über den regional üblichen Wortschatz hinaus mächtig und in der Lage, ganze grammatikalisch richtige Sätze zu bilden. Nicht nur komisch anzuschauen, auch noch kleine Klugscheißer. Nein, eingebildet waren wir nun gar nicht, eher schüchtern, vielleicht eingeschüchtert. In der Grundschule Altenberg war ich ein stiller, fleißiger und aufmerksamer Schüler. Lediglich in der Beteiligung am Unterricht hat es etwas gemangelt. Weil ich da ja sprechen musste. Turnen hat mir nie gefallen. Den Barren kam ich kaum rauf, an den Ringen bin ich verhungert.

Vielleicht, weil ich klapperdürr war und nicht wirklich von stabiler gesundheitlicher Konstitution. Im Weitwurf war ich eine Niete, beim Kugelstoßen im Rahmen der jährlichen Schulsportfeste habe ich schon mal meinen Fuß getroffen. Laufen ging bis fünfzig Meter ganz gut, danach war Schluss mit lustig. Hoch- und Weitsprung letztes Drittel der Klasse. Also, Sport war schon mal nichts. Aber das mit dem Sport ging ja auch erst los, nachdem wir 1964 im Alter von acht Jahren nach Kreutles mussten. Ein Dorf weiter, ein großes Schulzentrum mit Sportplatz, Laufbahnen und Fußballplatz. Ab der dritten Klasse mussten wir dann die drei Kilometer hin und zurück. Natürlich allein. Gebracht hat uns keiner.

Damals war die Kindheit noch ein einziges Abenteuer. Die Schule, Hausaufgaben, das mussten wir allein hinbekommen und dann raus. Wir waren immer draußen bei fast jedem Wetter. Im Wäldchen in der Nähe oder auf Baustellen. Überall wurde gebaut. Es war ein Abenteuer, einen Neubau zu erobern. Die Bauarbeiter waren weg und wir haben den Keller erkundet, sind gebückt durch Räume geschlichen über Behelfstreppen aus Holz.

Einmal war ich zu neugierig. Ich habe unweit von unserem Haus entdeckt, dass ein Kanaldeckel auf der Straße entfernt worden war. Er lag daneben. Man ging damals davon aus, dass Autofahrer dies bemerken und außenherum fahren würden. Abgesperrt war da nichts, aber es kam ja auch kein Auto. Damals in den Sechzigern auf dem Land.

Ich war vielleicht in der zweiten Klasse und musste da natürlich hin, wollte hinunter in den Kanal. Es war ein senkrecht abfallendes Rohr, vielleicht vier Meter tief, einhundertzwanzig Zentimeter breit, die Treppen bestanden aus gebogenem Rundstahl, der aus dem Beton kam. Die erste Stufe klappte, die Zweite war zu weit weg, ich war zu klein.

Auf einmal hing ich da ohne Boden unter den Füssen, nur mit den kleinen Händen oben am Rand des Einstiegs festgeklammert und hab geschrien. Ich habe geplärrt, gekreischt und gebrüllt um mein Leben. Nach endlosen Minuten kam ein Bauarbeiter und hat mich rausgezogen. Ich denke heute, meine Höhenangst basiert auf diesem Erlebnis.

Woffi, Reiner, Willi und der Bubi, das war die Clique damals, immer auf der Hut vor den Messer-Brüdern, zwei gefürchteten Schlägern aus der Bruckwiesenstraße. Der Vater der Brüder betrieb eine Bauschlosserei, ein Bär von einem Kerl, einsilbig, einfältig. Sie waren untersetzt, fast mopsig und hatten Knollennasen und große, kräftige Hände. Die Haare von Mutter selbst geschnitten, grob und schlampig gekleidet. Immer schmutzig. Die zwei konnten mühelos einen ganzen Schlägertrupp ersetzen. Mit denen wollte keiner spielen. Aus Rache haben die mit unserer Angst gespielt. Kinder sind so.

Woffi kam einmal auf die Idee, dass wir uns Rücken an Rücken im Abstand von einem Meter hinstellen sollen und mit Wurfpfeilen jeweils zwischen den eigenen Beinen und denen des anderen hindurchwerfen sollten. Mir war komisch bei der Idee und als Woffi dann einen Pfeil in der Kniekehle stecken hatte, wusste ich auch, warum. So was passiert dann eben. Gleitschuhfahren, den Rodelberg hinunter. Viel zu steil für die glatten Dinger. Dreimal runtergeeiert, beim vierten Versuch gestürzt und den linken Arm zweimal gebrochen. Ich kann mich noch gut erinnern, wie der gerichtet wurde. Mit Äther, eine Maske aufs Gesicht, zwei Schwestern haben mich festgehalten, es gab kein Entrinnen. Als ich wach wurde, ging's mir zum Kotzen. Ich musste kotzen, den ganzen Tag lang und es war schlimmer als alle Schmerzen.

Natürlich gab es auch die ersten Erkundungen der Sexualität. Im Freibad ins Wasser pinkeln, untertauchen und sich gegenseitig den Pimmel zeigen. War lustig, war verboten, so richtig was anfangen konnten wir damit aber noch nicht.

Wir Kinder waren immer und überall strotzend vor Dreck. Ständig irgendwo heruntergefallen und aufgeschürft. Mami hat uns PVC-beschichtete Hosen gekauft, die nannten wir Gummihosen. Was anderes hatten wir eigentlich nie an.

Mein Lieblingsgericht waren Arme Ritter, Kartoffelbrei mit Speck oder Himmel und Erde, das war Kartoffelbrei halb und halb mit Apfelmus und Blutwurst aus Duisburg. Die hat sich Mami von Oma als Carepaket von zu Hause schicken lassen. Die wurde in Scheiben geschnitten, in Mehl gewendet und in der Pfanne gebraten.

Zum Frühstück und Abendbrot gab es manchmal über einige Wochen hinweg nur Brot mit Zucker, Brot mit Zwiebeln und Maggi oder Brot mit fettem Speck und Senf. Wenn wir uns Marmelade gewünscht haben, hat Mami geweint. Später habe ich verstanden, dass das immer dann passierte, wenn Werner mehr gesoffen hatte als Geld auf dem Konto war.

Mami hatte da einige Tricks drauf, um das Schlimmste zu verhindern. Wenn Werner am Samstag mit dem Auto den Großeinkauf in Zirndorf erledigen musste, hat Mami uns Kinder mitgeschickt. Wir saßen im Auto vor dem Supermarkt und haben gewartet. Manchmal fast zwei Stunden. Er muss es immer wieder geschafft haben, alles einzukaufen und sich an uns vorbei in die Kneipe zu schleichen.

3 Realschule oder der Beginn der Revolte (1968 – 1969)

– Tim begründet, warum er nirgendwo dazugehören will

Um den Übertritt in die Realschule zu schaffen, musste ich Nachhilfe in Mathematik nehmen. Ich war gut im Zeichnen, in Musik, im Basteln und in Deutsch. Rechnen konnte ich nicht und wollte ich nicht. Also ab in den Nachhilfeunterricht. Der Lehrer Witzeck war ein merkwürdiger Mann. Damals wusste ich nicht, warum, heute weiß ich es. Er war Nazi durch und durch, hat uns deutsche Volkslieder singen lassen, die von vor oder aus dem Krieg. Eine Zeile habe ich noch im Kopf. Es ging ums Wandern. Die Zeile endete mit »Wackelkoper und der Ranzen«. »Koper« kommt wohl aus dem Friesischen und bedeutet so viel wie »Geschirr«. Niemand in der Klasse hat verstanden, was das denn soll und warum wir so etwas singen mussten. Witzeck war streng, verteilte Kopfnüsse und Ohrfeigen, wenn keine Ruhe in der Klasse herrschte, hat er auch mal mit Kreide geworfen.

Ausgerechnet der sollte mir Nachhilfeunterricht geben. Ich war dreimal dort. Es war so grausam, dass ich angestrengt gelernt habe und den Übertritt in die Realschule Fürth geschafft habe.

Das war schon was. Fürth. Ein alter, grauer Kasten, ein Sandsteinbau, das Ottoschulhaus wurde im Schuljahr

1969/70 das »neue« Domizil der Realschule an der Hirschenstraße. Das Gebäude stammte aus dem Jahre 1879. Im Schuljahr 1970/71 besuchten über neunhundert Schüler die Realschule. Mit den damaligen Bus- und Straßenbahnverbindungen war man mindestens fünfundvierzig Minuten unterwegs, wenn man den Anschluss verpasste, eine Stunde und fünfzehn Minuten.

Es war in Altenberg etwa ein Kilometer zu Fuß bis zur Haltestelle und dann acht Kilometer mit dem Bus und der Straßenbahn. Das war sehr weit damals für einen Zehnjährigen. Ein Abenteuer für ein Landei wie mich. Besonders dann, wenn man auf dem Heimweg den Bus verpasst hatte und sich in Gebersdorf, am Rande des Hainbergs, dem Truppenübungsplatzes der US-Army, herumtrieb.

Da standen ganz viele Wohnwagen von Schaustellern und Zigeunern herum. Es roch nach fremden Welten, fahrendem Volk, Freiheit und Abenteuer. Das Abenteuer kam später auch einmal auf mich zu. In Form der Hallergeierbande. Mit fünfzehn, während der Lehre, hatte ich den Bus verpasst und war in der falschen Gegend unterwegs: eine dunkle, schmale Straße an der Regnitz, der Neumühlweg. Auf der anderen Seite des Flusses lag der Hainberg, ein Truppenübungsplatz. Auf einmal standen sie vor mir: Fünf finstere Gestalten, sicher auch Zigeuner dabei, Roma sagt man heute. Auf jeden Fall waren es die Hallergeier Brüder, also die Hallergeier-Bande.

Die haben mich zu zweit von hinten festgehalten und gefilzt. Ihre einzige Beute war mein zwölf Zentimeter großes, kitschiges, silbernes Jesuskreuz, das ich als Anhänger an einer Kette um den Hals trug. Ich hatte lange lockige Haare und sah aus, wie man sich Jesus vorstellte. Jesus, dann aber ohne sein Kreuz.

Die Realschule, das war eine aufregende, neue Welt. Ich weiß nicht warum, aber ich habe mich am ersten Tag neben Amti gesetzt. Amti, weil er mit Nachnamen Amtmann hieß. Ganz hinten rechts, letzte Reihe. Ein verhuschter Typ, immer etwas eingezogene Schultern, Brille, Pickel und lange Haare. Er war sich vom ersten Moment an sicher, dass uns die Zeit im Unterricht irgendwie gestohlen wurde. Natürlich dauerte es nicht sehr lange, vielleicht drei Monate, bis er mich restlos überzeugt hatte. Er hatte recht.

Wir haben uns Zettel hin und her geschrieben, haarsträubend blöde Geschichten entwickelt, Daumenkinos gebastelt. Wir zwei waren schnell eine Art Parallelveranstaltung in der letzten Reihe. Die Alternative zum Ernst des Lebens, mit dem Mami drohte, den Werner offensichtlich nur besoffen ertragen konnte.

Amti hatte bald den Spitznamen Sprutz, wegen seiner feuchten Aussprache. Mich nannten sie Knochenpilz, weil ich so dünn war. Sprutz und Knochenpilz, die Mutanten aus einer anderen Galaxis, träumen sich in eine andere Welt.

In der Pause, vor und manchmal auch während des Unterrichts fand man uns beide im nahen Zeitschriftenladen. Wir blätterten fasziniert in der neuesten Weltraumliteratur wie »Perry Rhodan«, »Atlan« oder anderen. Zu dieser Zeit war von den USA und der Sowjetunion das Ziel angepeilt worden, mit einer bemannten Raumkapsel auf dem Mond zu landen. Es war eine Art Wettbewerb, wer es als Erster schafft. 1961 war also die richtige Zeit für den Moewig Verlag, die Heftreihe »Perry Rhodan, der Erbe des Universums« zu starten. Sie bestand von Anfang an nicht aus Einzelromanen. Es war und ist eine Serie mit einer durchgängigen, ständig komplexer werdenden Handlung. Wie der Verlag meinte, die wohl »umfangreichste und am längsten laufende Fortsetzungsgeschichte der Welt«. Sprutz und ich, wir wollten nichts verpassen und waren jede Woche im Laden. Wir waren technologisch ganz vorne mit dabei. Hyperraum, Plasmaantrieb, sich Wegbeamen und die Phaser, die Laserpistolen, alles voll im Griff. Man konnte ausführlich über Zusammenhänge und die Vergangenheit von Figuren in den Romanen diskutieren, Risszeichnungen von Raumschiffen ergaben ein klareres Bild von den technischen Gegebenheiten.

Alles, was mit Science-Fiction zu tun hatte, haben wir förmlich aufgesaugt. Wir lasen auch diverse russische Science-Fiction-Autoren wie Iwan Antonowitsch Jefremow, selbstverständlich Jules Verne, Ernst Lang, selbst der damals populär werdende Erich von Däniken mit seinen reichlich durchgeknallten Fernsehsendungen hat uns interessiert. Bis er dann 1970 in den Knast musste.

Das war unsere Welt. Unsere eigene Welt.

Die real stattfindende Raumfahrt haben wir damals selbstverständlich auch verfolgt. Am 21. Juli 1969 um 3:56 Uhr MEZ kam dann »Das ist ein kleiner Schritt für einen Menschen, aber ein großer Schritt für die Menschheit«. Neil Armstrong betrat den Mond, Buzz Aldrin folgte ihm. Apollo elf, sensationell war das. Wir waren Experten. Allerdings ungefragt und auch sonst weitgehend nutzlos.

Sprutz kam mit der Schule so nebenbei klar, ich eher nicht. Das erste Jahr ging gerade noch so durch mit zweimal mangelhaft, aber ein paar Zweiern zum Ausgleichen. Im zweiten Jahr in der achten Klasse stieß Brunner dazu. Er war schon im Stimmbruch. Er war Sitzenbleiber und musste eine Runde drehen. Merkwürdig war das für uns. So würden wir auch werden? Männer? Unvorstellbar.

Im Musikunterricht hatten wir eine Lehrerin, ein richtiges Blockflötengesicht. Sie hatte lange immer etwas fettige Haare, eine Hornbrille. Unter den Achseln ein ordentliches Biotop, ein Gebüsch von schwarzen Haaren, während der Kopf eher so dunkelbraun war. Im Sommer konnten wir es nicht verstehen, wenn jemand sagte, er könne sie nicht riechen. Dafür war der Schweißgeruch zu deutlich. Sie war schüchtern und konnte sich oft nicht recht durchsetzen in der Klasse. Dieses Schicksal teilte sie sich mit der Biologielehrerin, dem Religionslehrer und dem Erdkundelehrer. Es wurde zunehmend ein Sport daraus gemacht, Lehrerinnen und Lehrer zur Verzweiflung zu treiben.

Der Englischlehrer wollte sich wohl bei Brunner beliebt machen und hatte ihn gebeten, seinen Plattenspieler inklusive Boxen und eine Schallplatte seiner Wahl mitzubringen. Es war »Jumping Jack Flash« von den Rolling Stones. Wir sollten den Text übersetzen und analysieren. Er legte die Scheibe auf, drehte voll die Boxen auf. Mich traf dieser Sound wie ein Blitz. Ich war auf einmal wach und vollständig anwesend. Das hat mich so erschreckt – es dauerte Jahre, bis ich mich noch einmal von Musik berühren ließ. Es war nicht nur der Sound, es war auch der Text in seiner abgrundtiefen Bedeutung. Kryptische Zeilen von einer düsteren und brutalen Kindheit voller Armut und Missbrauch. Den Stones wurde vorgeworfen, ihre Musik stünde unter satanischem Einfluss. Das habe ich sofort geglaubt. »Jack« ist im englischen Slang ein Wort für Heroin. Vollständig irre, es machte mir Angst. Die Angst wurde später mein Freund.

Die Clique um Brunner war nicht meine Welt. Sprutz und ich machten trotzdem immer mit, soweit uns die Großen ließen. Besser mitmachen als Prügel kriegen. Raufereien auf dem Schulhof waren an der Tagesordnung, da war es gut, wenn Brunner nicht weit war. Ich weiß nicht, ob irgendjemand eine Strichliste führte, wie viele Jungs der Brunner damals verprügelt hat. Es verging keine Woche ohne neues Opfer.

Ich kann mich an zwei Streiche erinnern, an denen ich zumindest als Mitwisser beteiligt war. Einmal so um die Karnevalszeit. Es gab im Fasching neben Luftschlangen und allerlei blödsinnigem Tischfeuerwerk auch Knallkörper, sogenannte Chinaböller. Brunner kam eines Tages mit einer Tüte voll damit zur Schule, andere hatten auch gesammelt. Sie hatten sehr, sehr viele Knallkörper geöffnet und das Schwarzpulver in Plastiktüten gesammelt. Es waren sicher ein paar Hundert Gramm. Das haben sie in Zeitungspapier eingewickelt, Gott sei Dank nicht zu fest zusammengerollt oder noch mit einer Kordel zugebunden, sonst wäre das sicher schlimmer ausgegangen. Bevor der Unterricht begann, haben sie das angezündet und außen aufs Fensterbrett gelegt, das Fenster wieder verschlossen. Der Geschichtslehrer kam gerade rein, da gab es einen Knall, eine Stichflamme von mindestens einem Meter. Die äußere Scheibe war schwarz. Obwohl das wunderbar zum Unterrichtsstoff des 30-jährigen Krieges passte, kam es im Lehrerkollegium eher schlecht an. Es dauerte gerade mal eine Woche, dann waren Brunner und seine Helfer als die Schuldigen ermittelt.

Ein Verweis von vielen, der nächste ist mir auch noch gut im Gedächtnis. Unser Klassenleiter, der Herr Peter, war ein recht kerniger Sportler. Jeden Morgen riss er die Tür zum Klassenzimmer auf, brüllte fast ein zwanghaft fröhliches und seiner Meinung nach motivierendes »Gu-

34

ten Morgen allerseits« in die Klasse, dass uns die Ohren nur so klingelten. Dann ging er an die große, zweiflügelige Tafel, griff unten hin und schubste die Tafel mit Schwung nach oben, bis sie mit einem lauten Schlag in die Begrenzung knallte. Dann war auch der Letzte von uns wach. Das konnte keiner leiden, dieses Ritual war uns als Klasse zutiefst zuwider.

Brunner brachte eines Tages Werkzeug mit. Zehn Minuten, bevor Peter kam, machte er sich mit zwei Helfern an der Tafel zu schaffen. Sprutz und ich haben Wache geschoben. Als Peter von unten im Treppenhaus auftauchte, sind wir reingesaust in die Klasse, schnell die Türe zu, damit das Ritual seinen gewohnten Lauf nehmen konnte.

So war es dann: Türe aufgerissen, guten Morgen gebrüllt, an die Tafel, unten angefasst und mit Schwung nach oben …. »Helft mir! Um Gottes Willen helft mir …«

Die Tafel war mit den Führungsrädern oben aus den Schienen gesprungen und Peter hatte das Gewicht von bestimmt einhundertvierzig Kilogramm in den Händen, auf der Brust. Der Kopf knallrot, prustend und schwitzend stand er endlose Sekunden da, bis endlich Brunner und die anderen geholfen haben. Noch ein Verweis für Brunner. Sprutz und ich sind nicht aufgeflogen.

Es gab da noch den von mir nach Kräften gehassten Sport. In einer miefigen Turnhalle an den Ringen versagen, über den Barren mehr kriechen als springen, nein, das war nicht schön, aber immerhin ein »ausreichend« im Zeugnis. Dazu hat sicher ein Fallrückzieher ins Tor beigetragen. Mich wollte immer niemand in der Mannschaft haben. Für den Sturm war ich zu langsam und zu ängstlich, also Verteidiger. Einmal bin ich tatsächlich als Linksaußenverteidiger bis in Schussweite vor das gegnerische Tor gekommen. Ein Stürmer bekam einen schlechten Pass von rechts serviert, verpasste den Ball, der sprang vor mir hoch, der gegnerische Verteidiger kam auf mich zu gerannt, ich falsch herum vor dem Tor, Fallrückzieher und er war drin. Der Ball war drin. Ein tolles Gefühl.

Was darauf folgte, war das einzige Lob des Sportlehrers in meiner gesamten Schulzeit.

Der Sportplatz war in direkter Nachbarschaft der sogenannten Hornfabrik. Eine Fabrik für Düngemittel. Ausgangsprodukt waren Rinderhörner, tonnenweise in fünf bis sechs Meter hohen Bergen im Fabrikhof aufgetürmt. Wenn im Hochsommer eine neue Lieferung kam und wir hatten Sport, konnte man gar nicht so viel kotzen, wie das verwesende Restfleisch an den Hörnern gestunken hat. Es war grauenvoll. Geradezu ein ideales Ambiente, um Teile der Fabrik später als Übungsräume für Bands zu vermieten. Die Fabrik hat mich also auch nach der Schule nicht losgelassen.

– Tim begründet, warum er nirgendwo dazugehören will

Das hat erst mal mit Sprache zu tun, ich spreche anders als die anderen. Ich bin etwas ängstlich, dünn, aber normal groß, habe jedoch einen gänzlich anderen Knochenbau als alle anderen. Meine Finger sind doppelt so lang und halb so dick, ich bin, für jeden sichtbar, anders. Ein Sonderling bin ich in der Klasse nicht und das will ich auch nicht sein. Eher was Besonderes. Deswegen mache ich viel Blödsinn und bringe Leute zum Lachen.

Ich möchte nicht zu den groben Jungen gehören, zu einer Bande, die rumprügelt und Leute anmacht. Interessant ist das aber schon. Grobe Menschen haben einfache Lösungen und ich habe meistens gar keine.

Die Welt meiner Eltern ist eine komplette Fälschung. Ich spüre, wie meine Mutter leidet unter ihrer Verantwortung, ich spüre, wie mein Vater sich aus allem heraustrinkt. Meine Mutter legt ihm jeden Tag die Sachen zum Anziehen heraus, sagt ihm, dass er sich rasieren, dass er baden soll. Wenn sie das nicht immer machen würde, ginge es, für jeden sichtbar, bergab mit ihm. Mein Vater ist ein Säufer und kein Vorbild.

Er und meine Mami, die zwei spielen heile Welt für meinen Bruder, mich, für die Nachbarn. Aber das stimmt doch gar nicht. Was soll das denn bringen?

Ich würde mir eine andere Welt wünschen, eine voller Fantasie, Ehrlichkeit und Freundlichkeit. So etwas sehe ich aber nirgendwo, auch in der Religion nicht. Die Kirche ist für mich immer eine Art Schauspiel, das mich berührt, aber nicht überzeugt. Ich glaube an Gott, der Kirche glaube ich nicht. Da gibt es zu viel Falsches, Verbote und willkürliche Grenzen. Ich war Messdiener.

In der Schule war ich immer gut in Deutsch und Zeichnen, ansonsten Mittelmaß in allen anderen Fächern. In Mathe habe ich gefragt, warum denn das so geht, versucht es zu verstehen, habe eigene Lösungswege gebastelt, habe teilweise meine Lehrer verblüfft. Das wurde trotzdem nicht akzeptiert. Ich weiß schon, Mathe kann man nicht verstehen, das muss man lernen. Da habe ich aber keine Lust drauf. Das sind doch Sachen, die sich irgendjemand ausgedacht hat. Überhaupt, was soll denn das Ziel vom Lernen sein?

Wenn ich ein Streber bin und gute Noten habe, werde ich wie meine Mutter. Immer alles für andere machen. Immer funktionieren, gar kein eigenes Leben. Wenn ich miserable Noten habe, sieht es schlecht aus mit meiner Zukunft und ich werde vielleicht wie mein Vater. Oder kann man etwas Kreatives machen, ohne ein Säufer zu sein?

Das Einzige, was ich sicher weiß, ist, dass ich in keine Schublade reinwill. Ich will nirgendwo dazugehören. Ich bin Tim und sitze auf dem Beobachtungsposten in der letzten Reihe. Ich mach mein eigenes Ding.

4 Löcher in der Lunge und Harry Nilsson (1969 – 1971)

Mami und Werner waren Kettenraucher. Erst musste ich immer Stuyvesant am Automaten ziehen, später HB und irgendwann Lord. Man hat damals immer und überall geraucht. Beim Friseur, im Krankenhaus, im Zug, Flugzeug, einfach überall. Natürlich auch im Wohnzimmer. Am Wochenende saß die Familie dann nach dem Mittagessen im Wohnzimmer. Im Winter war das ruckzuck blau vom Rauch. Das hat man nicht so eng gesehen. Auch im Auto, auf der Fahrt zur Oma oder nach Österreich. Beide rauchten eine nach der anderen und wir Kinder saßen auf dem Rücksitz, eingekeilt im Gepäck und mit tränenden Augen.

Werner trieb sich in allen möglichen Kneipen herum, meistens im »Gelben Löwen«, einer verkommenen Bauernwirtschaft in Altenberg. Das war zu Fuß eine Viertelstunde von zu Hause weg. Er ist immer direkt von der Arbeit mit dem Auto dahin. Nachts, wenn er dann nicht mehr sprechen konnte, ist er nach Hause gefahren. Bis heute verstehe ich nicht, dass die Polizei ihn in den gut dreißig Jahren nicht ein einziges Mal erwischt hat. Wir hatten in seiner Garage unsere Fahrräder stehen. Einmal im Sommer ist er wohl nachts in die Garage eingefahren, Autotür auf und reingekotzt. Das habe ich nicht vergessen, weil es ein heißer Sommer war und es derart gottserbärmlich gestunken hat.

Nach ein paar Tagen war es eingetrocknet. Dann konnten wir wieder die Fahrräder aus der Garage holen.

Werner brachte interessante Leute mit zu Besuch nach Hause. Nicht selten waren die auch schon gut angetrunken. Für uns etwas unheimlich, weil sie laut und offensichtlich nicht mehr so ganz Herr ihrer selbst waren. Einmal war da ein Leutnant der US-Army, ein dunkelhäutiger. Damals sagte man Neger dazu, ohne sich was dabei zu denken. Er hat wohl den Kartoffelsalat von Mami nicht vertragen, denn er war gleich nach dem Essen auf dem Klo verschwunden und hat gereihert, was das Zeug hielt. Kartoffelsalat machen die Rheinländer mit reichlich Mayonnaise, Essiggurken, Ei, Zwiebel und ein wenig Apfel. Das war schon eine Bombe. Ein anderes Mal ein recht lärmiger Arbeiter, vielleicht ein Erntehelfer aus Osteuropa, ein Pole, ein Rumäne, keine Ahnung. Mami hat alle versorgt und baldmöglichst wieder nach Hause geschickt.

Irgendwann waren Werner und Mami recht besorgt. Bei seiner Morgentoilette, die immer aus angestrengtem Raucherhusten, Husten bis zum Erbrechen bestand, war wohl Blut dabei. Es folgte ein Arzttermin und dann war klar, dass er sich offene Tbc gefangen hatte. Er hatte die Motten. Mami nannte das so. Vielleicht, weil Tuberkulose Löcher in die Lunge fraß. Wir Kinder fanden Motten vom Wort her eher harmlos. Das sollte sich ändern.

Nach einer ausführlichen Untersuchung war klar: Werner hatte uns Kinder angesteckt. Mami nicht. Aber wir mussten in die Lungenheilanstalt, ins Sanatorium. Werner nach Scheinfeld und wir nach Ruhpolding. Mit dem Zug acht Stunden auseinander. Jetzt war unsere Familie komplett zerlegt, von heute auf morgen. Für zwei Jahre. Für einen ängstlichen, frühpubertären kleinen Jungen wie mich war das ein Albtraum. Nicht wegen meiner Eltern, sondern wegen unseres Zimmers, der Homebase, Sprutz, meiner Freunde, meines Umfelds. Ich war noch nie weg, außer bei Oma und einmal mit den Eltern in den Bergen.

Also ab nach Ruhpolding, das war sehr weit weg, fast eine Weltreise. Wir fuhren mit dem Zug und die schlechte Stimmung erreichte ihren Höhepunkt, als nach sechs Stunden eine Stimme aus dem Lautsprecher plärrte: »Nächster Halt Bahnhof Ruhpolding«.

Wir wurden abgeholt. Schwester Reinholda in voller Tracht, ein Pinguin, aber in Weiß. Sie war wohl Novizin. Sie lärmte und gab sich betont fröhlich und liebevoll. Du liebe Güte, was wird das denn? Ich will hier nicht hin. Wir kamen in die Anstalt. Eine riesige Jugendherberge für Mottenkranke. Ringsherum waren Berge zu sehen. Immerhin. Sehr viel Gegend hier, Natur pur. Das Gebäude war der Zeit entsprechend hochmodern, ziemlich neu das Ganze, Waschbeton mit herausstehenden Kieselsteinen, dunkle Holzbalken, innen alles helle Eichenmöbel. Wir bekamen ein Abendessen. Johannisbeertee aus riesigen Kannen, Scheiblettenkäse, Salami und pappiges Brot, das schmeckte, wie es aussah.

Danach einrücken aufs Zimmer. Mami ging noch mit. Da waren wir also. Ein Dreibettzimmer. Mein Bruder Frederik, Ludwig aus Coburg und ich.

Mami fuhr nach Hause. Wir mussten bleiben. Das habe ich ihr lange nicht verziehen. Als ob sie das hätte ändern können. Wer Motten hat, muss bleiben. In Ruhpolding.

Morgens um sechs Uhr war die Nacht rum. Wir mussten aufstehen, Zähne putzen, Katzenwäsche. Es gab Johannisbeertee, Marmelade, Honig und dieses pappige Brot. Als wir uns eingelebt hatten, haben wir damit experimentiert. Wie lange hält ein Honigbrot, wenn man es an die Decke klebt? Noch aber waren wir weit entfernt von derartig interessanten Beschäftigungen. Nach dem Frühstück wurden wir zum Arzt geschickt. Der schaute sich die Röntgenaufnahmen aus Fürth an, machte ein bedenkliches Gesicht und schrieb uns beiden allerlei Medikamente auf. Mich hatte es wohl ein bisschen schlimmer erwischt als meinen Bruder. Es hat immerhin nicht wehgetan. Umso schwerer waren die folgenden zwei Jahre ohne Herumtoben und Rennen, ohne draußen spielen. Der Tag begann immer mit besagtem Frühstück. Dann wurden wir unterrichtet. Eine merkwürdige Art von Unterricht, bei dem mehrere Altersstufen in einer Klasse zusammengefasst wurden. Eine junge, sehr hübsche Referendarin hat mit uns viel Zeit verbracht. Ich kann mich daran erinnern, dass ich sie immer sehr genau beobachtet habe. Ich habe meist erfolglos versucht, in ihre Bluse zu schielen. Irgendwann wusste ich über ein

Thema gut Bescheid. Ich war immerhin schon einmal in der Realschule gewesen und konnte sie und die Mitschüler beeindrucken. Tolle Wurst. Einmal was gewusst.

Nach dem Unterricht folgte das Mittagessen. Eigentlich immer ein reichlich ekelhafter, zu Tode gekochter Pampf. Gemüse konnte ich nie leiden, der Koch gab einem Anlass, es regelrecht zu hassen. Das Schlimmste aber war, wenn es Leber gab. Ein ekelhaft riechendes, bretthart gekochtes Zeug von grau-grüner Farbe und gruseligem Geschmack. Einer aus dem Nachbarzimmer mochte das. Jürgen, sowieso leicht übergewichtig. Ich habe ihm immer meine gegeben und habe mich an seiner kleisterähnlichen Masse gütlich getan. Sollte wohl Kartoffelbrei sein.

Das schlimmste aber kam nach dem Essen. Die Medizin. Ein Esslöffel voll mit weißem Pulver, PAS hieß das Zeug. Es war bitter und wollte einfach nicht hinuntergehen. Mich schüttelt es heute noch, wenn ich dran denke. Danach war Bettruhe angesagt. Eine Stunde auf einer Liege auf dem Balkon. Immer, bei jedem Wetter. Der Balkon war überdacht mit dem Balkon im Stockwerk drüber. Da waren die Größeren ab sechzehn.

Eine faszinierende Welt für uns. Was die so machten, sehr interessant, wir haben die beobachtet und gelauscht, wo es ging. Hauptsächlich waren sie hinter Schwester Reinholda her. Sie war zwar schlank, hatte aber ordentlich Hüften und sicher einen schönen Hintern, den man aber unter dem wehenden Schwesterngewand nur erahnen konnte. Was auffiel, waren ihre großen, vollen Brüste. Die sah man auf und ab hüpfen, wenn sie am Abend wieder albern kichernd vor dem Günther flüchtete. Günther war wohl schon siebzehn und in jeder freien Minute mit Schwester Reinholda zugange. Ich fand das spannend und habe die beiden, sooft es ging, bei der Balz beobachtet. Im Schwesternzimmer, auf den Gängen, wo auch immer sie waren. Ob Schwester Reinholda Schwester geblieben ist oder irgendwann schwanger geworden ist, weiß ich nicht. Das ständige Turteln der beiden könnte ja mal in irgendeiner Kleiderkammer geendet haben. Oder auch nicht.

Mami hat uns besucht. Nach Ruhpolding gut sechs Stunden mit dem Zug. Sie hatte gerade wieder angefangen zu arbeiten. In Nürnberg, bei einem Hopfenhandel im Büro. Ich bewundere sie heute noch dafür, wie sie das zwei Jahre lang durchgehalten hat. Jedes zweite Wochenende erst Freitag nach Ruhpolding, in einer Pension übernachtet, Samstagabend nach Münnerstadt. Bei Werner konnte sie im Sanatorium übernachten. Am Sonntagabend dann nach Hause zurück und Montag wieder ins Büro.

Der Ludwig, der war bei uns auf dem Zimmer, und wir hatten viel Spaß miteinander. Es war nicht nur besagtes Honigbrot an der Zimmerdecke, es war Seelenverwandtschaft in der Art herumzuspinnen. Wir hatten ein Radio auf dem Zimmer. Oft haben wir Nachrichtensprecher gespielt und die abstrusesten Meldungen zum Besten gegeben. Meist war die Oberschwester Katharina Opfer unseres Spottes. Sie wurde an das Jesuskreuz gefesselt am Wegesrand nach Ruhpolding gefunden. Man wusste nicht, wer es war. Die Täter wurden im Lungensanatorium vermutet, da eine Kanne Johannisbeertee in der Wiese gefunden wurde. Wir haben die abstrusesten Autounfälle geschildert, beim Popeln in den Gegenverkehr geraten und dergleichen mehr. Wir haben viel Radio gehört. Es war unsere einzige Ablenkung, der einzige Kontakt zur Außenwelt. Fernsehen gab es im ganzen Haus nicht. Also Radio. Irgendwann kam am Abend mal Thomas Gottschalk im bayerischen Jugendfunk. Er moderierte eine Musiksendung, keine Ahnung mehr, wie die hieß, »Pop nach acht« kam ja erst 1976. Jedenfalls kamen die meistverkauften Platten dran, später nannte man das die »Hitparade«. Ab vierten Januar 1971 wurden dann die Charts regelmäßig und wöchentlich veröffentlicht.

»Butterfly« und »Borriquito« konnte ich nicht leiden, »Song of Joy« fand ich auch eher blöd, war ja eigentlich »Ode an die Freude« von Beethoven. Die anderen Songs fand ich klasse, was mir aber eindrücklich im Gedächtnis blieb, war »Can't live« von Harry Nilsson. Hat später mal Céline Dion gesungen. So ein Schmachtfetzen, damals mit Orchester arrangiert. Immer wenn das im Radio kam, hatte ich Tränen in den Augen, ich bin vor Schmerz zerflossen. Obwohl ich nur ungefähr eine Ahnung hatte, um was es da ging. Es war wohl die Liebe. Liebe und Tod, das musste irgendwie zusammengehören. Das war schön, so ergreifend. Ich war mittendrin in diesem Lied. Immer. Den Hang zu Melancholie und Weltschmerz habe ich nie abgelegt. Heute noch warte ich bei jedem Schmachtfetzen im Fernsehen, bis endlich alles gut wird und ich weinen darf.

Mit Harry Nilsson begann Musik in meinem Leben einen neuen Stellenwert zu bekommen. Musik, das war Gefühl, das war sehr, sehr schön.

Im April 1971 kamen wir raus aus unserer Mottenburg in Ruhpolding. Mami und Werner haben uns abgeholt. In der 412er VW Limousine mit Flachmotor in dezentem Beige. So im Juli meinte Werner, dass ich jetzt endlich etwas tun müsste. Schule oder Lehre. Was? Schule ja mal auf keinen Fall! Was zum Teufel ist eine Lehre?

Die Charts 1971 in der Übersicht:

Miguel Ríos: A Song of Joy
4 Wochen (4. Januar – 31. Januar, insgesamt 15 Wochen)
George Harrison: My Sweet Lord
10 Wochen (2. Februar – 11. April)
Lynn Anderson: Rose Garden
1 Woche (12. April – 18. April, insgesamt 5 Wochen)
Creedence Clearwater Revival: Hey Tonight
1 Woche (19. April – 25. April)
Lynn Anderson: Rose Garden
4 Wochen (26. April – 23. Mai, insgesamt 5 Wochen)
Danyel Gérard: Butterfly
14 Wochen (24. Mai – 29. August, insgesamt 15 Wochen)
The Sweet: Co-Co
6 Wochen (30. August – 10. Oktober, insgesamt 7 Wochen)
Danyel Gérard: Butterfly
1 Woche (11. Oktober – 17. Oktober, gesamt 15 Wochen)
The Sweet: Co-Co
1 Woche (18. Oktober – 24. Oktober, insgesamt 7 Wochen)
Peret: Borriquito
2 Wochen (25. Oktober – 7. November)
Pop Tops: Mamy Blue
10 Wochen (8. November 1971 – 16. Januar 1972)

5 Moped, Fummeln, Haschisch, Prog-Rock (1971 – 1973)

– Whity erklärt uns das Loch in der Mauer

Werner meinte, ich soll doch als Beruf was Kreatives machen. Beruf, was ist das denn? Wir haben zu Hause nie darüber gesprochen und es hat mich auch nie interessiert, wo Werner und Mami so ihre Tage verbracht haben. Es traf mich bretthart, wie ein Schlag vor den ganzen Körper. Ich stand da wie festgenagelt. Arbeiten? Lehre? Diese Worte hallten in meinem Kopf. Was ist mit den Spielzeugautos, draußen im Sand spielen mit Gorki Toys oder Wiking Autos zusammen mit Sprutz? Mittags beim Gummitwist zuschauen, Mädels anschmachten, hinterherrennen, fangen? Arbeit? Dafür war ich zu jung.

Meine Eltern waren gnadenlos, es schien wirklich keinen Ausweg zu geben.

Werner kannte da jemanden. Wahrscheinlich aus einer Kneipe. Der Herr Jagdtmann, Inhaber der Firma Siebdruck Schlosser in Unterasbach. Herr Jagdtmann war ein knorriger alter Mann. Wohl aus der Oberpfalz oder irgendwo anders her, wo man stark Dialekt sprach. »Dann wollmer mal schaun, göhl?« Das »göhl« kam nach jedem zweiten Satz. Herr Schlosser war der Betriebsleiter. Der ehemalige Besitzer. Er hatte eine Pleite hingelegt. Respekt. Das war 1970 fast nicht möglich.

Der Betrieb war in einem ehemaligen Kino untergebracht. Man führte mich in den Drucksaal. Der beißende Geruch, den ich im Büro bemerkt hatte, wurde
zum infernalischen Gestank. Das war Nitroverdünnung.
Hochflüchtige Lösemittel im Siebdruck. Drei Maschinen im Saal. Die große DIN A0 mit Trockenkanal. Bis
auf einen Mann standen nur Frauen an den Maschinen.
Grau im Gesicht, tiefe Falten, keine Hoffnung. Die waren offensichtlich weiter als ich. Siebdruck. Was Kreatives.

Selten so gelacht. Ich habe das damals nicht auf die
Kette gekriegt. Ich wollte in die Werbung, doch dazu
war Schule nötig, Abitur, Studium, Kunst oder Kommu-
nikation. Schule wollte ich auf keinen Fall. Ein Teufels-
kreis. Also Siebdruck.

Man führte mich durch den Saal, versuchte Maschinen
zu erklären, tolle Aufträge, ganz viel Verantwortung.
Dann weiter in die Druckformherstellung, die Siebkopie. Die Druckform, das war ein feines Kunststoffge-
webe, auf Stahl- oder Aluminiumrahmen gespannt und
bis zu DIN A0 groß. In der Kopie wurden auch die Siebe
nach dem Druck gewaschen. Der Gestank der Druckerei
steigerte sich ins Extreme. In einer fünf Meter breiten
Blechwanne mit einer fast drei Meter hohen Rückwand
wurden die Siebe nach dem Druck gereinigt. Unter der
Wanne befand sich ein zweihundert Liter Nitroverdünnung fassender Behälter, darauf eine Pumpe.

Die Pumpe beförderte das Reinigungsmittel in einer Art Bürste mit langem Stiel. Damit wurden die Siebe per Hand geschrubbt. Für ein Sieb DIN A0 brauchte man ca. 20 Minuten, bis es richtig sauber war. A0 das waren 1189 x 841 Millimeter, etwa ein bis zwei Kilo Farbe musste da rausgelöst werden. Alle zwei Monate wurde der Behälter mit den zweihundert Litern Verdünnung und der ganzen herausgelösten Farbe hinausgetragen in den Innenhof. Auf der Wiese konnte man sehen, dass an einer Stelle kein Gras mehr wuchs. Da wurde das hingekippt. Einfach ausgeschüttet. Das war bei der Besichtigung aber kein Thema. In der Kopie war noch ein Trockenschrank, in dem neu beschichtete Siebe lichtsicher getrocknet wurden. Dann war da der Kopiertisch sowie eine Kohlenbogenlampe, die mit Gleichstrom zwei Kohlen befeuerte, bis sich ein Lichtbogen bildete, um die beschichteten Siebe zur fertigen Druckform zu belichten.

Von dort aus ging es in den ersten Stock, den einzigen Ort, der mir in den kommenden drei Jahren gefiel. Die Grafik, Druckvorstufe. Dort wurden Entwürfe gemacht. Es gab eine Dunkelkammer, ein Linotype Satzgerät und eine Kamera, mit der die Entwürfe vergrößert wurden. Selbstverständlich wurde überall geraucht, in der Grafik war der Raum immer blau. Da war ein wirklich netter Grafiker, der Joachim. Er rauchte Roth-Händle ohne Filter und hat mir alles erklärt. Dann gab es da noch eine für meine Begriffe überirdisch schöne Grafikerin. Sie hatte lange lockige und dunkelbraune Haare, immer knallenge Jeans an, was ihren perfekt geformten Hintern betonte. In der Bluse immer ohne BH, ziemlich große, feste Brüste, deren Bewegungen ich bei jedem Schritt mit Begeisterung beobachtete. Bereits bei dieser ersten Besichtigung war klar, dass Karin der einzige Grund sein könnte, da regelmäßig hinzugehen. Sie roch so gut. Na ja, es gab auch noch einen Bierautomaten. Aber da durfte ich erst ab 16 ran.

Es war also die Zeit angebrochen, ein Mann zu werden. Zumindest untenrum. Bei mir war das alles beherrschend, eine Art von Sucht, die mich vollständig überrannte. Ich sah nur noch Brüste, lange Haare, lange Beine, pralle Hintern. Der Witz, dass man vom Wichsen Schwielen an der rechten Hand bekommt, war bei mir durchaus eine reale Gefahr. Zwei bis dreimal täglich war Standard. Parallel dazu ein völliges Unverständnis der weiblichen Psyche. Über was sprechen die da, warum lachen die und was zum Teufel muss ich tun, damit mich eine ranlässt? Wie bei jedem Jungen in diesem Alter, erst recht bei einem schüchternen Sensibelchen, hat dieses Unverständnis lange angehalten. Sehr lange, wirklich sehr, sehr lange. Vielleicht ist das auch heute noch so.

Ich bin immer morgens mit dem Fahrrad von Altenberg so etwa fünf Kilometer nach Oberasbach gefahren. Um sieben Uhr los, damit ich so zehn vor halb acht da war. Im Winter, wenn Schnee lag, war das echt eine Herausforderung. Da habe ich mir dann mit Mamis

Wäscheleine das Hinterrad umwickelt. Immer so einen Zentimeter Abstand, dann wieder eine Wicklung. Hat geholfen in Sachen Grip.

Bis sechzehn Uhr dreißig dauerte es, bis ich endlich wieder frei war. Ein unglaublich langer Tag war das. Ich musste um elf Uhr immer Vesper holen für alle.

Ich habe denkbar lange dafür gebraucht. Vor allem das Aufschreiben hat lange gedauert, speziell in der Grafik bei Karin.

Der Beruf des Siebdruckers war nicht kreativ. Rein gar nicht. Ich stand bald an der großen Maschine und habe für die Norma Preisschilder gedruckt. Die hatten so DIN A4 große, gelbe Pappdeckelschilder. Sechzehn Schilder waren auf einem Bogen im A0-Überformat. Die gelbe Fläche habe ich gedruckt. Tagelang gelb, nichts als gelb. Eine riesengroße Palette mit grauen Pappen nach der anderen. Wenn ich dann am Abend nach Hause kam zu Mami und ich bin aufs Klo zum Pinkeln gegangen, hat danach die halbe Wohnung nach Lösemittel gestunken. Die Lösemittel gingen in die Lunge, durch die Nieren, durch den gesamten Körper und kamen unten wieder raus. Hat weiter keinen interessiert. War ein anerkannter Lehrberuf, der Siebdrucker.

Ich war irgendwann mal beim Friseur in Altenberg. Ich hatte schulterlanges lockiges Haar und wollte gerne die Spitzen schneiden lassen. Ich kam rein und dachte, oh geil, da laufen die Beatles im Radio. Dann kam der Inhaber aus dem Hinterzimmer und brüllte: »Wer hat die Affenmusik angemacht?« und schon lief wieder Freddy Quinn. Weil der Chef bemerkt hatte, dass mir die Beatles gefielen, wurde aus meinem Spitzenschneiden ein Fassonschnitt. Ich sah aus wie einer von der Armee. Heute hätte der eine Klage wegen Körperverletzung am Hals, der Idiot.

Eine sehr willkommene Abwechslung war die Berufsschule. Hier kam ich zu meinem ersten Kontakt mit einer Welt, die mich sehr interessierte. Langhaarige, die Musik hörten und Drogen nahmen. Ich kann mich an Alfred Kammer erinnern, er hatte lange rote Haare und einen Vollbart, war schon älter und den Günther, seinen Sitznachbarn. Die haben im Unterricht immer ein, zwei Flaschen Hustensaft getrunken. Da war eine große Menge Codein drin damals, hat ordentlich gedreht. Sie hatten jedenfalls in der großen Pause Probleme mit dem Sprechen. Sie haben sich dann noch im »Grüner Automaten«, einer unglaublichen Spelunke in Fürth, ein Bier reingezogen. Dann konnten die nur noch blöd vor sich hin glotzen. Sendepause, wunderbar.

Zu Hause musste ich von meinem Lehrgeld nicht viel abgeben. Als ich endlich sechzehn war, habe ich den Führerschein gemacht und konnte mir von meinem ersparten Lehrgeld ein Moped kaufen. Die haben mir ihren Ladenhüter angedreht: eine DKW Sprint mit gelbem Tank, schwarzen Seitendeckeln und silbernen Schutzblechen. War aber gut für fünfundachtzig Stundenkilometer. Das Ding fuhr ganz prima und ich war mobil. Es kam bald ein Hochlenker dran, eine Rückenlehne und ein wahrer Christbaum an Beleuchtung. Ich hatte zum Basteln eine Garage vor unserem Haus gemietet. Vorne ein gelber Nebelscheinwerfer, den ich auf einem Schrottplatz aufgetrieben hatte und auf den serienmäßigen oben draufgesetzt habe. Der Vater von Woffi war Schlosser und hat mir die Halterung gebaut. An der Rückenlehne waren sechs Fahrradrücklichter, die ich auch angeschlossen hatte. Das war alles reichlich ungesetzlich, aber das hat mich nicht weiter gestört. Wenn ich tatsächlich erwischt wurde, eine Mängelanzeige bekommen habe, dann kam alles runter. Schnell zur Polizei zum Vorzeigen und dann gleich wieder alles hingeschraubt. So war das damals.

Mobil sein war für mich das Höchste, das ist immer so geblieben. Ich wurde ein Benzinjunkie. Heute unvorstellbar, damals traumhaft, rauschhaft. Mit dem Moped rausfahren, am Abend nach der Arbeit über die Felder, raus aufs Land, den Wind im Gesicht, Blumenwiesen, der Duft von Heu und auch mal Regen. Das bedeutete Freiheit für mich. Nur ich, das Moped, später Motorräder und Autos, raufschalten, runterschalten, bremsen, in die Kurve und wieder raus. Fantastisch, fast besser, als ich mir Sex vorstellte. Zumindest länger, wie es sich bald zeigte.

Irgendwann habe ich Inge kennengelernt. Sie war genau so, wie ich mir immer eine Freundin vorgestellt hatte. Etwas zu viel auf den Rippen, schätze heute, das war

Doppel D im BH. Immer Hosen, die viel zu eng waren, oft so eng, dass sich im Schritt deutlich ihre Weiblichkeit abzeichnete. Ich war schier wahnsinnig vor Geilheit. Immer wenn wir uns im Park getroffen hatten, haben wir wie wild geknutscht, bis die Haut um unsere Lippen feuerrot war. Ich konnte mich beim Knutschen an ihr reiben, bis die Unterhose nass war. Wir waren dann tatsächlich jahrelang zusammen. Ich weiß noch, dass sie die erste Frau war, mit der ich geschlafen habe. Im Kinderzimmer, bei Mami zu Haus. Wir passten da nicht so wirklich ideal zusammen. Nicht, dass mein kleiner Freund zu klein war.

Er war zwar ein Schrumpelschwanz, was relativ selten ist, die meisten Männer haben einen Schlappschwanz. Beim großen Pimmelvergleich auf dem Männerpissoir oder an Pissrinnen habe ich das gut beobachten können. Schrumpelschwänze waren selten, hatten aber, weil sie so verschrumpelt waren, ein wesentlich höheres Potenzial über sich hinauszuwachsen. Meiner war im Mittelfeld unterwegs, nicht groß, aber auch nicht zu klein. Wir haben damals im Freundeskreis Vergleichsmessungen durchgeführt.

Bei Inge jedenfalls war das Gefühl eher so, als würde man eine Salami in den Hausflur werfen. Es war schön warm und rutschig und in der Missionarsstellung bin ich nach ein paarmal rein und raus sehr schnell gekommen. Wir oder besser ich habe es dann später nach einiger

Übung auch für sie noch zu befriedigenden Ergebnissen gebracht.

Mit der DKW wurde ich fast automatisch Mitglied der örtlichen Moped-Gang. Es gab da die »Choppers« aus Zirndorf. Was das genau bedeutete, wusste eigentlich niemand und dass unser Clubabzeichen das Eiserne Kreuz war, hat uns geschichtlich auch nicht weiter interessiert.

Ich habe unsere Aufkleber in der Druckerei herstellen dürfen, sehr cool. Eigene Aufkleber hatte damals kaum ein Club. Ist der Siebdruck doch einmal zu etwas zu gebrauchen. Ich hatte lange lockige Haare, Jeans, Parka oder Lederjacke und unser Treffpunkt war der Parkplatz am Stadtpark in Zirndorf.

Dort waren viele US-Boys, natürlich auch interessante Mädchen wie eben Inge. Irgendwann hatte einer aus der Clique mal ein »Piece« dabei. So nannte man einen Brocken Haschisch in Insiderkreisen. Ich hab mit sechzehn schon ordentlich geraucht, also ab damit, mal Shit und auch mal Gras. Einmal war der Shit heftig mit Opium verschnitten, sicher, um die Abnehmer abhängig zu machen. Wurde bei mir nichts. Ich hatte damals kurz heftige Halluzinationen, auf der Rückbank des Opel Commodore unseres Dealers habe ich beim Fahren den Kopf nach hinten auf die Hutablage gelegt. Aus Wolken wurden apokalyptische Reiter. Das war es dann auch schon wieder. Kiffen war prima. Immer wieder gerne. Natürlich auch, weil es verboten war.

Haschisch rauchen führte bei uns lediglich zu guter Laune und extremer Lässigkeit. Wir haben uns schlapp gelacht über alles Mögliche, Gras fühlte sich etwas munterer an, war aber sonst nicht viel anders. Es war einfach nur extrem lustig, stoned die Welt da draußen zu betrachten. Danach hatten wir immer einen Bärenhunger. Das war's dann.

Keine Kopfschmerzen, keinen üblen Magen am nächsten Morgen wie beim Suff. Haschisch und Gras sind mit Sicherheit nur deswegen nicht legal, weil der Staat nichts daran verdient. Das war damals meine Meinung, und so ist es heute noch. Dauerkiffen führt schlimmstenfalls zu Tranigkeit und leichter Verblödung, aber nie zum Versagen von Leber und Milz, zum Delirium tremens. Es wäre schön, wenn Alkohol genauso harmlos wäre.

Wir bemühten uns nach Kräften, unseren amerikanischen Vorbildern optisch nachzueifern. Jeder hatte eine Ami-Jacke, einen Parka im Secondhandshop erworben, am liebsten noch mit Namensschild und Abzeichen drauf, was durchaus so zu haben war. Aufnäher der Rolling Stones und Peacezeichen auf den Jeans, ausgestellte Beine und knalleng. Love, Peace and Rock 'n' Roll.

Es war Kirchweih in Altenberg: ein Schießstand, Süßigkeiten, Fischbraterei, Kinderkarussell und ein Bierzelt.

Dampfige Atmosphäre am Nachmittag bei Sonnenschein. Wir hatten uns mit der Clique ein paar Maß Bier geteilt, ich hatte sicher ein wenig zu viel. Dann wollten wir wieder runter nach Zirndorf zum Treffpunkt am Stadtpark. Die Gitti suchte einen, bei dem sie mitfahren konnte. Ein paar Brüste im Rücken kamen mir gerade recht. Gitti hatte den Spitznamen »Rotkohl Simson«, weil sie rote lange Haare hatte und immer eine Armeejacke trug mit dem Namensschild »Simson« drauf. Wir fuhren los, voll aufgedreht und rein in die erste Kurve Richtung Zirndorf.

Ich weiß nicht wie, aber mir ist in der Kurve der Arsch weg, wir sind gestürzt, das Moped einige Meter gerutscht und in ein stehendes Auto geknallt, das im Gegenverkehr an der Kreuzung warten musste. Benommen bin ich aufgestanden. Der Fahrer des Wagens begann mich sofort zu beschimpfen, dass ich das alles zu zahlen hätte. Ich suchte erst mal Rotkohl Simson und sah sie zehn Meter hinter mir mitten auf der Straße liegen. Sie rührte sich nicht. Es waren Leute bei ihr, der Krankenwagen wurde gerufen. Gott sei Dank kamen auch Leute aus meiner Siedlung. Ich habe sie gebeten, mein Moped wegzubringen. Die Polizei war da, aber man sollte sich das Ganze lieber nicht so genau ansehen. Ich selbst hatte nur eine Schürfwunde am Bein. Die Jeans war weg, die Haut darunter auch. Ich weiß noch, dass wir uns zu Wehr setzen mussten, weil die Sanitäter Rotkohl Simson in ein US-Hospital bringen wollten. Sie sah aus wie eine Angehörige der Armee. Gott sei Dank stellte sich heraus, dass mit ihr alles ok war.

Sie war bewusstlos, hatte einen Schock und eine Gehirnerschütterung. Glück gehabt, Helmpflicht gab es damals noch nicht und sie hatte keinen auf.

Den Unfall habe ich dann in einer Art Aufsatz zur Relativitätstheorie verarbeitet, alle meine Eindrücke während des Sturzes minutiös festgehalten. Dass mich beim Rutschen über die Straße Teile des Rückspiegels in Zeitlupe überholt haben, all die endlos erscheinenden Eindrücke, die man in Sekundenbruchteilen wahrnehmen konnte, waren mir ein Beweis, dass die Zeit relativ ist, dass das Empfinden dieser Maßeinheit vom Betrachter und der Situation, in der er sich befindet, abhängig ist und damit keine feste Größe sein kann. Ich war ja konditioniert durch Bildungslektüre wie »Perry Rhodan«. Von derartiger Literatur war ich daran gewöhnt, dass Überlichtgeschwindigkeiten im Weltraum nur dann möglich sind, wenn man die damals bekannten Grenzen der Physik aushebelt, also: alles relativ.

Damals habe ich ständig alles Mögliche an philosophischer Weltbetrachtung zusammengeschrieben. Nichts Besonderes, nichts Neues, hat mich aber interessiert. Ist alles weg, sicher aber auch kein großer Verlust. Später habe ich dann bei den Profis nachgelesen.

Irgendwann war er plötzlich da. Auf dem Parkplatz am Stadtpark. Whity. Ein merkwürdiger Junge mit hellblonden lockigen und halblangen Haaren. Er fuhr eine Honda Dachs mit kleinen Rädern und nach oben gezogenem Auspuff und machte eine Lehre bei der Druckerei Winter in Zirndorf, direkt gegenüber unserem Treffpunkt. Er hatte den Spitznamen »Whity«, weil er so aussah. Kalkweiß und fast weiße Haare. Wie ein Albino. Irgendwie hat er mich immer an ein Schweinchen erinnert: helle Haut, große, fleischige rosa Lippen und leicht gerötete Augen. Er war sehr, sehr albern und das passte mir natürlich gut ins Konzept. Ich war schließlich bereits in Realschule und Mottenburg der Klassenkasper. Er brachte seinen besten Freund, den Wolle, mit. Whity, Wolle und ich, wir verstanden uns sofort, blödelten rum, waren richtige Entertainer, sorgten für Spaß und Unterhaltung in der Clique.

Wolle wiederum kannte Pete. Pete Willmann, der bald unser aller uneingeschränktes Vorbild wurde.

Er war drei oder vier Jahre älter als wir, ein echter Schrauber, Student der Maschinenbautechnik. Optisch und vom Auftreten her ein Abenteurer durch und durch. Groß, kräftig, lange aschblonde und gelockte Haare, stahlblaue Augen mit stechendem Blick. Er hätte damals sofort die Rolle des Helden in der Camel Zigarettenwerbung bekommen. Seine Leidenschaft waren Motorräder. Echte Motorräder. Er hatte einen richtigen Chopper, eine umgebaute BMW mit Stufensitzbank und langer Gabel. Unsere Träume hatte er bereits verwirklicht, und zwar in einer eigenen, unglaublich ausgestatteten Werkstatt.

Petes Eltern hatten mit einer Fabrik für Hohlbausteine ein Vermögen gemacht. Die Fabrik war längst Geschichte, ein großes Gewerbegrundstück von sicher fünfzigtausend Quadratmetern, bebaut mit mehreren Industriehallen ist übrig geblieben. Neben Petes Werkstatt waren da einige Unternehmen angesiedelt, ein großer Teppichhandel, ein Metallbaubetrieb, eine Möbelschreinerei mit Fensterbau. Die Familie wohnte auch auf dem Gelände. Die Eltern waren aber selten dort anzutreffen, meistens lebten sie in ihrem Ferienhaus auf Teneriffa. Sie waren mir immer unheimlich, ich mochte sie nicht. Die Willmanns standen anderen Menschen misstrauisch und ablehnend gegenüber, sie waren wortkarg und herrisch im Auftreten. Ein freundliches Wort habe ich da nie gehört.

Pete hatte noch drei Brüder. Hans, er studierte Lehramt, Martin, ein Epileptiker und Alfred. Der war der Älteste. Er hatte ein Fuhrunternehmen und ein eigenes Haus. Später stellte sich heraus, dass er ein Kuckucksei war. Mutter Willmann ist fremdgegangen. Wer macht denn so was? Mit der Fregatte?

Die Eltern waren beide von beispielloser Ignoranz den Söhnen gegenüber. Pete hatte mal ein paar Wochen lang kein Geld und nichts zum Essen. Ich durfte ihn mittags mit nach Hause bringen, Mami hat ihn durchgefüttert. Die Eltern sind einfach mal so nach Teneriffa, Urlaub machen in ihrem Haus am Meer. Die Kinder hatten sie ausgesperrt.

Hans konnte bei seiner Freundin schlafen, Martin in der Behinderteneinrichtung, Pete musste in seiner Werkstatt klarkommen. Im Schlafsack auf dem Fußboden.

Zwischen den fünf Industriehallen gab es große betonierte Freiflächen. Dieser Spielplatz und Petes Werkstatt, das war bald das gemeinsame Schrauber- und Partyparadies von Wolle, Whity, Sprutz und mir.

Sprutz hatte mit dem Schrauben eigentlich nichts am Hut, nur Party, Mädels und Kiffen, das war seins. Aber da war er ja auch richtig bei uns.

Im Lauf der Jahre kamen immer mehr Freunde dazu. Der kleine Albert, genannt Alibert, ein hilfsbereiter, gutmütiger Junge, nicht besonders redegewandt. Der bekloppte Randolf, ein Sadist und Spinner, der ständig den Alibert quälte. Tschaikowsky, ein Netter, der Gitarre spielte, mehr so die Akustiksachen. Prinz, groß und schlaksig, wirre Haare und blitzender Schalk in den Augen. Der hatte das Glück, ein reicher Sohnemann zu sein, nichts arbeiten zu müssen. Anton, der bayerische Jugendmeister im Judo, ein Baum von einem Kerl, der Jahre später mit seiner 1100er Yamaha in einer Autobahnkurve ums Leben kam. Dann war da noch Wieland, der Schlosser und viele wechselnde Mädchen.

Petes Werkstatt hatte zwei große Flügeltüren und befand sich links von einer sicher fünfzig Meter langen Halle, die über eine Laderampe für Lkws verfügte. Über seiner Werkstatt hatte er einen Raum. Dort wohnte das Faktotum des Geländes, Klo auf dem Gang, eine Art Hausmeister, ich glaube, es war ein Belgier. Er hieß Paul. Wenn wir Party gemacht haben, nachts um zwei Uhr irgendwelche Motorräder ohne Auspuff gestartet, mit einem alten VW Käfer ohne Nummernschilder über das Firmengelände gebrettert sind, kam immer der eine Moment, auf den wir fast gewartet haben.

Er riss sein Fenster auf und schrie herunter: »Ruhe verdammich, Ruhe nomal, sonst hol ick de Polizeje, ick hol de Polizeje!«

Das kam so sicher wie das Amen in der Kirche und erst dann haben wir auch Ruhe gegeben.

Paul war irgendwann weg. Ob er gestorben ist oder er vom Vater Willmann entlassen wurde, keine Ahnung. Der Raum gehörte jedenfalls zu einem Gebäude, über das Pete verfügen konnte. Ich hatte das mal irgendwie mitbekommen und nachdem dieser eine Raum von keiner anderen Firma im Gelände gebraucht werden konnte, habe ich Pete gefragt, ob er uns den geben würde.

Offiziell sollte unser Raum ein Partyraum werden, wir dachten aber mehr an eine Art »Übungsraum« für unsere erotischen Betätigungen. Wir hatten alle Freundinnen, aber keiner durfte mit ihr zum Petting nach Hause in sein Zimmer. Damals gab es noch den Kuppelparagrafen. Eltern konnten belangt werden, wenn sie den Sex von Unverheirateten begünstigen oder tolerieren würden. Das war Gesetz bis 1973. Außerdem waren wir ja alle gerade mal sechzehn oder siebzehn Jahre alt. Die Volljährigkeit erreichte man damals erst mit einundzwanzig Jahren. Als wir mit dem Einrichten fertig waren, sah das eher aus wie ein »orientalischer Wanderpuff«. So haben wir es dann zumindest genannt.

Auf dem Boden lagen alte Teppiche und darauf lauter Matratzen, locker zwanzig, meist dreiteilige. Die hatten wir von Entrümplungen besorgt. Aus einem großen Raum haben wir vier »Zimmer« arrangiert, abgetrennt voneinander mit Vorhängen und alten Decken.

Selbstverständlich überall Räucherstäbchen, etliche Kästen Bier und ausreichend Zigaretten. Endlich konnte ich mal ausgiebig Inges Körper erkunden. An meinem gab es ja nur eine wichtige Stelle. Es war jedes Wochenende in den meisten Separees zunächst Geraschel und Gestöhne zu hören. Dann wurde gesoffen und Blödsinn gemacht, ab und an aus dem Fenster im ersten Stock heruntergekotzt und gut war es.

»Frisch gefickt hinter einem Kasten Bier hervorschauen.«

Das war unser Credo. Für mich war es damals vorstellbar und erstrebenswert, dass so das Leben immer weitergehen würde. Es sollte sich herausstellen, dass es noch viel interessanter wurde. Meine Abenteuerlust und die Sucht zu leben waren grenzenlos.

Wolle und Whity hatten sich dann direkt unter unserem »Übungsraum« zwei große Garagen gebaut. Pete stellte die Steine und alles an Baumaterial, sie mussten selbst bauen und bekamen die Garage dafür fünf Jahre mietfrei, danach zu einem guten Tarif für weitere fünf Jahre. Ich habe mal an einem Wochenende geholfen, Whity und Wolle die Steine gereicht, später nochmals, als das Dach darauf kam. Whity hatte noch einen kleinen, fensterlosen Raum zusätzlich, direkt unterhalb von unserem orientalischen Wanderpuff, vielleicht zwanzig Quadratmeter groß.

Da war ein Waschbecken drin, später kam ein Kühlschrank rein, ein Sofa, ein paar Ledersessel und ein Tisch. Der fensterlose Raum war durch eine abschließbare Tür von seiner Garage getrennt. Neben der Tür hat er beim Bau ein Loch in der Mauer gelassen. Etwa in hundertachtzig Zentimetern Höhe, etwa zwanzig mal zwanzig Zentimeter. Das hatte uns gewundert. Wer gefragt hat, bekam die merkwürdige Antwort, dass er keinen Stein mehr gehabt hätte.

– Whity erklärt uns das Loch in der Mauer

Also gut, seit dem ersten Treffen im Stadtpark Zirndorf
bin ich der Whity. Die haben mich so genannt und ich
finde, das passt schon. In der Schule war ich »Schweinchen Dick« oder der »Mehlsack«, da ist »Whity« schon
besser. Ich kann nichts dafür, dass ich fast so wie ein
Albino aussehe und ein bisschen zu dick bin. In ganz
Zirndorf gab es nur einen, den sie mehr verarscht haben, und das war John. John Pazer war ein Mischling
von einem Ami, einem Neger, und einer Deutschen
aus dem Glasscherbenviertel. Obwohl der nicht ganz
schwarz war, haben sie den »Negerkuss« genannt oder
John Patscher, als wenn er nicht ganz dicht wäre. Man
sagt das so in Franken. Wenn einer nicht ganz richtig
im Kopf ist, hat er einen Patscher. Die Mutter haben
die Leute eine Amischnalle geschimpft.

Bei meinen Eltern zu Hause heiße ich Anton. So heiße
ich wirklich. Mein Vater arbeitet bei Grundig in der
Buchhaltung, meine Mutter ist zu Hause. Wir wohnen in Weiherhof. Da haben wir eine Mietwohnung in
einem Sechsfamilienhaus direkt am Wald. Meine Eltern
leben sehr zurückgezogen. Wegen meiner Mutter und
ihrer Krankheit. Sie hat Schizophrenie. Wenn wir Besuch haben, sind es Freunde von der Religion. Neuapos-
tolische. Wir glauben, dass Jesus wiederkommt und es
ist klar, dass wir Gott gefallen wollen und für uns ein
christliches Leben wichtig ist.

In der Schule hatte ich es nicht leicht. Auch wegen dem Lernen. Ich war in der Volksschule Zirndorf. Im Sport war ich gut und in Religion. Die anderen Fächer habe ich nicht gemocht. Na ja, Mathematik ging schon, rechnen fand ich auch ganz gut. Dann habe ich eine Ausbildung zum Offsetdrucker in Zirndorf angefangen.

Die Arbeit als Drucker hat mir schon gefallen. Es war eigentlich immer das Gleiche und man konnte gemütlich vor sich hinträumen den ganzen Tag. Ab und zu gab es einen Anschiss und der Meister hat mich angebrüllt. Ich bin dann immer feuerrot im Gesicht geworden. Aber es war immer schnell vorbei.

Ich habe Spaß gemacht, Witze erzählt, Heinz Erhard konnte ich auswendig, oder den Hisel, einen Komiker aus Nürnberg. Dann war ich beliebt und die anderen haben mich gemocht und eingeladen zum Geburtstag und so. Das ging auch bei der Mopedclique im Stadtpark so. Wolle war mein bester Freund und Tim. Wenn die »Choppers« gesagt haben, sie zahlen meine Pizza, wenn ich den Karton mitesse, dann habe ich das gemacht und alle hatten Spaß. Irgendwann haben wir angefangen, Bier zu trinken, dann kam das mit Haschisch rauchen, später Trips und Valium. Mit Wolle, Sprutz und Tim. Das war dann noch viel lustiger. Mit Tim zusammen habe ich mal Lieder erfunden.

Den einen Refrain vergesse ich nie: »Fünf Teller weiße Bohnen, ich glaub, ich muss mich schonen, sonst ist mein Leben bald vorbei. Ich lass den Riesenschiss und das ist ganz gewiss, dass dann nichts mehr so wie früher is.«

Ich war wie Otto und konnte alle seine Späße auswendig. Meine Eltern haben mitbekommen, dass ich viel Spaß mit meinen Freunden hatte. Beide haben mir immer öfter Vorwürfe gemacht wegen des Alkohols. Von Drogen wussten sie Gott sei Dank nichts. Sie haben sich Sorgen gemacht, dass ich mir irgendwann so viele Verfehlungen auflade, dass ich nicht mehr als ein »in Christus Gestorbener« zu den Orten der Geborgenheit kommen würde. Das wäre schlimm und ich habe mir auch Sorgen gemacht.

Das wurde für mich noch schlimmer, als ich eine Freundin hatte. Die Gitte. Wir hatten Sex vor der Ehe und das war nicht gut. Ich wollte immer so schnell wie möglich fertig werden, aber ich habe mir dabei solche Gedanken gemacht und dann hat es besonders lange gedauert.

Mein Leben war nicht so, wie es sein sollte. Wir haben ganz viel Blödsinn gemacht und immer viel getrunken, viel Drogen genommen. Das konnte nicht immer so weitergehen.

Irgendwann war ich mit Gitte in der Gifthütte hinter dem Puff in Nürnberg und wir sind nachts nach Hause gefahren. Ich war nüchtern, es war Sommer so um 23:00 Uhr und ich im Unterhemd auf meiner 1100 Yamaha in der Südstadt, Bulmannstraße, vielleicht mit 40 km/h unterwegs, als plötzlich von links aus der Humboldt-straße ein Transporter angeschossen kam. Das Riesen-ding, viel zu schnell, der sieht mich nicht, kann nichts machen, danach weiß ich nichts mehr.

Als ich im Krankenhaus zu mir komme, Bein gebro-chen, Schlüsselbeinbruch und viele Prellungen, erfahre ich, dass Gitte den Unfall nicht überlebt hat. Sie ist tot und ich bin gefahren. Eine Strafe Gottes, sagt meine Mutter. Sie ist wieder in Behandlung. Ihr Blick macht mir Angst.

Ich habe mich dann zurückgezogen von meinen Freun-den. Das ist nicht gut so zu leben. Man bekommt die Strafe Gottes für ein schlechtes Leben. Immer. Ich dachte früher, vielleicht stimmt das ja alles gar nicht, jetzt war ich anderer Meinung. Ich hatte einen Beweis, dass es stimmt. Gitte war tot.

Es ist Samstag, der 03. Juli 1984, 15:00 Uhr an meiner Garage. Von den anderen ist niemand da und Wolle kommt auch erst um fünf Uhr, weil er arbeiten muss.

Ich habe Schuld auf mich geladen, ich habe Angst, so zu werden wie meine Mutter.

Ich fahre meinen BMW in die Garage und schließe das Tor ab. Ich habe einen alten Schlauch von einer Lüf-tungsanlage. Dafür habe ich beim Bau der Garage 1973 die Lücke in der Wand gelassen. Das eine Ende stecke ich durch das Loch zum Nebenzimmer, das andere Ende über den Auspuff vom BMW. Ich starte das Auto, gehe ins Nebenzimmer und schließe die Tür ab.

Vielleicht ist es ja noch nicht zu spät. Halleluja, Jesus, ich komme!

Wolle hat ihn damals so gegen achtzehn Uhr gefunden. Tot, der Körper blau angelaufen und Schaum vor dem Mund. Dieser Anblick hat ihn sein ganzes Leben lang nicht losgelassen. Die zwei waren wie Zwillinge, sehr, sehr gute Freunde damals. Es hat ihn sehr getroffen, uns alle.

Zurück ins Jahr 1973. In Zirndorf im Stadtpark habe ich einen GI kennengelernt. Ihm habe ich mein Interesse für Musik zu verdanken. Die Bezeichnung GI leitet sich ab von »Gouvernment Issue«, wenn man so will, »Staatseigentum«. Na ja, bei einem deutlichen Teil der amerikanischen Soldaten war das auch so. Die durften damals als Kleinkriminelle aus dem Gefängnis in Amerika, wenn sie sich nur für den Dienst in Deutschland verpflichten würden. Wir hatten viele, wirklich große Kasernen mit ein paar Tausend Soldaten in der Region. Die US-Boys waren überall und natürlich gab es ständig Schlägereien auf den Volksfesten, in den Diskotheken.

Mein Freund George kam aus Pennsylvania, vom Land irgendwo, die nächste Stadt weiß ich nicht mehr. Er war ein anständiger Junge, keiner von den wilden Amis. Wir saßen oft in der Wiese, er hatte immer eine Flasche Whiskey dabei, und wir tranken und rauchten Zigaretten. Er hat mir erzählt von zu Hause. Amerika, das war toll. Die Autos, Harley Davidson, die Fernsehserien, die Weite des Landes war derart faszinierend für mich, eine ganz andere Welt. Er hat mich irgendwann eingeladen in die Kaserne, auf seine Stube. Er war in Zirndorf in den Pinder Barracks stationiert. Die Kaserne war durch den letzten Teil der alten Stadtmauer von Zirndorf von der Straße her abgeriegelt. Man musste durch das ehemalige Stadttor, das natürlich von der Militärpolizei, der berüchtigten MP, bewacht wurde. Links davon stand eine Pizzabude. Wir kamen ohne Probleme in die Kaserne rein. Als wir auf seiner Stube waren, es war mehr so eine Art Schlafsaal für sicher fünfzig Soldaten, hat er mir seine Plattensammlung gezeigt. Wir haben uns unterhalten und all die Bands, die er mir genannt hatte, waren mir unbekannt.

Das hat George nun gar nicht verstanden. Er wollte mich aufklären, was gute Musik ist und was man kennen muss. Er holte eine LP nach der anderen raus und legte auf: Bachmann Turner Overdrive, King Crimson, Jethro Tull mit »Thick as a Brick«. Der reine Wahnsinn, so etwas hatte ich noch nie gehört! Es hat nur ein, zwei Stunden gedauert und ich stand voll in Flammen. Klasse!

Der sogenannte Progressive oder Prog-Rock, das war ab sofort mein Ding. Damit war Jethro Tull ganz oben auf meiner Agenda und das legendäre Konzeptalbum »Thick as a Brick«, das mit der Zeitung als Cover, habe ich mir am nächsten Tag gekauft. Ich habe mich über die Band informiert im »Musik Express«, »Sounds« und auch dem »Rolling Stone«, den es damals nur in englischer Sprache gab. Jethro Tull tourte in den 60er-Jahren durch Musikclubs in England. Im »Marquee Club« spielte die Formation regelmäßig, das war ja der trendigste Schuppen in London schlechthin. Ich habe den Laden 1988 mit Katherina besucht und in der Carnaby Street eine schöne Uniformjacke für die Bühne gekauft. Bis in die Mitte der 60er-Jahre befand sich der Club als Drehscheibe des »Swinging London« in der Oxford Street. Danach hatte das »Marquee« sein Domizil in der Wardour Street in Soho. Der Club galt als Mekka der britischen Blues-Rock-Szene und es gab jeden Abend zwei Liveacts, jeweils eine Stunde lang zu hören und zu sehen. Wegen ihres ungewöhnlichen Stils und der Performance von Ian Anderson hatte die Band bald viele Fans. Der Auftritt der Band auf dem Sunbury Jazzfestival im Sommer 1968 war für Jethro Tull der Durchbruch.

Die Musikkritiker waren sich damals nicht einig, welchem Musikstil Jethro Tull zuzuordnen sei. Das erste Album »This Was« (1968) war zwar grundsätzlich bluesorientiert, doch sind mit dem markanten Gesang und der Querflöte Ian Andersons da schon Besonderheiten eines ganz eigenen Stils zu hören. Ian Anderson war vom Typ her nicht mein Ding. So ein alternativer intellektueller Langhaarzottel kam bei einem Jungrocker wie mir grundsätzlich mal nicht so gut an. Seine Bühnenshow mit dem angewinkelten Bein fand ich auch eher blöd. Wie ein Storch im Salat. Die Musik, die Kombination aus vertrackten Rhythmen und der Querflöte, das war allerdings meins. Zumal man eines immer hatte: Trotz der komplexen Songstrukturen waren die Kompositionen immer harmonisch gut, verfügten über eine starke Harmoniefolge oder Melodie. Meistens gut versteckt und das hat mir imponiert. Langhaarzottel hin oder her, das hatte Qualität.

Auf dem zweiten Album »Stand Up« war dann von Blues nichts mehr zu hören. Da war eine Adaption der Bourrée aus der Suite für Laute in e-Moll (BWV 996) von Johann Sebastian Bach. Aus diesem Thema heraus entwickelte sich eine Jazzrock-Nummer mit einem improvisierten Flötensolo Ians, das dann das Thema komplett verließ. Da konnte man seine ganz eigene Art hören, die Querflöte zu blasen. Mit Überblasen und mit dem Einsatz seiner Stimme beim Spielen machte er sein Ding daraus.

Der frühe Song »Living in the Past« von 1969 war durchgängig im 5/4-Takt komponiert. Eine Anleihe an die musikalische Stilistik des Barock. Mit dem 5/4-Takt habe ich mich später im Rahmen der Tournee »Rock kontra Klassik« beschäftigt. Auf einen Barrocktanz, arrangiert für ein Streichquartett und kleine Rockbesetzung, habe ich eine Popmelodie entwickelt und gesungen. Diese ungerade Taktierung hat einen ganz eigenen Reiz beim Aufbau einer Gesangsmelodie. Einfach, weil es ganz anders ist. Diese Art, Elemente der Klassik mit Pop und Rock zu verbinden, war später Basis meiner ersten Band PSI. Wenn auch noch nicht gerade auf herausragendem Niveau, konnte man immerhin heraushören, was gemeint war.

Ihren größten Erfolg erreichte Jethro Tull mit dem ersten von drei in Folge erschienenen Konzeptalben, »Aqualung«, 1971. Neben dem Titelsong waren darauf weitere Klassiker zu hören, allen voran »Locomotive Breath«. Das war zwar ein Hit für Jethro Tull, mir war es aber fast zu trivial, das Geschrubbe mit der abgedämpften Gitarre. Den Song an sich fand ich aber toll. Dem Nachfolgealbum »Thick as a Brick« (1972) lag dann die Form einer Suite zugrunde. Direkt übersetzt ist das eine »Abfolge«. Gemeint sind verschiedene musikalische Themen und Varianten eines Themas, die dann mit geschickten Übergängen zu einer größeren musikalischen Einheit zusammengefasst werden. Für uns war das Jazz-Rock: eine Fusion von allen möglichen Elementen der Musik. Mit Sputz habe ich Musik gehört und darüber diskutiert. Der hatte allerdings mit meiner Mopedclique noch nichts zu tun. Progressive Rock war uns als Musikgattung noch unbekannt.

1. Januar 1972 – 21. Januar 1972		
3 Wochen	Carole King	Music
22. Januar 1972 – 10. März 1972		
7 Wochen	Don McLean	American Pie
11. März 1972 – 24. März 1972		
2 Wochen	Neil Young	Harvest
25. März 1972 – 28. April 1972		
5 Wochen	America	America
29. April 1972 – 2. Juni 1972		
5 Wochen	Roberta Flack	First Take
3. Juni 1972 – 16. Juni 1972		
2 Wochen	Jethro Tull	Thick as a Brick
17. Juni 1972 – 14. Juli 1972		
4 Wochen	The Rolling Stones	Exile on Main St.
15. Juli 1972 – 18. August 1972		
5 Wochen	Elton John	Honky Château
19. August 1972 – 20. Oktober 1972		
9 Wochen	Chicago	Chicago V
21. Oktober 1972 – 17. November 1972		
4 Wochen	Curtis Mayfield	Super Fly
18. November 1972 – 8. Dezember 1972		
3 Wochen	Cat Stevens	Catch Bull at Four
9. Dezember 1972 – 29. Dezember 1972		
3 Wochen	The Moody Blues	Seventh Sojourn

In der Mopedclique gab es einen, der meine Leidenschaft für Musik teilte. Reiner. Er hatte lange ungekämmte rote Haare. Die Frisur sah aus, als wenn er jeden Morgen erst mal in eine Steckdose greifen würde. Er trug einen Vollbart und fuhr eine Kreidler mit Rösler-Auspuff mit offenem Vergaser und sehr langer Übersetzung. Das Teil lief um die hundertzehn. Wahnsinn. Ich kann mich gut erinnern an ein Musikfestival in Frankfurt. Wir sind mit den Mopeds hingefahren und pünktlich angekommen. Es gab Birth Control, die hatten damals einen Hit »Gamma Ray«, den wir total geil fanden. Da spielte übrigens Hugo Egon Balder Schlagzeug, jener Balder, der später mit »Tutti Frutti« eine Karriere als mehr oder weniger windiger Moderator startete. Birth Control war zu dieser Zeit eine Superband in Deutschland. Genauso Jane und die Gruppe Embryo, mit deren »Weltmusik« ich damals und auch später nichts anfangen konnte. Als das Konzert zu Ende war, so gegen ein Uhr, wollten wir zurück nach Hause. Für mich wurde da nichts draus. Meine DKW Sprint ist mir vor der Halle geklaut worden. Heiner fuhr heim, ich habe getrampt und war morgens um sechs auch zu Hause. Als die Versicherung gezahlt hat, habe ich mir eine Zündapp gekauft. Mit hochgezogenem Auspuff. Mit Hitzeschutzgitter. Hochlenker und Rückenlehne. Hans, der Kiffer, hatte genauso eine, die hat mir damals gut gefallen. Seine war schwarz, meine wurde rot.

Sprutz hörte schon länger Musik und hatte einen tollen Plattenspieler, super Anlage. Seine Vorliebe für Hardrock von Deep Purple und Uriah Heep konnte ich damals nicht teilen. Black Sabbath dagegen fand ich schon gut. Die LP »Paranoid« mit dem Song »Iron Man« von 1970 hatte ich auch.

Er hatte von Genesis das sensationelle Album »Foxtrott« von 1972. Wow, was für eine Musik. Genesis war der Übertraum, der Hammer! Die Kombination aus komplexen Songstrukturen, anspruchsvollen Instrumentierungen und Arrangements und dann diese bombastisch theatralischen Live-Auftritte von Peter Gabriel. Neben Jethro Tull, King Crimson, Emerson, Lake & Palmer und Yes war Genesis eine der wichtigsten und beliebtesten Bands des Progressive Rock der 70er-Jahre. Einfach überirdisch.

Für mich war schon das 72er-Album »Foxtrott« spitze, was dann aber folgte, war das musikalische Juwel der Band. Das Konzept-Doppelalbum »The Lamb lies down on Broadway«. Es wurde am 18. November 1974 veröffentlicht und handelt von der durchgeknallten Reise des Punks Rael aus New York, der in einem Paralleluniversum seinen Bruder John retten muss. Richtig abgedrehte Story, voll mein Ding. Verzerrte Instrumente, neue Keyboardsounds und andere synthetische Klänge, Effekte auf Gabriels Stimme beim Song »The grand parade of lifeless packaging«. Die Inszenierung war in den Vordergrund gerückt. Das passte ja auch zu Peter Gabriels Auftreten in den Liveshows.

Seine zahlreichen bizarren Kostüme wie »The Flower« »Magog«, »The Old Man«, »Rael« sowie »The Slipperman« und die gesprochenen Einleitungen von Songs mit sarkastischen, traumartigen Trip-Geschichten, absolut passend für die Zeit des exzessiven LSD-Konsums von Rockstars und deren Fans. Wobei wir zu dieser Zeit nur ahnten, dass da noch was Tolles auf uns zukam.

Bei »The Lamb lies down on Broadway« kamen von Gabriel die Story und die Texte, die anderen Bandmitglieder komponierten die Musik. Ausnahmen waren »Counting out Time« und »Carpet Crawlers«, beides meine Favoriten, da war Gabriel an der Komposition beteiligt.

Das war ganz, ganz großes Kino. Extrem anspruchsvoller Prog-Rock, immer mit hervorragenden Melodien, immer melancholisch bis depressiv. Der Ausstieg von Peter Gabriel 1975 bedeutete aus meiner Sicht den Tod der Band. Was Phil Collins später draus gemacht hat, war bis auf ein paar wirklich tolle Ausnahmen, zum großen Teil nur noch langweilige Pop-Suppe.

Merkwürdigerweise war mein Anspruch in Sachen Musikwiedergabequalität absolut gegensätzlich zu meinen musikalischen Vorlieben. Ich hatte einen tragbaren Plattenspieler von Philips von eher mangelhafter Qualität. Mit eingebauten Boxen im Oberteil, dem Deckel. Das Ding hatte ein Netzteil mit Stecker, war aber auch batteriebetrieben und konnte so auf jeder Party in Steinbruch oder Sandgrube dabei sein. Was den Platten nicht immer gut bekam, aber wir hatten Musik dabei und das war wichtig. Ich war nie ein Hi-Fi-Freak wie viele andere

Leute in meinem Umfeld. Die hatten sich von Armee-angehörigen riesige Kenwood-Stereoanlagen besorgen lassen, Thorens Plattenspieler für ein Affengeld. Das war mir immer ziemlich unwichtig. Vielleicht auch, weil ja alle Freunde gute Anlagen hatten. Grundsätzlich musste Musik in mir ein Gefühl auslösen. Genesis, Black Sabbath, aber auch Shocking Blue und Tschaikowsky, das ging auch ohne die tollste Klangqualität. Diese Toleranz der Nichtperfektion sollte sich bald auf der Bühne aus-zahlen.

Ich fasste jedenfalls den Plan, ein Rockstar zu werden. Das fühlt sich besser an als Siebdrucker. So weit, so klar.

Noch in derselben Woche habe ich Werner gebeten, mir Akkorde auf seiner Wandergitarre zu zeigen. Die Basics hatte ich bald drauf und mit täglich ein bis zwei Stun-den üben ging es gut vorwärts. »House of the rising sun« konnte ich nach einer Woche. Gleich zu Anfang habe ich begonnen, eigene Akkorde zu »erfinden«. Komische Sachen, die man kaum greifen konnte, aber bei jedem Jazzer zum Standard gehörten, ohne dass ich das wusste.

Von Werner hatte ich einen Kapodaster für die Gitarre. Da konnte man interessante Klangbilder hinbekommen. Viel höher in der Tonlage. Ich hatte von Musiktheorie keine Ahnung, Noten konnte ich weder schreiben noch lesen. Ich kann es bis heute nicht. Ich habe geübt wie ein Bekloppter, nach etwa einem Jahr ging es ganz gut und ich habe mir die erste Elektrogitarre gekauft. Aus dem Kaufhaus, mehr war nicht drin.

Bald darauf habe ich einen Zettel im »Caritas Pirckheimer Haus« und im »Komm« ans Schwarze Brett gehängt mit dem Text:

»Sänger und Komponist sucht Band.«

Komponist war dramatisch übertrieben, ich war damals eher ein »Liederbastler«. Aber ich habe vom ersten Tag an eigene, gut hörbare und ziemlich komplexe Songs geschrieben oder besser mir die Akkordfolgen gemerkt, ohne zu wissen, was ich tat.

6 Die erste Band, Suff, Sex, Rolling Stones (1973 – 1976)

– James zeigt uns, wie ein Mann gelb im Gesicht wird

Zwei Wochen später hat sich Sigfried Kantovski gemeldet, fast zwei Meter groß, zwei Jahre älter, lange Zottelhaare, einen Ziegenbart und reichlich Pickel. Kurz darauf wurde PSI gegründet. Robert am Schlagzeug, Sigfried, mein Bruder Frederik und ich an den Gitarren. Sänger und Songschreiber war ich. Unser Übungsraum war im »Caritas Pirkheimer Haus« im »CPH«, Nürnberg. Sigfried und mein Bruder kannten sich ein wenig aus mit Equipment. Wir brauchten eine Gesangsanlage und Frederik kannte eine Firma, die so etwas als Bausatz viel günstiger angeboten hatte als die amtlichen Marken. Dynacord Echolette wäre da die erste Wahl gewesen. Orange für Gitarre und Bass oder Marshall, Fender, alles unbezahlbar. Unsere Gitarren waren vom Kaufhof, die Gesangsanlage wurde von Sigfried und meinem Bruder selbst zusammengelötet.

Kriegelat hieß die Anlage. Die hatte angeblich zweimal zweihundert Watt. Es reichte gerade so, um lauter als das Schlagzeug zu sein. Dazu haben wir die obligatorischen, genauso großen wie schweren Boxen aus Pressspan gebaut und Lautsprecher reingeschraubt. Es kam was raus, für uns war's genug. Wir hatten uns auf Progressive Rock mit psychodelischen Einflüssen geeinigt. PSI, der Name der Band, war eine Abkürzung für »pound per square inch« aus der Physik, eine Definition von Druck. Wir spielten meine Songs und die haben wir arrangiert, unseren Fähigkeiten entsprechend. Ich habe die Gitarre fast nur gezupft, ich war recht gut im Picking. Ein paar einfache Gitarrenläufe konnte ich auch.

Um einen gewünschten Sound zu erzeugen, spielten wir viel mit Kapodaster. Die Gitarre klang dann insgesamt wesentlich höher, fast wie ein Cembalo aus dem Mittelalter. Wir hatten ein Jahr geübt und dann kam der erste Auftritt.

Ein Open Air, veranstaltet vom Jugendzentrum Langenzenn. Einfach auf einer Wiese im Freien, direkt vor dem Jugendzentrum. Ringsherum Wohnhäuser. Das hatten wir bei der Besichtigung des Spielortes festgestellt und es war uns klar, was da kommen würde. Aufgebrachte Nachbarn nach etwa dreißig Minuten. Den netten Sozialpädagoginnen, zwei älteren Damen, dämmerte da gar nichts.

Nach der Besichtigung habe ich mich gleich daran gemacht, einen neuen Song zu komponieren: »Here comes the cop«. Wir haben den dann im Übungsraum einstudiert. Beim Auftritt kam es, wie es kommen musste. Kaum war eine halbe Stunde gespielt, kam auch schon die Polizei, begrüßt von unserem neuen Song. Ehre, wem Ehre gebührt. Verstanden haben die Dorfpolizisten das nicht. Aber viele von den Zuschauern. Wir wurden wieder gebucht für das große Festival im Winter, gemeinsam mit vielen damals sehr berühmten Bands aus der Region. Hat gut funktioniert, mein Kaltstart zum Rockstar.

Bei den ersten Auftritten war ich sehr aufgeregt. Es gab mir immer einen Kick, die Erwartung des Publikums und die Erwartungen an uns selbst. Würden wir den Ansprüchen gerecht, könnten wir es umsetzen?

Wenn ich auf der Bühne stand, war das für mich immer ein unbeschreibliches Gefühl. Innerlich zerbrechlich wie Glas, nach außen vor dem Publikum ein Held aus Stahl: stark, sicher, unbesiegbar. Dieses Spannungsfeld zwischen absoluter Panik und Größenwahn, das ist das Interessante an einer Live-Performance. Trotzdem war ich meistens eins mit dem Song, im Reinen mit mir, im Hier und Jetzt. Ich habe jede Sekunde genossen damals und das wird wohl immer so bleiben. Wobei es später, nach über hundert Auftritten aus der Angst mehr ein wohlwollend spöttisches Beobachten der Szenerie und meiner Performance wurde. Ich wurde deutlich routinierter.

Mit PSI hatten wir viele Konzerte, fast jedes Wochenende irgendwo. Es gab genug Auftrittsorte und noch mehr begeistertes Publikum. Es war kein Problem, Jobs für die Band zu bekommen. In unserer Region traten nur Bluesbands auf, eine Nachspielband, die sich Make-up nannte, das Gummi Orchester und noch ein paar andere, eher unwichtige Bands. Eine Band, die Progressive – oder Psychedelic Rock spielte, gab es außer uns überhaupt nicht. Wir waren konkurrenzlos anders und wir waren für die damalige Zeit eine gute und interessante Band.

Noch etwas gefiel mir an meinem neuen Traumberuf: Es war etwas ganz Besonderes, damals in einer Band zu spielen. Das machte mächtig Eindruck bei den Mädels und Rumknutschen ging immer nach einem Auftritt.

Die Leute haben zugehört, waren hin und weg, wenn wir unsere zehn bis fünfzehn Minuten langen Psychedelic- und Prog-Rock-Arien abgelassen haben. Auch wenn ich ab und an mit Entsetzen feststellen musste, dass es mit dem Verständnis des Publikums nicht wirklich weit her zu sein schien. Als einer von drei Gitarristen wurde ich auch mal ausgesprochen gelobt, was ich denn für ein toller Bassist wäre. Wir hatten keinen Bass!

Parallel dazu war da noch der Siebdruck. Karin war immer noch mein Schwarm, obwohl ich ja mit Inge zusammen war. Die Belegschaft im Drucksaal war höchst illuster, sehr interessante Leute für einen Jugendlichen, der nach Orientierung suchte. Da war Janos, genannt James. Er hatte einen Alfa Romeo Giulia 1600 in Weiß. Ein traumhaftes Auto, das es mir damals schon sehr angetan hatte. Ich fuhr später einige Alfas. James war schweigsam, immer ein stechender, prüfender Blick aus hellblauen, meist glasigen Augen. So eine Art Clint Eastwood für Arme. Sein Alfa hatte einen kernigen Sound. Sehr männlich, sportlich. James liebte seinen Alfa und hat mir erklärt, dass man den sorgsam warm fahren musste wegen den 6 Litern Öl in der Maschine. Ein paar Jahre nach der Lehre habe ich James den Wagen abgekauft.

– *James zeigt uns, wie ein Mann gelb im Gesicht wird*

Ich gehe arbeiten, weil ein Mann arbeiten muss. Es ist kein schöner Beruf, Drucker. In der Firma arbeiten merkwürdige Menschen. Der größte Depp ist unser Chef, der Jagdtmann. Das ist oft so. Tim ist nett, aber der spinnt ganz schön. Er geht manchmal mit in den »Grünen Baum« und wir trinken ein paar Halbe.

Meine Alten schauen mich nicht mehr an. Die wollen nichts mehr mit mir zu tun haben. Wegen Elisabeth. Die haben beschlossen, dass ich Elisabeth heirate. Sie wollten, dass wir zusammenziehen.

Ich wollte so etwas nie haben. Ein Mann muss frei sein. James Dean war nie verheiratet. Er liebte Motorräder, schnelle Autos und er trank gerne. Das ist bei mir auch so. Deshalb ging das mit Elisabeth nur drei Jahre. Sie hat es nicht geschafft, meine Alten auch nicht. Ich bin ein freier Mann. Trotzdem schade, ich habe sie sehr gemocht.

Ich lebe also allein. In Altenberg habe ich eine Zweizimmerwohnung. Abends schaue ich mir öfter Western an. Clint Eastwood. Da gibt es klare Regeln und Gesetze. An die hält man sich und fertig.

Seit ein paar Jahren trinke ich morgens immer erst mal eine Halbe. Dann in der Firma vor dem Frühstück, beim

Frühstück und über den Tag noch ein paar. Das beruhigt meine Nerven. Ich brauch das. Abends im »Grünen Baum« noch sechs Halbe und dazu immer einen Klaren. Ein Herrengedeck.

Am 16.05.1978 haben mich die Bullen rausgezogen. 2,4 Promille, der Schein ist weg. Zum zweiten Mal. Ich soll den Deppentest machen. Keinen Bock auf so einen Scheiß. Also habe ich meinen Alfa an Tim verkauft. Dem hat der immer gefallen.

Ich weiß nicht mehr, wann das so richtig angefangen hat, das mit der Wohnung. Die ganzen Zeitschriften, Automagazine, die Bildzeitung, es wird immer mehr. Es kommen manchmal Pizzakartons dazu, aber die Schnapsflaschen und Bierkästen nehmen den meisten Platz weg. Ich lasse da keinen mehr rein. Keine Nachbarn, keinen Postboten, nichts und niemanden. Es kommt aber auch keiner. In das eine Zimmer kommt man gar nicht mehr rein. In meinem Wohnzimmer ist noch ein Gang frei bis zum Sofa. Da sitze ich dann und schaue Western. Die Küche ist auch voll. Im Badezimmer sind Kacheln von der Wand gesprungen. Die Badewanne ist kaputt. Ich wasche mich am Waschbecken.

Es ist Weihnachten. Betriebsschließung. Dann bin ich zwei Wochen allein in der Wohnung. Ich trinke mehr als sonst. Viel mehr. Irgendwann ist das Bier alle und ich trinke nur noch Leitungswasser.

Ich werde wach und liege im Flur auf dem Boden. Mir geht es schlecht, richtig schlecht. Das ist nicht nur ein Kater. Das ist wirklich was Ernstes. Irgendwann schaffe ich es, bis zum Spiegel zu kriechen. Ich bin ganz gelb im Gesicht. Auf den Schreck brauch ich Schnaps. Bommerlunder.

Wenn ich nicht mehr bin, wünsche ich mir ein einfaches Grab. Mit einem Holzkreuz drauf.

James kam nach Weihnachten nicht mehr zur Arbeit und ging nicht ans Telefon. Die Tochter von Herrn Jagdtmann hat ihn zu Hause besucht und bemerkt, dass etwas nicht stimmt. Der Hausmeister hat die Wohnung geöffnet und sie haben James ins Krankenhaus gebracht. Delirium tremens und Leberzirrhose. Nach zwei Wochen ist er gestorben.

Er bekam ein Holzkreuz.

Zurück zum Jahr 1974, zu Siebdruck Schlosser, meiner Lehre, zu interessanten Menschen und den automobilen Schätzen, die auf dem Hof standen. Der Alfa von James hatte mir besser gefallen als der Porsche 911 Targa von Gernot Mutzki. Das war ein unglaublicher Aufschneider mit Goldkettchen und Minipli, so einer Art Afro-Mob. Er war wohl nebenbei DJ in einer Disco in Nürnberg und hat Karten gespielt, vielleicht Glücksspiel, sehr interessant. Irgendwoher musste Gernot das Geld für so ein Auto haben, beim Siebdruck Schlosser hat er es sich sicher nicht verdient. Er hat in der Kopie den Hallergeier abgelöst. Der dicke Hallergeier hatte irgendwie was ausgefressen. Lag wohl in der Familie. Die Söhne waren Namensgeber der berüchtigten Hallergeierbande. Genau die, die mir mal nach der Berufsschule den Anhänger mit dem Kreuz geklaut hatten. War wohl was Schlimmeres, denn auf einmal war er weg. Musste wohl in den Knast.

Irgendwann hatte ich mich mal wieder in der Farbkammer »abgeseilt«. So nannten wir das, wenn wir uns vor dem Betriebsleiter und damit vor der Arbeit versteckt hatten. Ich war also in der Farbkammer, dort, wo die Druckfarben gemischt wurden, als ich einen richtigen Tumult im Drucksaal bemerkt habe. Die Frauen schrien herum und die Männer lachten schallend. Ich bin in den Drucksaal gegangen und hab gleich gesehen, was los war. Frau Lehmann kroch auf allen vieren durch den Raum, bellte laut und schrie immer wieder »Ich bin mein Hund, ich bin mein Hund«. Sie hatte einen Pudel, aber der war zu Hause.

Wie sich herausstellte, hatte Frau Lehmann ohne Unterbrechung fast zwei Stunden lang Siebe gewaschen. Sie hatte einen heftigen Lösemittelrausch, den sie aber nicht an der frischen Luft auskurierte. Nein, sie kam auf die Idee, auf die Schnelle ein Bier hinterherzuschütten. »Ich bin mein Hund« war und blieb der »Running Gag« beim Siebdruck Schlosser.

Ich habe die Lehre gerade so durchgezogen, wollte einmal ernsthaft aufgeben, habe dann doch weitergemacht und mit einer Gesamtnote »Befriedigend« bestanden. Wenn ich bei der praktischen Prüfung nicht massiv beschissen hätte, wäre es wohl nicht so gut geworden. Ich habe das auf die alte Druckmaschine geschoben. Die war tatsächlich nicht mehr so ganz präzise einzustellen. Bei dem Prüfungsmotiv handelte es sich um einen flächigen, vierfarbigen Druck. Anhand der mit zu druckenden Passkreuzen, die sich außerhalb des Druckbildes befanden, sollte beurteilt werden, ob der Prüfling passgenau drucken kann. Ok, ich habe die Markierungen dann in weiteren Durchläufen nachgedruckt und bin damit durchgekommen.

Ich bin noch 3 Monate beim Siebdruck Schlosser geblieben und habe dann Herrn Jagdtmann gebeten, mich zu entlassen. Die erste Aktion einer harten Veränderung von mir. Ich wusste sehr wohl, damals und auch später, dass derartige gewaltsame Einschnitte in mein Leben ohne wirklichen Grund nicht immer gut ausgehen. Aber es musste sein.

Ein halbes Jahr vor meiner Prüfung hatte nämlich Frank bei Siebdruck Schlosser angefangen. Ich wusste, da kommt ein Abenteuer auf mich zu. Er war ein dürrer Kerl, lange blonde Haare, Bart, immer mit Reval ohne Filter, immer komplett in Schwarz gekleidet, blass und geheimnisvoll. Er sah aus wie »Riff Raff« von der »Rocky Horror Picture Show«. Sehr faszinierend. Tim Curry als Transvestit. Wow, was für ein geiler Typ. Dr. Frank N. Furter erschafft sich den künstlichen Menschen Rocky, eine Art Sexsklave, die ganze Handlung überschritt dabei einige der damals üblichen Grenzen. Die ganze Musik, die Show, das war schon was Besonderes. Es hat mich erschreckt und gleichzeitig angezogen. »Riff Raff« bei Siebdruck Schlosser. Geil.

Frank fuhr einen dunkelblauen BMW 1800ti. Er hatte immer Trockenshampoo dabei, so ein merkwürdiges weißes Pulver, dass er sich in die Haare stäubte, wenn sie fettig wurden. Er hat mir bald sehr wichtige Dinge beigebracht. Iron Butterfly und Van der Graaf Generator. Und Saufen. Aber richtig, nicht für Amateure.

»Alter, was läuft am Samstag?
Ich hab keinen Plan.
Will was checken im Ad, wie wär's?
Admiral, im Rentner Café?
Du weißt nicht Bescheid, Alter.
Echt amtliches Angebot.
Alter, zwei Beerenwein in einer halben Stunde verpressen, wenn du das schaffst, ist der 3. umsonst.«

Gesagt, getan. Ein völlig verklebter Nachmittag unter strenger Beobachtung älterer Damen, gut angetrunken und mit ausreichend Übelkeit in einem Omacafé. Es ging jahrelang weiter so. Eckes Edelkirsch, Apfelkorn, Nusslikör.

Zu Hause bei Mami gab's immer öfter Ärger. Ich hatte mich nach Kräften bemüht, unbeliebt zu werden. Den Job geschmissen, ich kam betrunken und spät in der

Nacht von einem Auftritt oder noch betrunkener und noch später von »Riff Raff« heim. Ich zündete Räucherstäbchen im Kinderzimmer an, habe indische Beeties geraucht – diese grässlich süßlich stinkenden kleinen Zwergzigaretten. Indien und Psychedelic Rock, das passte schließlich prima zusammen. Auch mal Haschisch rauchen war in Ordnung. Ich war ein Kotzbrocken gegenüber meiner Mami damals. Hatte sie eigentlich nicht verdient.

Aber Reihenhaus, bei Siemens arbeiten, so ein Lügengebäude wie meine Eltern es spielten – das waren definitiv Feindbilder. Also Verweigerung. Verweigerung wurde mein zweiter Vorname, egal wann, wo und weswegen, Hauptsache dagegen.

Ich bin ein Rockstar. Ein Rockstar wohnt nicht bei Mama.

Ich bin ausgezogen und habe mit Frank ein Haus »in the middle of nowhere« gemietet. Meine erste Versuchsanordnung wurde gleich die radikalste. Der Bruch mit allem. Alles anders machen. Ich bin auch bei der Band ausgestiegen. Mir waren die Mitmusiker zu spießig. Kein Booking mehr machen, ständig neue Songs schreiben, das versprach noch mehr Freiheit. Die Band hat ohne mich weitergemacht.

Natürlich war das dann nichts mehr Vernünftiges. So wie 1975, als dann Peter Gabriel bei Genesis ausgestiegen war. Was die Einordnung meines musikalischen Könnens angeht, kann ich mit Fug und Recht sagen, dass ich stets bemüht war, einen angemessenen Größenwahn an den Tag zu legen.

Ab dem Tag des Umzugs in unser Haus gab es für den Rockstar nur noch eine Richtung:

Bergab.

Die vermeintlich gewonnene Freiheit hatte ihren Preis. Meine Existenzgrundlage war weg. Aber es gab ja das Arbeitsamt. Also Stütze, damals so 60 % vom letzten Brutto. Ich glaube, das gab es ohne zeitliche Begrenzung der Leistung, aber man musste natürlich ab und an im Amt erscheinen und vorgeschlagene Jobs annehmen. Das konnte lästig werden.

Das Haus hatte Alleinlage, umgeben von einem großen Garten mit Obstbäumen. Eigentlich sehr idyllisch, wenn es nicht mitten in einem Gewerbegebiet gewesen wäre. Ringsherum waren Industriebetriebe, Brachgelände, ein Schrottplatz und ein Recyclinghof angesiedelt. In der Zufahrt zum Garten mit den Apfelbäumen des Hauses stand noch mein schöner Opel Kadett B, den ich wenige Monate zuvor beim Siebdruck Schlosser von Joachim, dem Grafiker, für vierhundert D-Mark gekauft hatte. Er war grau mit mattschwarzen Rallyestreifen auf der Motorhaube und in recht gutem Zustand. Ich hatte keinen Führerschein, kein Geld, um den zu machen. Ich habe den Opel dann an Hans, einen Freund aus der Kifferszene, verkauft. Auf meinem Planeten braucht man kein Auto. Das Ende der bis dato bekannten Vernunft war vollständig.

Wir haben das Haus bezogen und sofort sämtliche Fenster verrammelt. Es war stockdunkel, wenn man hineinkam. Frank war ein Paranoiker mit einem riesigen Schlüsselbund. Passte zu »Riff Raff«, dem Hausdiener im Schloss. Frank hatte die Tür mit zusätzlichen Sicherheitsschlössern verrammelt. Er hat immer mehrfach abgesperrt, sobald er im Haus war. Wir waren weggesperrt. Es war unsere Welt. Unser Planet. Wir mussten das schützen. Das war Freiheit. Ein Refugium aus Musik, Alkohol, Sex und Drogen. Der Gegenentwurf zum Establishment. Eingesperrt.

»In a Gadda da Vida« von Iron Butterfly dröhnte machtvoll durchs Haus. Ein Titel, den der Keyboarder, Sänger und Komponist Doug Ingle angeblich betrunken geschrieben hatte. Suff, Kiffen oder LSD, das ist nicht sicher überliefert. Eigentlich sollte der Song »In a Garden of Eden« heißen, bei der Recording Session der Band nuschelte Doug Ingle aus bekannten Gründen aber derartig, dass man auf der Aufnahme »In a Gadda da Vida« zu hören glaubte. Dabei blieb es dann auch. Dieser unheimliche, depressive Grundsound war die passende Schwingung für die verkrachten Knalltüten in der Daimlerstraße.

Unser Haus

Direkt neben der Haustür war links ein Plumpsklo. Wenn man da drauf saß, zog es, vor allem im Winter. Es kam fürchterlich kalt aus der Güllegrube von unten hoch. Rechts ging es in den ersten Stock, links im ersten Stock eine Badewanne, mein Schlafzimmer rechts, ein weiteres kleines Zimmer geradeaus. Um warmes Wasser zu haben, musste man den Ofen mit Öl anheizen. Eine Kanne voll im Keller aus dem Tank pumpen. Baden war ein Akt von einer Stunde Vorbereitung. Es fand einmal die Woche statt. Unten war Franks Zimmer, das Wohnzimmer, eindeutig das größte. Na ja, er war der Mieter, er hatte einen Job, ich nicht. Daneben die Küche.

Die Küche war der einzige Ort, der theoretisch über eine klassische Möblierung verfügte. Eine kleine Einbauküche, ein Tisch und 4 Stühle standen da schon drin, als wir eingezogen sind. Die konnten wir leider nicht nutzen, da Frank dort seine Umzugskisten voll mit wichtigen Sachen gestapelt hatte. Das war alles komplett zugestellt. Zwei Jahre lang. Nur ein schmaler Gang war frei, gerade ausreichend, um sich weiße Bohnen aus der Dose oder Ravioli warm zu machen. Wie gesagt waren alle Fenster verrammelt, die Fensterläden permanent geschlossen, sodass niemand reinschauen konnte, vor allem der Vermieter nicht. Der kam ab und an und kümmerte sich um den Garten.

Als Beleuchtung hingen im ganzen Haus in jedem Zimmer Glühbirnen an der Decke, direkt an dem herausstehenden Kabel befestigt, den Minuspol zur Fassung gewickelt. Das waren noch die dickeren Kupferdrähte, da ging so was noch. In jedem Zimmer standen unten auf dem Fußboden diverse leere Flaschen herum. Aschenbecher waren überall und übervoll. Töpfe mit Essensresten.

Auch überall.

Bei Frank hatten wir die Tapeten runtergezogen und auf die nackte Wand mit Filzstiften allerlei blöde Sinnsprüche geschrieben. Wir haben viel gelacht und noch mehr Blödsinn veranstaltet. Gewohnt wurde weitestgehend auf dem Boden. Wir hatten Matratzen auf allen möglichen Entrümplungen besorgt. Alle Zimmer waren voll damit, dazu mal ein kleines Tischchen aus dem Müll, meistens aber alte Paletten. Ich hatte einen alten Kleiderschrank von der Entrümplung, zwei durchgerittene Sessel, ein Tischchen.

In dieses ganze Ambiente passte Franks zweite musikalische Vorliebe: Van der Graaf Generator. Das war Prog-Rock für Manisch-Depressive, total durchgeknallt. Eine britische Band, die im November 1967 von Chris Judge Smith, Peter Hammill und Nick Pearne gegründet wurde. Der Bandname leitet sich ab vom Van-der-Graaf-Generator, einem physikalischen Gerät, dem sogenannten Bandgenerator. Das ist eine Apparatur zur Erzeugung hoher elektrischer Gleichspannungen.

Komisch, für mich war von der Graaf eher Wechselspannung, und zwar zwischen Faszination und Ekel.

Der eigenartige Sound ergibt sich aus dem Zusammen-
spiel von Orgel und dem Saxofon von David Jackson,
dem Verzicht auf E-Gitarren und dem merkwürdigen
Gesang Peter Hammills. Dazu kamen die düsteren, exis-
tenzialistischen Liedtexte, die Hammill zum König der
Angst, zum »King of fear« machten. Die Musik pen-
delt zwischen lyrisch ruhigen Passagen und heftigen,
Free-Jazz-artigen Ausbrüchen ziemlich unvorhersehbar
hin und her. Für mich war das so heftig, dass ich des
Öfteren an bestimmten Stellen das Zimmer verlassen
musste. Musik gehört haben wir immer bei Frank in
seinem Zimmer. Auf dem Boden, auf den Matratzen.
Er hatte eine supertolle Stereoanlage.

Geschlafen habe ich in meinem kleinen Zimmer auf
einem Bett aus der Entrümplung. Im Winter war es
saukalt in der Burg. Für jedes Stockwerk gab es nur jeweils einen Ölofen. Uns ist mehrmals das Wasser in den
Leitungen eingefroren, weil niemand heizen wollte oder
konnte.

Entweder hatten wir vergessen, Öl zu bestellen, oder es
war einfach kein Geld da für Wärme. Dann bildeten sich
hübsche Eisblumen von innen an den Fenstern.

Ich hatte einen Heizlüfter mit glühenden Heizspiralen.
Der stand möglichst nah an meinem Bett. Einmal, es war
bestimmt unter null Grad im ganzen Haus, habe ich es geschafft, mit dem Heizlüfter meine Bettdecke anzuzünden.

Ging aber gut aus. Ich lag ja im Bett, bin wach geworden, habe bemerkt, dass es brennt und konnte löschen.

Ich hatte immer wieder Lücken von ein, zwei Monaten, in denen ich nichts hatte. Wenn ich zum Beispiel mal wieder einen Job vom Arbeitsamt abgelehnt hatte. Das war dann hart. Zwei Monate die Zehnerpacks billiger Brötchen aus der Norma mit Marmelade. In den kalten Zeiten ohne Geld und ohne was Ordentliches zum Essen schlich sich manchmal eine Depression an. Dann lag ich tagelang im Bett und wollte mit niemandem sprechen, keinen sehen von den verkommenen Idioten. Lang hielt das aber nie an, dann konnte ich wieder über Frank und die anderen lachen, klopfte dumme Sprüche und wollte Alkohol haben.

Also dann Frank anpumpen, Flasche Eckes Edelkirsch, Musik hören – dann ging es wieder weiter.

Ich liebte es zu trinken, betrunken zu werden, das war damals mein Lieblingsgefühl. Es zog so von hinten den Nacken hoch, es kribbelte so interessant. Es strömte langsam ein warmes Gefühl in den Kopf, der ganze Körper war warm und prickelte. Gedanken und Zunge fühlten sich frei und belebt an. Irgendwann kippte das Gefühl. Mehr wurde nicht mehr, nur mehr bewusstlos. Aufzuhören kam in diesem Stadium aber nicht infrage. Da kann man es ja gleich sein lassen. Also: Alles nur nicht normal, das war wichtig.

Den Keller hatten wir uns gemütlich mit Matratzen ausgelegt. Ein Partykeller. Party also jedes Wochenende und
öfter auch unter der Woche. Sowieso, wäre auch ohne
Keller so gewesen. Mit Sprutz, Hans und Barbara, Alfons war oft da, es war eine Art offene Kommune. Alle
konnten wieder gehen, ich nicht.

Wir haben gesoffen. Immer bis zum letzten Eichstrich,
was halt reinging. Eckes Edelkirsch, Apfelkorn, Nusslikör aus dem Supermarkt. Silvester 1975 mit Alfons,
Sprutz, Frank und Kuhfell Sigi: dreizehn Flaschen Eckes
Edelkirsch, gemischt mit dreizehn Papptüten Orangen-
saft, eine Flasche Whiskey, eine Flasche Hennessy. Nur
so zum Einordnen, was da war.

Ab und an waren Mädchen da, meistens nicht sehr
lange. Verständlich. Ich war mal mit Marianne zusammen, einer Lehramtsstudentin. Ein knorriges, herbes
Mädchen, ganz hellblonde ungebändigte Haare. Von
ihrer Art her war sie eher sanft, ich denke, sie wollte
mich retten. Es war aber nur Petting. Nach 4 Monaten
war das auch vorbei. In dieser Zeit entdeckte ich David
Bowie.

20. September 1975 – 26. September 1975
1 Woche   David Bowie   Fame
David Bowie, John Lennon, Carlos Alomar
27. September 1975 – 3. Oktober 1975
1 Woche   John Denver   I'm Sorry
4. Oktober 1975 – 10. Oktober 1975
1 Woche   David Bowie   Fame
David Bowie, John Lennon, Carlos Alomar
11. Oktober 1975 – 31. Oktober 1975
3 Wochen   Neil Sedaka   Bad Blood
Neil Sedaka, Phil Cody   -
1. November 1975 – 21. November 1975
3 Wochen   Elton John   Island Girl
Elton John, Bernie Taupin   -
22. November 1975 – 28. November 1975
1 Woche   KC & The Sunshine Band   That's the Way Harry
Wayne Casey, Richard Finch
29. November 1975 – 19. Dezember 1975
3 Wochen   Silver Convention   Fly, Robin, Fly
Sylvester Levay, Stephan Prager
20. Dezember 1975 – 26. Dezember 1975
1 Woche   KC & The Sunshine Band   That's the Way Harry
Wayne Casey, Richard Finch

Er war in den internationalen Charts mit »Fame« aus dem Album »Young Americans«. Radio AFN, American Forces Radio Network, der Sender der US-Army, der uns am wahren Leben teilhaben ließ, brachte mir David Bowie. Was für ein geiler Typ war das denn? Eine Frau, ein sehr weiblicher Mann?

T-Rex und Marc Bolan fand ich schon in den frühen 70ern gut, Roxy Music mit Bryan Ferry – auch klasse. Dass Marc Bolan und David Bowie bereits als Jugendliche in einem Projekt zusammengearbeitet hatten, wusste ich da noch nicht. Bowie, der war es, der schlug alle! Ein derart androgynes Auftreten wie von einem anderen Stern.

1971 brachte Bowie sein erstes Album »Hunky Dory« für RCA Records heraus. Auf der Scheibe waren tolle Songs, die ich sehr gemocht habe wie »Changes« und die Ballade »Life on Mars«. Bowie war Musiker, Produzent und Förderer der damaligen Musikszene. Er produzierte unter anderem Lou Reeds Soloalbum »Transformer« mit dem Hit »Walk on the Wild Side«, schrieb für die Band Mott the Hoople den Song »All the young Dudes« und produzierte deren gleichnamiges Album.

Mit der Erfindung der Kunstfigur »Ziggy Stardust« ist ihm dann der internationale Durchbruch als Performer gelungen. Das zweite Album »The Rise and Fall of Ziggy Stardust and the Spiders from Mars« von 1972 ist ein epochales Konzeptalbum geworden.

Von der Musikzeitschrift »Melody Maker« wurde es als das »maßgebliche Album der 1970er-Jahre« gelobt.

Die Scheibe lieferte den Stoff für den Dokumentarfilm »Ziggy Stardust and the Spiders from Mars« aus dem Jahr 1973.

Erzählt wird die Geschichte von »Ziggy Stardust«, einem von Drogenexzessen gezeichneten Rockstar, dessen größtes fast missionarisches Anliegen an die Menschen, die Verkündung der Botschaft von Liebe und Frieden, dummerweise an seinem eigenen, ausschweifenden Lebensstil scheitert. Er kriegt seine Mission nicht auf die Kette. Das nehmen ihm die Fans übel, sie verlassen ihn und so steht er zum Schluss als Versager an seinem persönlichen Abgrund.

Das passte selbstverständlich hervorragend zu meinem Selbstbild. Gewollt hätte ich viel, mit dem Können kam ich nicht so weit. Meine selbst gewählte Welt, in der ich versunken war.

Für die Rolle des »Ziggy Stardust« schlüpfte Bowie, androgyn geschminkt, in einen silbernen Anzug mit rotem Blitz, den ihm seine Frau genäht hatte. Er bedankte sich bei ihr dafür, indem er später behauptete, er sei schwul. Vielleicht war er wirklich bi, ich glaube aber, das war eher im Bereich Promotion und Legendenbildung angesiedelt. Zum Anzug trug er einen ungewöhnlichen

Haarschnitt, feuerrot gefärbt. Mit der Figur des »Ziggy Stardust« wurde Bowie zur Ikone des Glamrock.

Bowie war auf Partys und Sessions in den angesagten Lofts der Fotografen und Maler, die in dieser Zeit den Lifestyle der jungen Avantgarde definierten und mir damals schon ein für alle Mal klargemacht haben, dass ich dazugehören will und auch irgendwann in einem Loft wohnen und arbeiten muss.

Bowie war damals der Meinung, dass er für das Album »Ziggy Stardust« zum ersten Mal wirklich breite künstlerische Anerkennung erfahren hätte. Das stimmte sicher auch.

1973 nahm Bowie das Album »Pin Up« auf. Ein guter Freund von mir, den ich aber erst in den Achtzigerjahren kennengelernt hatte, Jonathan Halfmoon, war damals der Fotograf für Cover und Pressefotos. Mein Gott, wäre ich da gerne dabei gewesen. Er hat die Bilder in seinem Studio in London gemacht und schilderte Bowie als sehr exaltierten und trotzdem merkwürdig introvertierten, nicht greifbaren Menschen. Nach »Pin Up« folgte das Konzeptalbum »Diamond Dogs« (1974). Dabei ging es um George Orwells düstere Vision von 1984.

Beeinflusst durch seinen Umzug nach New York entstand 1975 dann das Album »Young Americans«, ein musikalischer Neuanfang, »back to the roots«, wie Bowie dazu meinte. Er befasste sich wieder mehr mit

R&B und Soul. Bowie trat zu dieser Zeit im Maßanzug auf, immer noch androgyn und nicht von dieser Welt, trotzdem ein weiterer Imagewechsel. Auf dem Album enthalten ist sein erster Nummer-eins-Hit in Amerika, »Fame«.

Treppenwitz der Geschichte war, dass dieser Song, den Bowie zusammen mit John Lennon aufgenommen hatte, ursprünglich gar nicht veröffentlicht werden sollte. Es war eine Session nur so zum Spaß in den Electric Lady Studios in New York. Der Studiokomplex wurde 1970 von Jimi Hendrix gegründet und erbaut worden, um sein Album »Electric Ladyland« aufzunehmen.

David Bowies androgynes Auftreten, sein Geheimnis, begann mit der Kunstfigur »Ziggy Stardust« und blieb trotz häufiger Wechsel in seinem Auftreten immer fester Bestandteil seiner Persönlichkeit. Bowie war weder Mann noch Frau, hatte trotzdem eine Ausstrahlung von hintergründigem, abgründigem Sex. Er war nicht von dieser Welt.

Die Zeit des Glamrocks mit seinen Accessoires, den Federboas, den gefärbten Haaren, Frisuren, Schminke, Plateauschuhen, das wird heute oft auch als eine erste Bewegung in Richtung gleichgeschlechtlicher Liebe, eine Art Queer-Bewegung oder als eine Liberalisierung der Sexualität gedeutet. Vielleicht aber auch eine Adaption der Frauenbewegung, diesmal von Männern. Auf jeden

Fall eine Selbstbefreiung aus geschlechtlichen Rollen-
bildern.

Ich fand es sofort toll, auch wenn es mich nicht zu Männern hinzog, sah ich bald aus wie ein Transvestit. Die
»Rocky Horror Picture Show« und Tim Curry haben da
auch ihren Beitrag geleistet.

Bald waren meine langen Haare schwarz gefärbt, ich
hatte eine Dauerwelle wie Marc Bolan und ich wollte
unbedingt Plateauschuhe. Leider konnte ich mir so was
als reichlich asozialer Alkoholiker nicht leisten, also habe
ich im Secondhand-Shop herumgestöbert und ein paar
abgetragene, offene Damenclocks mit Lederriemchen in
Größe neununddreißig für drei Mark fünfzig gefunden.
Ich hatte eigentlich Größe einundvierzig. Musste irgendwie gehen. Damit bin ich dann losgezogen.

Marlene Dietrich
Hab mir die Haare gefärbt
Damenschuhe Größe 39
Secondhand
kann nicht laufen
das macht Männer geil
Marlene Dietrich
stinkt nach Nusslikör
und kann im Stehen pinkeln

Mir haben die Müllmänner hinterhergepfiffen. In dem
Aufzug konnte ich für Aufsehen sorgen. Super.

Neben der Badewanne stand wochenlang ein Rest von weißem Bohneneintopf. Der Schimmel kam schon über den Rand des Topfes hinaus. Auf den alten Teppichen im Haus literweise diverser eingetrockneter Alkohol, ganze Aschenbecher ausgeleert unter dem Bett.

Es entwickelte sich immer mehr zu einer Art offenes Wohnheim für Penner. Als dann Kuhfell Sigi noch als Mieter dazukam, und das musste wohl sein wegen meiner ständigen Zahlungsausfälle bei der Miete, war es ganz vorbei. Wir hatten Ravioli gekocht und im Suff ist dem Kuhfell Sigi der Topf heruntergefallen in der Küche. Er kam ins Rutschen und lachte sich kaputt darüber.

Wir haben das sofort aufgegriffen, haben im Flur Anlauf genommen und sind in der Küche auf der Raviolipampe herumgeschlittert. Wer am weitesten kommt.

Super.

In dieser Zeit habe ich das »Komm« entdeckt, Anarchie in selbstverwalteter Form. Für das Kommunikationszentrum stellte die Stadt Nürnberg der Kunst- und Kulturszene ein ganzes Gebäude zur Verfügung. Es gab einen Konzertsaal für Bands, diverse Workshops zu Politik, aber auch Siebdruck, Töpfern und vielem mehr. Ein Jugendzentrum als Keim- und Brutstätte marxistisch-leninistischer Studentenvereinigungen und Arbeitsgruppen. Kommunismus und »Komm«, das war eins, das war

Links und die beste Alternative zu den rechten, reaktionären alten Säcken, die wir nach Kräften verachteten, gegen die wir auch unsere Burg gebaut hatten.

1981 wurde das »Komm« bundesweit bekannt. Grund war eine rechtswidrige Massenverhaftung durch den Nürnberger Polizeipräsidenten von 141 teils minderjährigen Jugendlichen. Doch dazu später mehr.

Anlaufpunkt war für mich neben dem Konzertsaal das »Chai House«, eine Art indisches Teehaus mit Lederkissen zum Sitzen auf dem Boden, teilweise mit einem Diwan überdacht, mit Perserteppichen, Räucherstäbchen und Sitar-Gedudel. Super, es waren jede Menge Frauen da. Intellektuelle, Studierte.

Sozialpädagoginnen, Lehrerinnen und eines Tages die süße Krankenschwester Susanne. Wir haben eine Stunde über Politik diskutiert, ich war wohl überzeugend, denn sie war sehr schnell sehr anschmiegsam und wollte dann auch gleich mit mir irgendwohin. Sie hatte es richtig eilig mit mir. Wir fanden im »Komm« einen Lagerraum, der offen war. Der Raum war stockdunkel, der Lichtschalter kaputt. Wir haben uns auf einen riesigen Stapel Teppiche hingelümmelt. Sie hat mir gleich die Hose aufgemacht, so konnte das gerne weitergehen. Es war eine neue Welt, die ich für mich entdeckt hatte.

Hirnfick 75

Weißt Du
da müssen wir mal drüber reden Du.
Das müssen wir ausdiskutieren, Du.
Du indisches Parfüm.
Du strähniges Haar.
Du Helene Lange Gymnasium
Du Abitur und schwer belesen
Du Klassenkampf, Marx, Engels
Du geiler Arsch und große Titten
warum denken Männer so?
Ich versteh das nicht.
Ich bin wie Du.
Ich bin für die Frauenbewegung
Ich finde man muß drüber reden
Ich geh mit auf die Demo
Männer sind schlecht
Männer unterdrücken Frauen
Frauen haben mehr Gefühle
Frauen möchten Männern die Schwänze abschneiden.
Ich finde das gut.
Ich sage was Du denkst.
Ich bin ja eigentlich kein Mann.
Das macht Dich geil.
Das macht Bewußtsein.
Machtbewußtsein.
Ein erotisches Gefühl.
Ich hab's geschafft.
Hirnfick 75
Die Eintrittskarte in Dein Bett
Männer sind wirklich schlecht

Neben dem »Komm« gab es da noch den »Bärleinhuter«, eine Kneipe, in der am systemischen Umsturz gearbeitet wurde. Das Parteilokal der KPD/ML, die Kommunistische Partei Deutschlands mit marxistisch-leninistischer Prägung.

Endlose Debatten um politische Grundsätze. Definitionen. Es ging um die Deutungshoheit. Wer recht bekam, war am Ende Sieger der Debatte. Die Studentenrevolte der 68er und die daraus hervorgehenden Ziele der RAF, die seit 1971 in Deutschland wüteten, fanden wir grundsätzlich ehrenwert. Terrorismus eher nicht. Nachdem der Bande 1975 der Prozess gemacht wurde und alle in Stammheim einsaßen, haben trotzdem viele aus meinem Umfeld an Demos für die Freilassung oder bessere Haftbedingungen teilgenommen. Ich nicht. Für mich war Gewalt der falsche Weg. Die RAF stand für Barbarei. Ein Umsturz in eine bessere, gerechtere Welt wäre aber dringend notwendig. Wir träumten davon, dass alle Menschen gleich wären. Nieder mit dem Kapitalismus!

Beim Politisieren der linken intellektuellen Szene fiel mir immer auf, dass die Rädelsführer die schärfsten Mädels hatten. Das war was anderes als meine Mädels auf dem Dorf, ganz andere Liga.

Ich war ein verkommener Penner, es wurde immer mehr klar, dass mein Leben so nicht weitergehen konnte. Jetzt abspringen oder nie mehr. Das Experiment war zu Ende.

Wir mussten besenrein übergeben. Das war genug Arbeit, den ganzen Müll rauszuräumen. Ich weiß noch, als der Vermieter bei der Übergabe neben uns stand, die Haustür stand offen und die Terrassentür, da gab es durch den Durchzug einen Windstoß. Der Wind riss die Gardinenstange mitsamt Gardinen und Stores herunter.

Das hatten wir alles abgebaut und zwei Jahre im Keller verwahrt. Die Eisenhalterungen, zwei einfache Vierkanteisen, die in die Wand eingegipst waren, hatten wir verloren. Als Ersatz hatten wir zwei kleine Ästchen vom Apfelbaum im Garten in die Wand gesteckt und die Gardinenleiste dran festgeschraubt. Jetzt lag alles auf dem Boden. Der Vermieter hat kaum gezuckt. Nach uns kam noch für drei Jahre eine Wohngemeinschaft, dann wurde das Haus abgerissen. Wir haben also unser Rattenloch aufgegeben, Frank zog in eine Wohnung am Dianaplatz, die er genauso verriegelte wie das Haus inklusive zwei Sicherheitsschlössern. Ich zog zurück nach Hause zu Mami.

Ich bekam ein Zimmer im Keller. In der alten Kellerwohnung im gleichen Mietshaus hatte Werner ein Büro
eingerichtet. Beim Barthel war er rausgeflogen, wahrscheinlich wegen der Sauferei. Er arbeitete ein paar Jahre
bei einer Messebaufirma, wonach er auf die glorreiche
Idee kam, sich mit nur zwei Kunden, einem Möbelher-
steller und einem Schuhfabrikant, selbstständig zu machen. Beide waren Saufkumpanen.

Ich bekam also dort ein Zimmer. Ein Fenster hatte ich
nicht, ein Lichtschacht musste reichen. Ich habe es mir
schön gemacht in meinem Keller. Die Wand mit einer
Wüstenlandschaft mit Oase bemalt, mit Kamelen, die
Dünen in Form von weiblichen Brüsten, mit Sonnen-
untergang, die Tür von innen komplett mit leeren Marlboro Schachteln zugeklebt. Es sah schön aus und hat zur
Schalldämmung beigetragen.

Ich hatte keine Band, bekam aber Kontakt zur Recording
Szene. Ein Zettel im »Music Sound«. Es war beschlos-
sene Sache, dass ich versuchen würde, solo zu arbeiten.
Einen Bassisten, Schlagzeuger oder Keyboarder würde
ich mir suchen, wenn die Songs so weit waren, dass man
das mit einer Band aufnehmen konnte. Bald hatte ich
von einem Studiobetreiber eine TEAC 3440, 4-Spur-
Maschine, ein Mikro und ein Hallgerät erworben. Die
Entwürfe sind mir teilweise wirklich gut gelungen. Ich
habe damals sicher fünfzehn Songs aufgenommen. Auf
der 4-Spur-Maschine oft noch gedoppelt, sodass sechs

oder acht verschiedene Stimmen in Gesang und Gitarre möglich wurden.

Ich wollte noch einmal einen neuen Anlauf nehmen, jetzt endlich ein guter Junge werden. Ich habe mir einen Job gesucht und beim Barthel in der Siebdruckerei angefangen. Bei dem Barthel, bei dem Werner früher gearbeitet hatte. Ich war in der Kopie und habe Siebe endschichtet, beschichtet und Siebe kopiert. Ich fand das anfangs eigentlich ganz ok und bin ganz gerne da hingegangen. Nach dem Haus war alles die reine Erholung für mich. Mein Chef war Walter, ein fanatischer Schäferhundfan, auf dem Hundeplatz und im Verein engagiert. Er stand auf Heino und Volksmusik, war ein lupenreiner Nazi. Das fand ich weniger toll. Dann gab es da noch den kleinen Äthiopier namens Hawi. Ausgerechnet ein Dunkelhäutiger musste bei Walter arbeiten. Hawi schaute mich immer so komisch an, und er war auffallend freundlich zu mir.

Irgendwann hat er mich eingeladen, ich soll doch mal mit zu ihm nach Hause kommen. Er würde etwas zum Trinken kaufen. Wir haben uns getroffen und als wir im Supermarkt waren, ahnte ich beim Blick in seine Augen, was da kommt. Wir haben Schnaps gekauft, irgendwelchen Likörfusel aus der Norma. Wir sind dann zu ihm in die Wohnung in Fürth.

Volle Assi-Burg. Ein langer Gang. Eine rauchende, fette Frau stand in der Tür zu ihrem Zimmer. Aus dem Zimmer der Ruf einer anderen Frau »... Und? Wen hat er heute dabei?«

Die Schlampe antwortete »... ach, irgend so einen Rocker.« Das war dann ich.

Wir waren in seinem Zimmer, er hat den Schnaps aufgemacht und mir zehn Minuten später so eine Art weite, weiße Berberhose aus seiner Heimat hingehalten. Die sollte ich anziehen. Er wollte mich vögeln. Ich wollte nicht.

Ich habe die Hose nicht angezogen, ihm einen runtergeholt und bin dann nach Hause.

So ein bisschen gemeinsames Wichsen mit Jürgen hatte mir als Jugendlicher in Altenberg schon immer gefallen. Seinen Schwanz habe ich mir auch angesehen, kein Problem. Aber Hawis kleinen krummen Schwanz im Arsch, das konnte ich mir nicht vorstellen. Also war das für den Moment schon einmal klar. Schwul sein wollte ich nicht. Hätte mich auch gewundert. Zu dieser Zeit hatte ich ja schon öfter Sex mit so einigen Mädels gehabt und es hat meistens Spaß gemacht.

Ich hatte wieder Arbeit, war augenscheinlich auf einem guten Weg und habe irgendwie Mami beschwatzt, mir meinen Motorradführerschein zu bezahlen. Es war ein Spaziergang und nicht teuer: Ich hatte vielleicht acht Fahrstunden und dann war das im Juni 1975 erledigt.

Der Autoführerschein kam nicht infrage. Auch wenn alle anderen Kumpels den Autoführerschein natürlich gleich mitgemacht hatten. Ich wollte das nicht.

Ich habe mir dann eine Anzahlung »geliehen« und einen Darlehensvertrag abgeschlossen für eine Suzuki 250.

Die habe ich im Winter 1976 mit Whity runterge-schleppt in meinen Keller. Da habe ich das Teil total zerlegt, den Rahmen rot lackiert und einen Indianer oben auf den Tank gemalt, an der Seite den Schrift-zug »Warrior«, weil doch ein paar handgemalte Indianer auf Kriegspfad auf dem Tank waren. Alles in meinem Wohn- und Schlafzimmer.

Hat nach Farbe und Lösemittel gestunken, ist aber gut geworden. Ich war talentiert mit so was, habe damals auch »Aufträge« von Leuten bekommen, in ihrem Zim-mer die Wände mit Motiven vollzumalen.

Der Job beim Barthel ging mir nach neun Monaten der-art auf die Nerven, dass ich die Sache beendet habe. Ich war dann erst einmal wieder sechs Monate arbeitslos bis Juni 1977. Also ausreichend Zeit für derartige Projekte wie mein Motorrad und andere Abenteuer.

Irgendwann kam irgendeiner von meinen Freunden mit LSD an. »Acid« kam damals auf und der alte Beatles-Song »Lucy in the sky with diamonds« (LSD) war 1974 durch Elton John nochmals ein Nummer-1-Hit in den

USA geworden. Auch wenn die Beatles immer behaupteten, dass der Song nichts mit Drogen zu tun hätte, LSD war auf einmal das große Thema. Bei uns kam der Song und der ganze Trend erst 1976 an. Durch Wolle waren wir seit der LP »Yello Brick Road« von 1973 Fans von Elton geworden und haben das mitbekommen. LSD war jedenfalls ganz anders, mit Alkohol nicht zu vergleichen, nicht mit Gras oder Haschisch.

Ein Trip, so winzig wie er war, so mächtig war er. LSD übernahm die Herrschaft über dein Bewusstsein. Vielleicht eine halbe Stunde, nachdem du den runterschluckst, schleicht er sich an, auf einmal merkst du es. Du bist nicht mehr Herr deiner selbst, über deine Sinne, du verlierst die Kontrolle. Das musst du dann zulassen, geschehen lassen und genießen. Dann stehst du schon mal eine halbe Stunde an der Ampel und schaust zu, wie die Farben wechseln. Wenn du das nicht kannst, kommst du schlecht drauf. Horrortrip. Das gab es damals manchmal. Bei mir nicht, im direkten Umfeld auch nicht. Ich habe mich selbst immer wahrgenommen wie so eine Art Astralkörper, der irgendetwas erlebt, ohne es direkt beeinflussen zu können. Ich beobachtete mich selbst wohlwollend und habe mir alles erlaubt, ohne Grenzen zu ziehen.

Diese Erfahrungen sind extrem: Farben haben große Macht, Gedankensprünge, Assoziationen, auf die kein normaler Mensch kommt, Halluzinationen, Bewusstseinsstörungen, Zeitverschiebungen und des Öfteren einfach so und unvermittelt ein Flashback. Manchmal Tage danach. Auf einmal wieder drauf. Ganz kurz, dann war es weg. Meistens. Manchmal zu völlig unpassenden Momenten.

Ich mochte LSD, Haschisch, Cannabis und natürlich Alkohol in allen Formen.

Im Winter war ich wieder einmal mit Wolle im »Komm«. Wolle hatte eine BMW R69 S, ein scharfes Teil. Ich bin hintendrauf mitgefahren, meine Suzuki lag ja in Einzelteilen im Keller neben dem Bett. Als Beifahrer habe ich mich nicht so wohlgefühlt, da war ich ängstlich, aber irgendwie mal raus aus dem Keller wollte ich ja auch. Es hatte nicht geschneit und war so mittelkalt.

Im »Komm« gabs Eckes Edelkirsch für 1 D-Mark an der Bar in der Kneipe. So billig war das nirgendwo. Wir waren dann in der Kneipe und haben Bier getrunken mit Eckes dazu. Es war lustig, wir hatten auch Spaß mit anderen Gästen. Ein Inder hat uns auf Englisch wüst als Imperialisten und Kapitalisten beschimpft, andere haben sich eingemischt. Wir haben dem Inder einen nach dem anderen ausgegeben und alles war gut. Irgendwann waren wir ordentlich betrunken und haben beschlossen, nach Hause zu fahren. Wir wurden von der Polizei, damals in grünen Uniformen, angehalten. Beim Opernhaus.

Grüne sind auch mal blau

Acht Ecke Edelkirsch.
Acht Bier.
Abgefahren
Mit Wolle auf der BMW
Rote Kelle die Grünen.
Führerschein bitte.
Scheiße, volle Panik
Wolle bleibt cool.
Zeigt Familienfotos
Mutter mit Bruder.
Wolle mit Schwester
Vater am Haus mit Hund
Endlich, der Führerschein
Was getrunken?
Nein.
Der Grüne riecht was.
Sie haben doch getrunken.
Ja.
Warum sagen Sie dann nein?
Wenn ich ja sag
muss ich blasen
Wenn ich blase
ist der Schein weg
Überzeugendes Argument
Spruch des Tages
Sie haben gewonnen
Weiterfahren
Grüne sind auch mal blau.

Die haben uns tatsächlich weiterfahren lassen, damals. Ich wäre ja auch dran gewesen, hätte den Lappen abgeben müssen. Ohne Führerschein in Altenberg. Na sauber.

Die zwei waren schon etwas älter. Haben sich wohl gedacht, wer derartig schlagfertig solch einen Müll daherlabert, kann gar nicht so schlimm betrunken sein. Haben wohl ihren Ermessensspielraum voll ausgenutzt. Gott sei Dank.

Wir saßen oft im in meinem Zimmer im Keller und haben Trips eingeworfen. Wir hatten da unglaublich viel Spaß dabei. Man ist so extrem kreativ, entwickelt eine unvorstellbare Fantasie und die absurdesten Geschichten und Sprüche, die dann oft jahrelang zitiert wurden. Whity, Wolle, Sprutz und ich. Oft haben wir bunte Fragmente Bastelfolie aus Aluminium zusammengeknüllt, auf dem Drehteller meines alten Plattenspielers drapiert, das Licht ausgemacht und den Plattenteller mit einem Spot angestrahlt. Wow, das war ein Flash, wenn sich der Lichtstrahl in der Folie brach und voll auf einen zukam.

Auf dem Kassettenrekorder lief dazu Genesis oder Pink Floyd. Wir haben das so lange getrieben, bis eines Tages der Plattenteller aufhörte sich zu drehen. Wir haben den Stecker abgemacht und die Kabel so in die Steckdose gesteckt. Wir waren wieder voll drauf, sonst kommt man auf so was ja nicht. Natürlich mit dem Ergebnis, das der Hauptschutz des Hauses rausflog und alles war finster. Ich war dann wieder einmal maximal unbeliebt.

Ich bin ausgezogen.

Zu Pete.

Er wohnte oben im Haus seines Bruders, zusammen mit dem Epileptiker Martin. Ich bekam ein kleines Zimmer dort. Im Keller hatte Pete seinen Chopper zusammengebaut, eine alte BMW R25. Der reine Wahnsinn. Lange Gabel, Stufensitzbank mit Nieten, genau wie bei »Easy

Rider«. Das war unser Kultfilm. Es war sicher 1975, als ich diesen Film zum ersten Mal gesehen hatte. Die verschwurbelten Dialoge, das Gelaber von Dennis Hopper mit dem Mädchen am Maschendrahtzaun habe ich nie verstanden – bis heute nicht, obwohl ich den Film mindestens vier Mal gesehen habe. Hat er vielleicht auch nie verstanden. Der Autor des Drehbuchs war sicher völlig stoned damals. Wie alle. Der Film hieß für mich: Mach dein eigenes Ding. Das war Freiheit und der absolute Wille, seine Freiheit zu verteidigen. Der Soundtrack war der Hammer:

1. The Pusher (Steppenwolf)
2. Born to Be wild (Steppenwolf)
3. The Weight (Smith)
4. Wasn't Born to Follow (The Byrds)
5. If You Wanna Be a Bird (If You Want to Be a Bird, Wild Blue Yonder) (Holy Modal Rounders)
6. Don't Bogart Me bzw. Don't Bogart That Joint (The Fraternity of Man)
7. If 6 Was 9 (The Jimi Hendrix Experience)
8. Kyrie Eleison/Mardi Gras (When the Saints) (The Electric Prunes)
9. It's Alright, Ma (I'm Only Bleeding) (Roger McGuinn)
10. Ballad of Easy Rider (Roger McGuinn)[8]

»Don't bogart that joint« war einer meiner Favoriten, aber Steppenwolf war neben Jimi Hendrix sicher meine Lieblingsband von »Easy Rider«. Der Frontmann und

Sänger John Kay wurde als Joachim Fritz Krauledat am 12. April 1944 in Tilsit geboren. Wenn man es genau nimmt, war er ein Deutscher. Seine Mutter floh mit ihm aus der sowjetischen Besatzungszone nach Hannover, als er vier Jahre alt war. Nach zehn Jahren in Westdeutschland wanderte die Familie 1958 nach Kanada aus. Der Bandname Steppenwolf wurde bei der Gründung von Hermann Hesses gleichnamigen Roman abgeleitet. In nur vier Tagen wurde 1968 das Debütalbum »Steppenwolf« aufgenommen. »Born to be wild« fand ich prima, war ja was Programmatisches für einen Rocker wie mich, aber »The Pusher« war absolut mein Lieblingssong. Der hatte so einen lässigen Groove. Oder auch »Magic Carpet Ride«, ein rhythmisch merkwürdiger, besonderer Titel von 1968.

Petes Bude war ganz oben, die Zimmer mit schrägen Wänden, im Einfamilienhaus seines Bruders Alfred. Ringsherum war ein kleiner Garten mit zwei Garagen auf dem Grundstück. Der Keller hatte eine Zufahrt nach unten mit einem Tor zur Werkstatt. Pete hatte eine Drehmaschine im Keller, eine Ständerbohrmaschine, ein Schweißgerät, einfach alles, um selbst Teile für das Motorrad fertigen zu können. Als er sein Kunstwerk durch den TÜV hatte, hieß das Motorrad »Pete Willmann«, ein derart heftiger Eigenbau war keine BMW mehr.

Pete hat oft Scheiben von den Rolling Stones gespielt, volles Rohr aufgedreht, wenn sein Bruder nicht unten in der Wohnung war. Das war Gott sei Dank oft der Fall.

»Sympathy for the Devil« vom 1968er-Album »Beggars Banquet« oder »Jumping Jack Flash« und »Let's Spend the Night Together«. Das war echt geil. Obwohl das nun gar kein Prog-Rock, sondern ein sehr bluesorientierter, rauer Sound war, entwickelten sich die Stones zu meiner Lieblingsband und somit zum uneingeschränkten Vorbild.

Meine Geschichte war mit dem Leben der Bandmitglieder irgendwie verbunden. Immer an der Grenze zum völligen Absturz in Alkohol und Drogen. 1962, so etwa zurzeit ihres ersten Auftritts bezogen Brian Jones, Mick Jagger und Keith Richards mit dem gemeinsamen Freund James eine schäbige, heruntergekommene Wohnung im Stadtteil Chelsea in London. Während Mick Jagger ein halbwegs zivilisierter, strebsamer Junge blieb und weiterhin die London School of Economics besuchte, unternahmen Keith Richards und Brian Jones von vornherein keine Versuche, in ein bürgerliches Leben einzusteigen: Richards brach die Schule ab, Jones kündigte seinen Job in einem Kaufhaus. Die beiden widmeten sich ausschließlich der Entwicklung der Band und ihrem spielerischen Können an den Instrumenten. Natürlich haben die gesoffen, gekifft und Party ohne Ende gemacht. Sie waren dabei derartig pleite, dass sie teilweise Lebensmittel in Supermärkten gestohlen haben.

Bis zu ihrem Durchbruch vergingen noch einige Jahre. Zeit genug, um die legendäre Ergänzung mit Bill Wyman und Charly Watts zu finden, um die beste Band der Welt zu werden.

Mit »Satisfaction« schafften die Stones den Durchbruch (Platz 1 in Großbritannien und den USA). Mit den Lyrics schuf Mick Jagger einen Text, der genau den Zeitgeist traf. Eine Zeit des Aufbegehrens, der Revolte der Jugend gegen das bigotte und verlogene Verhalten von Eltern und Großeltern. Das Gitarrenriff von Keith Richards zählt zu den bekanntesten der Popmusik. Im selben Jahr erreichte mit »Get off of my cloud« ein weiterer Song den ersten Platz in den britischen und den US-Charts. Wir waren voll auf »Let's Spend the Night Together«, »Jumping Jack Flash« und dem 68er-Album. Das Böse-Buben-Image der Stones war auch unseres.

Am 3. Juli 1969 ertrank der schwer von Drogen und Alkohol gezeichnete zweite Gitarrist Brian Jones während einer Party in seinem Swimmingpool. Die genauen Umstände sind bis heute nicht geklärt. Er wurde durch Mick Taylor und später durch Ron Wood ersetzt, der heute noch dabei ist.

Irgendwann kam Pete auf die Idee, mal eine kleine Orgie zu veranstalten. Er war ja immer scharf auf alles, was nicht bei drei auf dem Baum war. Freie Liebe, Gruppensex, das muss man doch mal ausprobieren. Die Kommune K1 in Berlin und dann auch München mit Rainer Langhans und Uschi Obermeier, das war ja in guter Erinnerung: Die ganze Hippiekultur »Wer einmal mit der Gleichen pennt, gehört schon zum Establishment«, das war schließlich in den Siebzigern normal in Berlin, München, New York und so. Warum nicht auch bei Pete in Nürnberg?

Ich habe mit irgendeinem Mädchen eher uninspiriert herumgemacht, sie wollte nicht so recht. Hans hat nur ein wenig geknutscht, keine Ahnung mehr mit wem, Pete hat mit Barbara, der Freundin von Hans, gebumst. Man sah seinen Arsch unter der Decke schön rhythmisch auf und ab fahren und unter ihm lag Barbara. Hans und Barbara wollten heiraten. Das kam nicht so gut an. Wir haben das auch nicht wiederholt.

Dafür Kiffen, das ging immer.

Wenn man Haschisch, einen »Schwarzen Afghanen« oder sonstiges Rauschgift kaufen wollte, gab es eine allerseits bekannte Anlaufstelle. Den »Burggrafen« in Nürnberg, Eberhardshof. Da waren die Dealer deines Vertrauens anzutreffen, meist standen die Kunden draußen vor der Kneipe und der Handel fand schnell und unauffällig statt. Geraschel und Gemauschel, Hände verschwanden kurz in Jackentaschen.

Irgendwann ging das Gerücht um, dass der »Burggrafen« vom Rauschgiftdezernat aus dem gegenüberliegenden Fabrikgebäude der AEG überwacht würde. Hat wenig beeindruckt damals. Gedealt wurde dann eben drinnen, auf dem Billardtisch lag schnell mal ein halbes Kilo feinster

»Schwarzer Afghane« . Wer will noch mal, wer hat noch nicht?

Neben Pete war da ja noch Martin. Mit Martin war es oft nicht ganz einfach. Ich konnte eigentlich gut mit ihm umgehen. Er war Epileptiker und tagsüber in einer Behinderteneinrichtung. Er war sehr groß und ein Bär von einem Kerl. Immer zu laut, wenn er sich freute, konnte er einen drücken, dass man das Gefühl bekam, umgebracht zu werden. Es war nicht einfach, ihn zu bremsen, ihn anzuhalten, seine Medikamente regelmäßig zu nehmen, sich ordentlich zu waschen. Die Eltern haben sich einen Scheißdreck um ihn gekümmert. Sie haben die Betreuung Pete aufs Auge gedrückt und er hat sich verpflichtet gefühlt.

Mit Martin ging es so eine Zeit lang, wir kamen miteinander zurecht. Bis zum Sommer 1976 auf der Brücke über den Rhein-Main-Donau-Kanal, am Grundstück der Eltern, der Vater auf dem Betriebshof in Rufweite.

Martin und die Brücke

Harte Schale weicher Kern
Groß und stark
Immer zu laut
Immer zu groß
Epileptiker
Nachts im Schlaf
Macht einsam
will dabei sein
will geliebt sein
war nie Sohn
selten Bruder
selten Freund
steht auf der Brücke
ruft seinen Vater
schreit „ich springe"
tu's doch" die Antwort
„Stirbt ohne zu springen
läuft in sein Zimmer
zündet sein Bett an
Sommer 76
bis heute in der Anstalt
Martin und die Brücke

Pete war neben seinem Studium zum Maschinenbautechniker ein Unternehmer durch und durch. Zum Frühstück haben wir damals alle Nutella gegessen. Er kam mal auf die Idee, selbst Nutella herzustellen. Keine Ahnung, was er alles angeschleppt hat damals, Kokosfett in Massen und Schokolade war jedenfalls dabei. Er hat stundenlang in der Küche herumgerührt. Als es abgekühlt und fertig war, konnte man das zwar essen,richtig lecker war es aber nicht. Als er dann nachgerechnet hatte, wurde klar, dass es eigentlich genauso teuer war. Es schmeckte nur nicht so gut. Das war das einzige Beispiel für einen Misserfolg bei Pete. Bei mir gab es da viel mehr.

Wir hatten im Frühjahr die glorreiche Idee, hinter den Garagen am Haus von Pete Marihuana anzubauen. Hat gut funktioniert. Sehr gut. Ich war Samstag bei Mami zum Mittagessen und Pete rief an.

»Alter, du weiß doch, was wir hinter der Garage angebaut haben, oder?

Ich: »Klar weiß ich das. Und?«

»Wir haben ein Problem. Jeder sieht das Gras von der Straße aus. Gestern sind alle Pflanzen über die Garage hinausgeballert. Alles blüht. Du musst sofort kommen. In einer halben Stunde ist Ernte.«

Also bin ich hingefahren, alle Blüten und Blätter ab, alles im Herd bei Pete getrocknet.

Rockerurlaub in Le Lavandou

Eine Woche später sind wir mit der Clique los nach Frankreich an die Côte d'Azur. Pete hatte das Wohnmobil der Eltern und einen langen Anhänger, wo die Motorräder von Prinz, Anton und sein eigenes drauf passten. Wir hatten derartig viel Marihuana geerntet, es waren ja fünf Pflanzen. Selbst nach dem Trocknen waren es noch fünf große Plastiktüten voll mit Gras. Drei Wochen Drogenrausch und Alkohol. Super! Wir sind am Stück zu viert mit Fahrerwechseln in etwa achtzehn Stunden in der Gegend von Le Lavandou angekommen. Das war damals ein verschlafenes Nest an der Côte d'Azur: zwei Campingplätze, drei Hotels, ein Supermarkt und Hunderte von Metern frei zugänglicher Sandstrand. Da waren wir genau richtig. Eine halbe Stunde nach Saint Tropez, wir konnten jederzeit die Rolling Stones besuchen, im Esterel Gebirge klettern gehen oder in Nizza eine Bouillabaisse schlürfen.

Man konnte mit dem Wohnmobil bis an den Strand fahren. Da haben wir uns niedergelassen. Wir haben eine riesige Armee-Plane zum Vorzelt umfunktioniert, eine Tafel für 20 Personen darunter, fünf oder sechs Zelte außenherum, noch zwei oder drei Autos und vielleicht sechs Motorräder dazu. Alles umgeben von schützendem Schilfrohr und fünfzig Meter bis zum Wasser. Es kamen Wolle, Tschaikowsky und Randolf nach, Ernst war dabei und natürlich Whity mit seinem BMW. Wegen der Stereoanlage und des Stromgenerators. Es wurde ein sehr großes, respektables Rockerlager in bester Strandlage. Alles war da.

Alkohol, Drogen, der Sex würde sich sicher von selbst regeln. War dann auch so.

Der Ernst hatte ein Mädchen dabei auf dem Motorrad. Die Clarissa. Er war nicht mit ihr zusammen, das habe ich gleich am ersten Abend erfahren. Ich habe beide zweimal gefragt, dann saß ich neben ihr. Beim Grillen. Sie ist in der ersten Nacht gleich mit in mein Zelt gezogen. Wir hatten ordentlich Sex. Die zwei sind nach einer Woche wieder nach Hause gefahren. Später war ich nochmals ein halbes Jahr mit ihr zusammen. Kann mich an ihren grünen VW Scirocco erinnern. Dann kam aber erst mal die Köchin vom Zeltplatz auf der anderen Straßenseite hinter den Dünen. Beim Brötchenholen im Laden kennengelernt. Eine Französin, die kaum Englisch konnte. Sie roch nach Lavendelseife. Es war schön mit ihr. Eine Woche. Das ging damals alles so super, so leicht hatte ich es nicht immer. Wir haben tagsüber im Meer herumgemacht und nachts Party gefeiert.

Natürlich waren wir laut. Wir hatten eine Stereoanlage und einen Stromgenerator.

Ein Franzose hatte sich etwa zweihundert Meter entfernt mit seiner Blechkiste, einem Citroën Typ H, als Wohnmobil umgebaut, ans Schilf gestellt. Am Tag darauf kam der Franzose zu uns und beschwerte sich über den Lärm.

Echt komisch, zeltet neben einem Rockerlager und wundert sich, dass es laut wird. Aber er war Franzose. Franzosen haben immer recht in Frankreich.

Wir hatten beschlossen, dass wir versuchen, uns ein wenig zu mäßigen, wir wollten keinen Ärger mit der Polizei.

Na ja, zwischen dem Beschluss und seiner Umsetzung gab es dann doch noch Schwierigkeiten. Das Problem war, dass wir uns gar keine Zigaretten mehr gekauft hatten, es war ja ausreichend Gras da. Den ganzen Tag Marihuana rauchen, Wein und Bier trinken, das konnte dazu führen, dass irgendwann des Nachts irgendjemand irgendwie außer Kontrolle geriet.

Es war Whity mit »Sympathy for the Devil«, etwa drei Uhr in der Nacht mit zweimal vierhundert Watt. Am nächsten Morgen war die Polizei da und wir mussten abrücken.

Der Campingplatz gegenüber hat uns Gott sei Dank genommen. Kaum hatten wir die Zelte aufgestellt, habe ich mich in der Nachbarschaft umgesehen und zwei wirklich nette und hübsche Mädchen aus Paris kennengelernt. Abends habe ich sie bequatscht, mit in mein Zelt zu kommen. »Voulez-vous coucher avec moi, ce soir?« Das hatte ich mal sicherheitshalber alle beide gefragt. Es war so ziemlich die einzige Zeile Französisch, die ich konnte. Hatte ich mir merken können von Lady Marmalade und deren Diskoknaller. Aber auch nur, weil »Willst du mit mir schlafen heute Abend?« immer irgendwie mein Thema war. Beide sind tatsächlich mit in mein Zelt, wir haben gerade so zu dritt reingepasst.

Die Entscheidung fiel mitten in der Nacht. In der dritten Woche war ich also auch versorgt.

Irgendwann war ich dann mit Whity unterwegs zum Bierholen im Supermarkt in Le Lavandou, als Beifahrer in seinem roten BMW 2002. Ich habe einen Gitarrenkoffer im Straßengraben liegen gesehen. Musste wohl jemandem vom Dachgepäckträger geflogen sein. Also raus und mitnehmen. Es war eine ganz ordentliche Akustikgitarre von Ibanez.

Mein späterer guter Freund und Ausnahmegitarrist Udo hat mir sicher dreimal neue Seiten dafür geschenkt. Ich komponiere heute noch damit. Nach gut drei Wochen ist die ganze Bande wieder nach Hause zurückgefahren. Die nächste Feier wartete schon.

Mittlerweile war ich bei der Firma Gründel beschäftigt. Parkscheiben auf PVC drucken. Toll. Parkscheiben. Ich hatte nach wenigen Monaten Plattfüße und Krampfadern vom Stehen an der Maschine. Es war ein Scheißjob ohnegleichen. Der Lichtblick war Renate aus der Montageabteilung. Sie war Arbeiterin, deutlich älter als ich, vielleicht Anfang oder Mitte dreißig, und sie hatte große Brüste und ausgeprägte Hüften. Ich habe sie vollgequatscht und mit ihr was angefangen. Sie war ein sanftes Mädchen. Ich bin immer mit zu ihr, in der kleinen Wohnung hatten wir Spaß.

Lange ging das aber nicht gut. Schon ein paar Monate später hatte ich derart die Schnauze voll von Parkscheiben, dass ich im Oktober 1978 um meine Entlassung gebeten habe. Das war's dann auch mit Renate.

Wie immer, wenn ich ein wenig Geld verdient hatte, musste ich es gleich wieder auf den Kopf hauen. Ich hatte mir einen schönen Alfa geleistet. Eine Giulia Super Nuova 1300 in Dunkelblau. Die hatte erst zweiunddreißigtausend Kilometer drauf. Der Typ, der den Wagen verkaufte, hatte wohl so eine Ahnung, was damit bald passieren würde. Ich hatte den Wagen einen Winter gefahren, da zeigte sich ein anfangs noch kleines Bläschen Rost als ausgewachsene Blase. Obendrauf, mitten auf dem Deckel des Kofferraums. Alfas waren damals gefürchtet. Das einzige Auto der Welt, das bereits im Katalog rostet. An den Türblättern ringsherum an allen 4 Türen zeigte sich Rost. In meiner grenzenlosen Naivität und dem unerschütterlichen Zutrauen, dass ich grundsätzlich alles kann, beschloss ich, den Alfa zu lackieren.

Also rein in Petes Werkstatt auf dem Firmengelände. Da hatte er seine BMW lackiert, dann wird's sicher bei mir auch was. Ich habe den Alfa abgeschliffen, der Kofferraum war kein Problem, aber dann kamen die Türen. Die waren durch, Loch an Loch unter dem Lack. Wenn ich das kaputte Blech komplett rausnehmen würde, hätte ich keine Türen mehr gehabt. Scheiße, was nun? Da war auch teilweise kein Blech am Türrahmen mehr, wo man ein Blech hätte draufschweißen können. Also GfK-Matten kaufen, Spachtelmasse, dann gab es so eine selbstklebende Alufolie, die angeblich den Rost geblockt hat. Ich habe gespachtelt, gebastelt und gepfuscht, jeder Autoflaschner hätte Schreikrämpfe bekommen. Aber nach ein paar Tagen war alles richtig sauber und glatt von außen. Irgendwann war die Karre fertig. Alles dicht und Grundierung drauf. Ich brauchte den Alfa und musste damit noch fahren.

Innerhalb von nur einer Woche kam aus der Grundierung wieder die braune Rostbrühe herausgelaufen. Weil es regnete.

Also schnell lackieren. Oben dunkelblau, unten hellblau. Farbe rein, erst hellblau, dann dunkelblau. Ich habe mich gewundert, wie schnell das ging. Der Farbauftrag war satt, der Glanz sah wirklich gut aus. Die zwei, drei Nasen, die ich reinlackiert hatte, konnte ich gleich im nassen Lack wegbekommen. Der Wagen sah geil aus. Rattenscharf. Vorne ohne Stoßstange, über dem Grill die Linie, an der das dunkelblau anfing. Es ist tatsächlich sehr schön geworden.

Zweifel an meiner Professionalität kamen mir nur ganz kurz, als Pete fragte: »Hey Tim, warum hast'n du beim Lackieren keine Düse in der Spritzpistole gehabt?«

Na, jetzt wusste ich wenigstens, warum ich so schnell um das Auto gerannt bin. Ich habe den Alfa dann ein halbes Jahr später noch für gutes Geld verkaufen können.

Wolle und Whity waren ständig in ihren Garagen anzutreffen. Irgendwas gab es immer zu tun. Rumschrauben, Bier trinken, Zigaretten oder Joints rauchen, Sprüche klopfen. Im Sommer haben wir damals unsere gesamte Freizeit in den Garagen verbracht. Natürlich war da auch eine respektable Stereoanlage. Whity und ich, eigentlich die halbe Clique, besonders auch der Prinz, wir sind damals voll auf Udo Lindenberg abgefahren. Unser Udo. »Udo for President«.

Deutsche Texte, echt geil. Genau solche Sprüche, die Udo da brachte, das war unser Ding. Natürlich auch der »Cowboy Rocker« vom Album »Ball Pompös« von 1974 mit der Zeile »ohne Deine Moto Guzzi, bist du ja so ein Fuzzi«. Das war natürlich was, so einen Fuzzi kannte jeder von uns.

Ball Pompös, die Playlist

1. Jonny Controlletti
2. Honky Tonky Show
3. Leider nur ein Vakuum
4. Rudi Ratlos
5. Bitte keine love Story
6. Gerhard Gösebrecht
7. Riskante Spiele
8. Cowboy Rocker
9. Nostalgie Club
10. Ich bin von Kopf bis Fuß auf Liebe eingestellt
11. Glitzerknabe
12. Schneewittchen

Wir haben immer volle Kanne mitgesungen und kannten die ganze Platte auswendig. Udo war einer wie wir. Meistens betrunken. Oder bekifft. Oder beides. Immer komische Flausen im Kopf.

Los ging das damals mit Udo in der »Villa Kunterbunt«, das ehemalige Hamburger Privathaus des kanadischen Botschafters. Der Nobel-Hobel sozusagen. In der Villa lebten Udo Lindenberg, Marius Müller-Westernhagen, Otto Waalkes, Gottfried Böttger, der Pianist der »Rentnerband«, und Steffi Stephan, der später musikalischer Direktor des Panik-Orchesters wurde. Es entstanden Songs und Texte, es wurden Bands gegründet. Hier wurden viele schräge Figuren erfunden wie »Rudi Ratlos«, »Gerhard Gösebrecht« und »Bodo Ballermann« (Udo Lindenberg) oder »Kommissar Kringel«, »Ebbe Ebbesen« und »Harry Hirsch« (Otto Waalkes). Mann, was wären wir da gerne dabei gewesen. So behämmert wie die waren wir locker. Leider aber nicht ganz so wortgewaltig.

Nach einigen Jahren als Schlagzeuger und Studiomusiker gelang Udo mit dem Album »Andrea Doria« von 1973 der Durchbruch. Die Hits der Scheibe waren »Alles klar auf der Andrea Doria« und »Cello«. Zusammen mit dem jungen Künstler Clueso hatte Udo 2011 mit dem Song noch einmal ein sehr erfolgreiches Comeback. Für das Album »Andrea Doria« bekam Udo den ersten fetten Millionenvertrag.

Wir sind aber erst später auf Udo aufmerksam geworden. Wahrscheinlich durch den »Cowboy Rocker« auf der Platte »Ball Pompös«.

In der beliebigen Soße der deutschen Musik zu Beginn der 70er-Jahre hatte er einen besonderen Platz: Seine schnoddrige, schräge Art, Geschichten zu erzählen und sein Sprachgefühl waren neu und sind es bis heute geblieben. Er hat vielen Musikern den Weg bereitet. 1973 ging Udo erstmals mit seinem »Panikorchester« auf Tournee. Es folgten zahlreiche weitere Platten und Tourneen.

1978 brachte Udo dann die »Dröhnland Symphonie«. Die Tour wurde erstmals von Peter Zadek, dem damaligen Regisseur und Theaterintendant am Schauspielhaus Bochum, als Show mit großer Bühne, Multimedia und einer Vielzahl an wild verkleideten Fantasiefiguren inszeniert. So macht Udo das ja heute noch. Natürlich war ich dabei. In der Hemmerleinhalle. Udo hatte damals bereits die Angewohnheit, immer befreundete Musiker zu präsentieren. Auf dieser Tour war es Eric Burdon.

Er kam auf die Bühne und brachte »We gotta get out of this place«. Voll geil. Sein bekanntester Song »House of the rising sun« war das erste Lied, das ich 1973 auf der Gitarre spielen konnte.

Mit Eric Burdon habe ich später mal auf der Musikmesse in Frankfurt ein paar Bierchen getrunken. Er war so, wie man ihn sich vorstellte. Ein trinkender, lärmender Engländer mit Humor. Er hatte damals ganz frisch einen Endorsement Vertrag mit Hoyer Guitars unterschrieben und ich war zu der Zeit Sänger in der Band von Walter, dem damaligen Fabrikbesitzer von Hoyer.

Auch wenn unsere zweite Lieblingsplatte lange nicht diese Tragweite und Qualität aufweisen konnte, die Udo zu bieten hatte, es war trotzdem absoluter Kult damals. »Der Watzmann ruft« von Wolfgang Ambros, »Die Geildahlerin is wida do«, mit dem Spruch wurde Marlen begrüßt, eine Freundin, mit der ich einige Jahre zusammen war. Wir konnten die schrägsten Dialoge jederzeit wiedergeben und machten uns da einen Spaß daraus. Irgendeiner rief immer, meistens, wenn es gar nicht passte, »Großknecht, gib mir sofort mein Löffel!« Die Antwort »Löffel hollaradillö« kam im Chor, das war der ständige

Spruch, der immer wieder angebracht wurde. Zu unserem Selbstverständnis gehörte immer auch der Kult um und mit der Musik.

Mit unseren zerrissenen schmutzigen Jeans, den langen Haaren und den Lederjacken haben wir manchem Spießbürger einen Schrecken eingejagt. Gewalttätig waren wir nie, allerdings durchaus im Kontakt mit den Hell Riders, Zombies und anderen richtigen Rockerbanden. Von denen hat der eine oder andere auch mal was zum Kiffen von uns gebraucht. Für uns gab es nur Motorräder, Musik, Sex, Drogen und jede Menge Alkohol. Brutale Kriminalität und Schlägereien waren nicht unser Ding. Wir waren die Partyrocker, komplett autark, gerne außerhalb der Gesetze und Regeln der Gesellschaft.

Neben den Drogen blieb es bei so Husarenstücken wie die von Wolle und Whity mit ihren BSA-Maschinen. Mit zwei identischen Kennzeichen ohne Zulassung und Versicherung hatten die beiden TÜV-Plaketten und Zulassung mit Wachsmalkreiden recht glaubhaft draufgemalt. So haben sie es auch mal fertiggebracht, zu zweit nebeneinander durch die Stadt zu fahren. Erwischt wurden sie nie. Trotz der identischen Nummernschilder. Einen Führerschein brauchten viele auch nicht unbedingt, um mit allen möglichen Fahrzeugen herumzubrettern. Frech waren wir da schon.

Wolle hatte dann irgendwoher für kleines Geld ein Victoria-Bergmeister-Gespann, Baujahr 1954, aufgetrieben. Whity ist mit Wolle im Beiwagen der Bergmeister mitgefahren. Die zwei haben die wildesten Kunststücke mit dem Gerät vorgeführt. Den Beiwagen hoch oben in der Luft in Rechtskurven, Schleudermanöver in Linkskurven, alles auf öffentlichen Straßen.

Wir wollten am Wochenende wieder mal rausfahren zum Baggersee. Es war Hochsommer und richtig warm. Die zwei kamen auf die glorreiche Idee, dass sich Whity in der Badehose in den Beiwagen setzt, Bademütze auf dem Kopf, einen Kasten Bier auf dem Schoß. Dann hat Wolle einen Gartenschlauch geholt, Wasser aufgedreht und den Beiwagen bis zum Rand mit Wasser aufgefüllt. Damit das Bier schön kühl bleibt.

Bis heute verstehe ich nicht, dass der Beiwagen nicht einfach abgerissen ist. Da war Whity mit etwa einhundert Kilogramm, der Kasten Bier mit zwanzig und vielleicht noch einhundert Liter Wasser und die Bergmeister mit einundzwanzig PS. Ok, nach der ersten Kurve waren nur noch sechzig Liter drin – trotzdem. Wir sind dann doch nochmals zurück zur Garage. Die Bergmeister kam einfach nicht recht vom Fleck.

Das Huhn. Aber nicht gekokt.

30 Grad, Sommerzeit, Grillzeit
Bei Mama, die Tiefkühltruhe
Ein Huhn, steifgefroren
Huhn in Plastiktüte
Huhn im Beiwagen
Du drauf, ich drauf, Losfahren
Nicht weit gekommen; Durst gekriegt
Die Biergartenfalle
Nachts halb zwölf: Lieder gesungen
Nachts halb zwei: in der Wiese gepennt
Frühstück, weitergefahren
Kumpels getroffen
Geschichte erzählt
30 Grad, Sommerzeit, Grillzeit
Huhn in Plastiktüte
Huhn im Beiwagen
Beiwagen schwarz, Huhn grün
Auf die Wiese Feuer machen.
Huhn wird braun
Sieht aus wie Wienerwald
Riecht jetzt besser
Mit Bier gespült,
das Huhn: aber nicht gekokt

Sobald das Wetter halbwegs passte, waren wir oft an einem Baggersee Richtung Neumarkt. So acht bis zwölf Jungs und meistens Mädchen dabei, mit Zelten über Nacht. Bratwurst grillen und Bier trinken, Haschisch oder Gras rauchen.

Wenn es im Herbst langsam kalt wurde, hat sich die Clique regelmäßig in einer Kneipe in Nürnberg getroffen. Weil wir uns ja dauernd in Frankreich herumgetrieben haben, musste es was Französisches sein, »Degustation« hieß der Laden. Bis auf die alten Freunde Sprutz, Whity, Wolle und mich waren alle aus Nürnberg.

Die anderen kannten wir allerdings auch seit 1973. Vom Industriegelände von Pete, von den Garagen. Der kleine Adelbert, genannt Alibert, eher untersetzt, mit etwas reduziertem Sprachschatz, aber nett und hilfsbereit, Randolf der Sadist, Tschaikowsky der Gitarrist, der schlaksige dünne Prinz mit wirren Haaren und blitzendem Intellekt in den Augen. Neu dabei waren Willi der Schlosser, Porsche der Taugenichts und die Jellmaniks, ein Ehepaar von eher bürgerlichem Auftreten.

Randolf hatte dann bald eine Freundin. Er nannte sie »Schlitz«. Das habe ich immer als reichlich abartig empfunden. Ich liebte die Frauen, so etwas zu sagen wäre mir nie in den Sinn gekommen. Darauf aber zu reagieren auch nicht. Das hatte der Lump nicht verdient. Aufmerksamkeit.

Rockerurlaub in Le Grau-Du-Roi

Im Sommer 1978 waren wir wieder mit den Motorrädern an der Côte d'Azur, diesmal in die Camargue,
genauer in der Petit Camargue bei Le Grau-du-Roi.
Es war eine damals recht verschlafene Küstenortschaft
im Rhône-Delta. Die Rhône fließt dort ins Meer und
hat eine einzigartige Sumpflandschaft geschaffen. Der
größte Teil wird zwar landwirtschaftlich für Reisanbau
und Viehzucht genutzt, trotzdem ist der Nationalpark
insgesamt etwa neunzigtausend Hektar groß. Da leben
Flamingos im Sumpf, vierhundert verschiedene Vogel-
arten, Schilf und Wildpferde in freier Natur. Wo findet
man so etwas sonst in Europa? Le Grau hatte einen kleinen Fischerhafen mit einer Mole und einigen Lokalen
mit weiß-blauen Markisen.

Wir waren auf einem Zeltplatz. Der Sumpf konnte an
manchen Tagen eine deutliche Duftnote herübertragen.
Damals fuhren wir los mit einer Lederjacke, Cowboy-
stiefeln, ein paar T-Shirts, Unterhosen, Strümpfe, Badehose und einem Schlafsack. Das ganz, ganz kleine
Besteck. Regen war nicht vorgesehen.

War schließlich Sommerurlaub. War auch meistens
schön. In Le Grau kam es anders. Das Wetter war etwas durchwachsen und es regnete ab und an. Weil wir
keine Zelte hatten, wurde uns von den Betreibern des
Campingplatzes erlaubt, die halb fertigen Sanitärräume
als Lager zu benutzen. Das Dach war dicht, innen war

zwischen viel Gerümpel, Zement, einem Sandhaufen und einem Betonmischer genug Platz für die ganze Motorradclique. Wir waren zu sechst damals. Whity mit seiner 350er Yamaha. Er war ohne Führerschein über die Grenze gekommen, später auch wieder zurück. Wolle, der Gourmet und Frauenschwarm, mit der BMW und mit Führerschein, Prinz mit der 250er Honda als Chopper umgebaut und Ricky, eigentlich einer, der selten dabei war, mit seiner 450er Honda und ich mit meiner 250er Suzuki, Sprutz fuhr hinten drauf mit.

Einmal saßen wir an der Mole in Le Grau-du-Roi bis um vier Uhr am Morgen. Wir tranken Pastis, einen Anisschnaps, bei dem man 1 Teil Schnaps mit etwa 5 Teilen Wasser verdünnte. Eine schön milchige Brühe, dazu Eiswürfel und Erdnüsse. Hatten wir vom Zeltplatz mitgenommen. Die Mole füllte sich langsam mit Menschen. Teilweise im Anzug und Abendgarderobe, einige waren laut und gut angetrunken. Die meisten hatten eine Flasche Champagner dabei. Die konnten nur aus Montpellier stammen. Das war so etwa eine halbe Stunde zum Fahren. Da gab es Theater und eine Oper. Dann kamen die Fischer an die Mole. Frische Austern, die Anzugträger hatten es auf Austern mit Champagner abgesehen. Ich habe das erste Mal gesehen, wie die Austern geknackt, Zitronensaft hineingeträufelt und dann die Tiere lebend aus dem Gehäuse geschlürft wurden, mit Champagner runtergespült, fertig. Igitt, sah aus wie

Rotz, fühlte sich so an und schmeckte nach rohem Fisch, definitiv nicht mein Ding.

Wir hatten dann besseres Wetter und ich hatte wieder Glück, konnte mir eine hübsche Französin angeln in Le Grau, in der Kneipe an der Mole im Hafen. Wir saßen da in Frankreich im Land des Weines und haben Belfort Brune getrunken. Das dunkle Bier war teuer und konnte geschmacklich nicht im Geringsten mit fränkischen Bieren mithalten. Warum wir das so gemacht hatten, keine Ahnung. Hauptsache Frankreich. Ich also das Mädchen angequatscht, war aber ja mit Sprutz auf dem Motorrad da. Sie hat ihren Schlafsack geholt und wir sind zu dritt auf der Suzuki bis auf den Zeltplatz gefahren. Ihre Freundin kam dann auch noch dazu. Sprutz hat das dann klar gemacht, wer sonst.

Irgendwann am Abend haben wir dann alle Trips eingeworfen und waren schnell gut drauf. Wir fingen an, uns Geschichten auszudenken. Einer startet mit ein paar Sätzen, schreibt das auf einen Zettel, der nächste ergänzt den letzten Satz, faltet den Beginn aber nach hinten, damit der Nächste es nicht sieht. Der schreibt dann weiter, meist aber inhaltlich in eine ganz andere Richtung. Was für ein abstruses Zeug da rauskam. Beim Vorlesen des gesamten Werkes haben wir uns schlappgelacht. Wir waren wirklich sehr gut drauf.

Dann kündigte sich ein echtes südfranzösisches Sommergewitter an. Es begann mit ordentlichen Sturmböen, der Himmel wurde schwarz. Wir hatten unsere Baustelle. Das Dach war dicht. Wir fühlten uns sicher.

Die meist übergewichtigen Familienväter auf dem Zeltplatz begannen verzweifelt, Gräben rund um ihre Zelte zu ziehen. Weil ihnen der halbe Arsch aus der Hose heraushing, sahen die von hinten aus wie Fahrradständer. Wir haben die Szenerie beobachtet und konnten es nicht fassen, die ganze Aufregung, die Hektik um uns herum. Es stürmte, fing heftig an zu regnen. Es knallten die Blitze vom Himmel, ein Mordsgetöse, es donnerte in immer kürzeren Abständen.

Die Pferde auf ihrer Koppel, direkt neben unserem Waschhaus, wurden immer unruhiger, rannten hin und her. Dann fingen die Tiere in ihrer Angst derartig an zu furzen, da ging einfach gar nichts mehr bei uns. Wir standen da und haben gelacht. Es schüttete wie aus Eimern, wir waren patschnass und wir haben nur noch gelacht. Dass uns keiner Prügel angedroht hat, hat uns später alle gewundert.

Prinz Abgang

Acid und Gewitter
Chamargue
Die Pferde furzen
Prinz lacht
Eiterplasmabakterienstrahler
Volle Kraft voraus
Ein Blitz, ein Donner
Das Unterbein im Überraum
Die Pferde furzen
Prinz lacht
Es pisst wie blöd
Schmohul Guh hat nasse Haare
Mutanten und Naturgewalt
Hektik auf dem Zeltplatz
Gräben ziehen
Logenplatz
Prinz lacht
Erdlinge nehmen sich ernst,
Mutanten lachen
Realität ist relativ
lustig.

Mit meiner hübschen Französin hatte ich später in der Nacht noch Spaß. Im Schlafsack. Auf dem Sandhaufen. Sie hieß Suzanne und hat mir, als wir wieder zu Hause waren, noch eine Ansichtskarte von Peter Hamilton aus Paris geschickt. Auf der Karte sah man ein schwangeres Mädchen. Sie hatte Sinn für Humor und ich einen gehörigen Schrecken. Da war nichts. Stellte sich dann heraus.

Auf der Heimfahrt hatten wir Pech. Es regnete ab Orange. Wir fuhren durch Frankreich im Dauerregen, kamen in die Schweiz. Es war grauenvoll. In meinen Stiefeln stand das Wasser. Es lief von oben aus der patschnassen Jeans in die Schuhe hinein. Wenn wir Pause gemacht haben, musste ich die ausziehen, das Wasser rausschütten. Wir hatten nur Jeans an und Lederjacken. Regenkombis gab es vielleicht schon, aber keiner hatte eine. Handschuhe auch nicht. Es waren so vierzehn bis sechzehn Grad, saukalt in der Schweiz, in den Bergen. Das Wasser lief einem hinten in den Nacken rein, den Rücken herunter und stand in der Arschritze. Endlich eine Pension.

Es gab dann noch etwas Streit auf dem Zimmer. Whity wollte seine Socken auf der eingeschalteten Nachttischlampe trocken, alle anderen wollten schlafen. Am nächsten Tag wieder in die nassen Sachen rein und weiterfahren.

Es hat geregnet, als ginge die Welt unter. Wir kamen aus einer Ortschaft heraus, die Straße ging einen Berg hoch. Whity hat in seiner Verzweiflung mit seinen Turnschuhen die von der Straße herabgeführten Wasserbäche in riesige Spritzfontänen verwandelt. Einfach die Füße etwas runterhängen lassen und schräg stellen.

Irgendwann haben wir eine kurze Pause gemacht, uns unter einer Garage untergestellt, zitternd an allen Gliedern eine geraucht. Eine ältere Frau kam aus einem Nachbarhaus und sprach uns an: »Ihr schnattert euch ja zu Tode.«

Sie hat uns Müllsäcke und Plastiktüten gebracht. Klasse Regenkombis waren das.

Die dauerhafte Überflutung mit Regen hatte auch bei den Motorrädern Folgen. Prinz hatte Ärger mit seiner Elektrik. Jedes Mal, wenn er die Kupplung zog, bekam er einen Stromschlag. Irgendwann hatten wir es dann doch geschafft und waren wieder zu Hause.

Ich war damals mit meiner 250er Suzuki in Frankreich. Mit dem Motorrad verbinde ich aber besonders die Marlen aus Gräfenberg, das gehörte zusammen. Marlen war eine Dramaqueen ohnegleichen. Ihre Entrüstung, ihre Aufstände waren zumindest ihrer Meinung nach sehr überzeugend gespielt. Keine noch so absurde Szene, mit der sie irgendetwas erreichen wollte, wurde ausgelassen. Irgendwie hat sie meistens bekommen, was sie wollte.

Sie war dem Sex sehr zugeneigt, konnte und wollte wirklich gerne und dauernd vögeln. Ihr Körper war sehr ansehnlich, wenn auch nicht so füllig, wie ich es eigentlich mochte. Irgendwie war sie eine Schlampe. Dafür hatte ich wohl eine Schwäche. Sie kam auch aus einfachen Verhältnissen, einer Arbeiterfamilie. Der Vater war Hausmeister, die Mutter ging putzen. Marlen war im Einzelhandel als Verkäuferin tätig.

Schlau war sie nicht, aber sie liebte es, Menschen zu manipulieren. Sie hat sich eine eigene Welt gezimmert, aus Frauenzeitschriften, später aus »Dallas«. Da spielte sie im Grunde das nach, was »das Leben« an dramatischen Szenen bieten konnte.

Wir waren einmal eingeladen auf der Geburtstagsfeier von Rudi, einem Typen, dem ich mal ein Bild an die Wand gemalt hatte. Ich war sehr betrunken, Rudi hatte sein Bett im gleichen Zimmer gegenüber von den Matratzen, auf denen ich mit Marlen schlief. Irgendwann bin ich wach geworden, weil Marlen weg war. Ich habe mich umgesehen, habe Rudi gesehen, er hat mich angeglotzt und die Bettdecke vor sich hochgehalten. Damit ich Marlen nicht sehe. Ich war so breit, Aufstand veranstalten war nicht drin, Gott sei Dank bin ich auch gleich wieder eingeschlafen. Er war stärker.

Natürlich habe ich ihr am nächsten Tag Vorwürfe gemacht. Fand ich gar nicht lustig.

Ein paar Monate später kam dann ihre beste Freundin, die Gitte mitten in der Nacht zu mir ins Bett. Ich fand sie supergeil, aber sie war die Freundin von Whity, pennte im Zimmer nebenan mit ihm, also eine »no go area«. Außerdem war ich ja mit Marlen zusammen. Ich gab ihr einen Klaps auf ihren wunderschönen, nackten Hintern und habe sie weggeschickt. Das war hundertprozentig von Marlen eingefädelt worden.

Vielleicht wollte sie damit beweisen, dass ich mich auch zu solchen Aktionen hinreißen lasse. Oder sie wollte ihrer Freundin beweisen, dass es geil ist, frisch gevögelt von einem Bett ins andere zu kriechen, wer weiß das schon. Sie konnte Menschen manipulieren und nutzte dieses Talent oft und gerne.

Was mein Motorrad angeht, tauschte ich die 250er gegen eine 550er Suzuki. Geil, aber zum Leidwesen aller aus der Clique, die hinter mir herfuhren, immer noch ein Zweitakter. Mit blauen Rauchfahnen, jetzt als Dreizylinder mit vier Auspuffen.

Ich war 21 Jahre alt und noch nicht bei der Bundeswehr. Ich weiß es nicht mehr genau, glaube aber, dass das damals das Alter war, wo man entweder gemustert, eingezogen oder erfolgreich verweigert und im Zivildienst war. Ich kann mich an jahrelanges Bangen und Zittern erinnern, man hörte die schlimmsten Geschichten. Man konnte damals den Dienst an der Waffe verweigern. Es gab Broschüren, wo gezeigt wurde, wie so etwas abläuft. Hatte ich von der Vereinigung deutscher Kriegsdienstgegner, DFG-VK. Völlig abartig. In

Seminaren lernte man, was da auf einen zukam. Da saß dann ein kompletter Ausschuss an Gestrigen und Vorgestrigen, meist alten Männern, und konstruierte Szenen wie diese: »Stellen Sie sich vor, es ist Krieg. Sie sind in Ihrem Haus mit Frau und Kindern. Sie haben eine Waffe und der Feind kommt zur Tür herein.« Wer dann nicht sagte, »Ich mache von der Waffe Gebrauch und erschieße den Feind«, war bei der Verweigerung durchgefallen.

Den Kriegsdienst zu verweigern bedeutete zwar grundsätzlich, keine Waffen anzufassen, das Töten von Menschen abzulehnen, aber: Die Familie nicht mit der Waffe zu verteidigen, war nach Meinung des Ausschusses unglaubwürdig. Wer in dieser Szene als Kriegsdienstverweigerer nicht sofort geschossen hatte, war verloren.

Der ganze Mist war entwürdigend und abartig. Ich habe mich aber lange damit befasst.

Wenn, dann nur Verweigerung. Sonst nichts. Verweigerung war mein zweiter Vorname, egal wann und wo und weswegen, Hauptsache dagegen.

Irgendwann war es ausgestanden. Obwohl man damals eigentlich so gut wie jeden holte, wurde ich wohl vergessen. Das kam selten vor, aber es kam vor. Gott sei Dank bei mir.

7 Kellerkinder, LSD, Valium und die jungen Toten (1977 – 1983)

– Sprutz fragt, was denn da noch kommen soll

Irgendwann war Werner pleite und die Kellerwohnung in Altenberg komplett frei. Ich habe dann zum Oktober 1977 den Mietvertrag übernommen, als Hauptmieter.

»No risk, no fun.« Wolle und Sprutz sind mit eingezogen. Party war angesagt. Aber bitte mit Niveau.

Dann hatten wir wieder Berührung mit der Politik. Aber ganz anders. Unfreiwillig. Die »zweite Generation« der RAF tötete Siegfried Buback und den Bankier Jürgen Ponto. Dann die Entführung von Arbeitgeber-Präsident Hanns Martin Schleyer. Wir waren durch den Terror der RAF ständig gefährdet, in eine Polizeikontrolle zu geraten. Und wir wurden angehalten damals, ständig angehalten. Fette Karren, lange Haare und Lederjacken. Wenn das nicht hochverdächtig ist.

»Fahrzeugkontrolle, die Papiere bitte ...«

Dabei vorsichtig das Fenster runterkurbeln und in die Mündung einer Maschinenpistole blicken.

Wir haben uns ein striktes Drogenverbot im Auto auferlegt. Bloß nichts dabeihaben, niemals besoffen Auto fahren.

Im Oktober wollte ein Terrorkommando den Lufthansa-Jet »Landshut« nach Mogadischu entführen, um Andreas Baader, Gudrun Ensslin und Jan-Carl Raspe aus

der Haft frei zu pressen. Das Flugzeug wurde von der GSG 9 gestürmt.

Nur Stunden nach dem Ende des »Landshut«-Dramas waren die inhaftierten Terroristen tot in ihren Zellen gefunden worden. Ich habe mir gedacht, Gott sei Dank, jetzt ist das endlich vorbei, später war klar: Der Wahnsinn ging weiter.

Politisch war ich kaum noch interessiert, bis auf die Massenverhaftung 1981 im »Komm«, da war ich noch einmal auf einer Demo dabei. Das Thema »Du, da müssen wir mal drüber reden, Du«, diese ganzen Soz.-Päd.-Ziegen, das ging mir vollständig am Arsch vorbei. Ich war fixiert auf Drogen, Autos, Motorräder und schnelles Leben. Dazu natürlich immer Musik.

1. Januar 1977 – 14. Januar 1977
2 Wochen, Stevie Wonder   Songs in the Key of Life
15. Januar 1977 – 21. Januar 1977
1 Woche, Eagles   Hotel California
22. Januar 1977 – 28. Januar 1977
1 Woche, Wings   Wings over America
29. Januar 1977 – 4. Februar 1977
1 Woche, Stevie Wonder   Songs in the Key of Life
5. Februar 1977 – 11. Februar 1977
1 Woche, Eagles   Hotel California
12. Februar 1977 – 25. März 1977
6 Wochen, Barbra Streisand & Kris Kristofferson A Star is Born
26. März 1977 – 1. April 1977
1 Woche, Eagles   Hotel California
2. April 1977 – 15. April 1977
2 Wochen, Fleetwood Mac   Rumours
16. April 1977 – 20. Mai 1977
5 Wochen, Eagles   Hotel California
21. Mai 1977 – 15. Juli 1977
8 Wochen, Fleetwood Mac   Rumours
16. Juli 1977 – 22. Juli 1977
1 Woche, Barry Manilow   Live
23. Juli 1977 – 2. Dezember 1977
19 Wochen, Fleetwood Mac   Rumours
3. Dezember 1977 – 30. Dezember 1977
4 Wochen, Linda Ronstadt   Simple Dreams

Fleetwood Mac, Stevie Nicks, das war schon unser Favorit. Vor allem, weil das der Sound war, der den Mädchen gefiel. Sie hatte aber auch eine geile Stimme. Das Album »Rumours« wurde allein in den USA mehr als 19 Millionen Mal verkauft und war eines der erfolgreichsten Alben der Musikgeschichte. Dann war noch der dauernd dudelnde, wie eine Ziege meckernde Cat Stevens, den ich allerdings überhaupt nicht leiden konnte: Ich habe den ertragen, weil man damit bei den Mädchen Punkte sammeln konnte.

Also wieder mal Suff, Drogen, Party machen. Meine Dramaqueen war noch ein paar Jahre dabei.

Von Porsche, dem alten Gauner, habe ich dann die Honda CB750 four gekauft. Eine endlos lange Gabel mit Slacks von AME, das waren so Einsätze, die man in die Gabel reinschrauben konnte, um sie um 20 cm zu verlängern. Die Honda hatte einen T-Lenker von AME, einen Tank von einer Harley Davidson Sportster und eine schöne Stufensitzbank. Obendrein noch eine saumäßig laute, aber eingetragene Marving 4 in 1 Auspuffanlage. Geil! Ein ziemliches Rat-Bike, bin ich aber gerne gefahren, auch wenn man in Kurven ziemlich rumgeeiert ist mit dem Teil. Die ganze Gabel verzog sich beim Bremsen, die Scheibenbremse war einseitig links. Also möglichst wenig bremsen. Hatte ich zwei Jahre, bevor sie mir unterm Fahren abgebrannt ist, die Elektrik.

Nachdem sich langsam die Ahnung breitmachte, dass das Motorradfahren im Winter auf Dauer doch nicht der Hit war – ich hatte inzwischen Probleme mit den Nieren und Rheuma in den Knien – habe ich im März 1978 den Autoführerschein gemacht. Im Oktober 1978 war ich wieder arbeitslos.

Zeit für neue Abenteuer. Die Wohnung hatte diesmal zwar auch alte Matratzen als Sitzgelegenheiten, insgesamt war der »Folterkeller«, wie wir es nannten, aber doch wesentlich zivilisierter als damals das Haus. Die Küche war vollständig eingerichtet, ich hatte einen passablen Schlafzimmerschrank und ein richtiges Bett. Party war trotzdem Pflicht. Spätestens ab Freitag siebzehn Uhr ging es los. Wolle hat oft für uns »gekocht«. So eine Art Omelett mit Camembert gefüllt, eine Kalorienbombe ohne Ende, aber lecker. Wir hatten sehr viel Spaß damals. Schade, dass ich die ganzen Sprüche nicht mehr habe, das war schon sehr witzig.

Ein Freund aus der Nachbarschaft war in seiner Studienzeit als Ferienarbeiter Fahrer bei einem Pharmagroßhandel. Er saß sozusagen an der Quelle.

Es dauerte deshalb nicht lange, dann kamen zu den Trips Downer, Valium und ähnliche Psychopharmaka. Wir haben dann Sachen gemacht, so etwas kann man nun wirklich niemandem empfehlen. Nichts, aber auch gar nichts, vorher und nachher, hat uns alle gesundheitlich derart geschädigt. Nicht LSD, nicht Amphetamin, Alkohol, selbst in diesen Mengen, die wir konsumiert haben, nicht. Wir kamen damals auf die blöde Idee, Feuerzangenbowle mit fünf oder sechs Valiumtabletten aufzuhübschen.

Ab dem ersten Versuch war das fast zwei Jahre lang unsere Wochenendbeschäftigung.

Ich war meist im Delirium, betrunken oder irgendwie stoned. Aber immer bestens gelaunt. Die Sucht nach Sucht ging bald so weit, dass wir einmal einen Glühweinteebeutel und eine Kopfschmerztablette zerbröselt und das Ganze geraucht haben, in der Hoffnung, das dreht irgendwie.

Gelebt haben wir vom Arbeitsamt, von Gelegenheitsjobs, die Schwarzgeld brachten. Ein bisschen Dealen war auch dabei. Sprutz hat immer gearbeitet. Er war in der Buchhaltung beim größten VW-Händler von Nürnberg. Da habe ich ab und an gejobbt. Fabrikneue Autos vom Wachs befreien. Oder Blumenfahrer bei Fleurop. Das ging einfach so zu machen. Ohne Anmeldung, ohne Steuer. Wenn es bei uns knapp wurde, hat Sprutz uns auch mal ausgeholfen.

Wenn wir nachts am Wochenende mal Hunger hatten waren wir im Babylon, einem Italiener, der bis drei Uhr Küche hatte. Das war eine interessante Welt dort. Zuhälter, Nutten, Taxifahrer, ein Sammelsurium zwielichtiger Gestalten. Es wurden goldene Uhren zum Kauf angeboten, angeblich eine echte Rolex, eine Cartier-Damenuhr und keiner wollte wissen, woher die stammten.

Wir sind in dieser Zeit oft an der Frauentormauer verkehrt, dem Puff in Nürnberg. »Giftküche« hieß die Kneipe und so ging es da auch öfter zu. Eine faszinierende Parallelwelt, die uns magisch angezogen hatte. Spieler, Nutten und Zuhälter.

Giftküche

Abstellgleis
Hinter dem Puff
Alte Huren
Alte Luden
Saufen die Zeit zurück
Er schreit. Sie weint
Er schlägt das Glas kaputt
Ihr ins Gesicht
Arschloch
Blanke Wut
Zugeschlagen
Nochmal, nochmal, nochmal
Rausgeschmissen
Kein Platz für Arschlöcher
Rockers für Gerechtigkeit
Huren unter Naturschutz

Als Rocker waren wir ja grundsätzlich friedlich, wenn wir mal in eine Schlägerei gerieten, haben wir uns meistens aus dem Staub gemacht.

Aber das war zu viel. Wolle ist die Sicherung rausgeflogen, hat angefangen, dann haben wir alle geholfen, das Arschloch rauszuwerfen. So war das damals.

In unserer Folterkeller-WG war Sprutz für mich ein reichlich unverständliches Phänomen. Hübsch war er nicht, nicht groß, nicht sexy, aber er war mit Abstand der größte Abschlepper. Monatlich eine neue Flamme, manchmal länger. Egal wo der war, er hatte es drauf. Wolle dagegen war sehr zurückhaltend. Er war der Schwarm vieler Frauen, kräftig, mittellange gepflegte Haare. Er hatte die unglaublichsten Sprüche drauf, hatte Wortwitz und Schlagfertigkeit, war sehr, sehr unterhaltsam. Er war in den ganzen Jahren aber nur zweimal mit Frauen zusammen. Ein, zwei Jahre lang und dann war's das wieder. Affären hatte er nie.

Sprutz und Wolle waren beide Spezialisten auf jeweils ihrem Musikgebiet. Wolle war mehr für die amerikanischen Sachen: Country und Folk, Crosby Still Nash and Young, Johnny Cash, America, John Denver, die Eagles, als einziger Engländer war Elton John bei seinen Favoriten. Sprutz: Das war Hardrock, Heavy Rock von Uriah Heep, Deep Purple, Led Zeppelin.

Mein Ding waren damals Moody Blues, Christopher Cross und vor allem Barclay James Harvest und »Hymn« von 1977 fand ich geil.

Barclay James Harvest war, wie konnte es anders sein, eine Prog-Rock-Band mit eindrucksvoller Prägung in Richtung Klassik. Die ersten Alben der Band »Barclay James Harvest« 1970, »Once Again« 1971 und »Baby James Harvest« 1972 wurden damals sehr aufwendig mit Orchester produziert. Genau mein Ding so was.

Ich träume heute noch davon, so etwas zu realisieren. Immerhin hatte ich ja später mal eine Tournee gemeinsam mit einem Streicherquartett. Eine Besonderheit bei Barclay James Harvest war das vom Keyboarder Woolly Wolstenhome eingesetzte Mellotron. Mit diesem Instrument konnte man eine Art Orchestersound erzeugen. Es war ein neuartiges, elektromechanisches Tasteninstrument, das heute als die analoge Urform des Samplers gilt. Mit Sampling habe ich 1989 gearbeitet. Natürlich etwas moderner, voll elektronisch mit einem Korg DSS1. Das Mellotron arbeitete damals vollständig analog mit 3/8 Zoll breiten Tonbändern. Auf denen waren individuelle Töne, aufgenommene Klänge von Musikinstrumenten, wie zum Beispiel Violine oder Trompete, auf drei verschiedenen Spuren gespeichert. Jeder Taste ist dazu ein eigener Tonbandstreifen zugeordnet, der beim Druck auf die Taste über einen Tonkopf abgespielt wird. Zu dieser Zeit verwendeten sehr wenige Bands ein Mellotron. Es waren die Beatles für die Eröffnung von »Strawberry

Fields«, die Band Moody Blues und natürlich Barclay James Harvest.

Bei längerer Benutzung fing der Ton an, sich zu verändern, es wurde immer unnatürlicher und merkwürdiger, bis hin zum leiernden Ton. Das war im Grunde wie bei den Compact-Kassetten, wenn sich das Band abnutzte. Einige Bands haben später genau diese Sounds bevorzugt.

1976 ging Barclay James Harvest dann erstmals in Kanada und in den USA auf Tournee. 1977 folgte das kommerziell erfolgreichste Jahr für die Band: Besonders in Deutschland hatten sie mit dem achten Studioalbum »Gone to Earth« und der daraus ausgekoppelten Single »Hymn« gute Chartplatzierungen. Es gab da einige Kritiker, die schrieben, dass Barclay James Harvest eine Art »Moody Blues für Arme« wäre. Die Band antwortete mit Humor. Sie veröffentlichte auf dem Album den Song »Poor Man's Moody Blues«, der sehr viel Ähnlichkeit mit dem Moody Blues-Hit »Nights in White Satin« hatte. Neben »Hymn« gehört das Lied zu den bekanntesten Songs von Barclay James Harvest. So viel zu meiner damaligen Lieblingsband.

Es ging uns wirtschaftlich gut. Wolle fuhr einen dunkelblauen Mercedes 280 SE, für mich begann die Zeit, in der ich jedes Jahr im Winter ein anderes Auto hatte und nachdem die Honda abgebrannt war, ein neues Motorrad, eine BMW R 65/5. Mit der war ich später in Spanien bis Gibraltar und natürlich auch in Frankreich unterwegs.

Meine Autosammlung begann mit einem VW Käfer 1200, VW Bus, Audi 80, Opel Record L, Opel Commodore Coupé, Fiat 850, Fiat 850 Coupé, einem Datsun Cherry und ging weiter mit einem Alfa Romeo Julia 1600, Alfa Romeo Giulia Super Nuova 1300, Alfa Romeo 1750 GTV, Alfa Romeo 1750 Cabrio, dem Rundheckspider, im Volksmund in Deutschland immer Duetto genannt, um nur die wichtigsten zu nennen.

Es war ständig was los bei uns. Einmal waren nachts Leute bei uns, die wir nicht kannten. Jemand hatte das Fenster im Badezimmer offen gelassen. Eine Kellerwohnung. Die sind bei uns eingestiegen. Als es drei Leute waren, haben wir es bemerkt. Es hat uns nicht weiter gestört, nur gewundert.

Wir waren Cinemascope. Superbreit. Mit dem Unterbein im Überraum. Morgens, als ich wach geworden bin, lagen da sechs Unbekannte im Flur auf dem Teppich und haben gepennt.

Sylvester

Willi hat Valium
Wir haben Bowle
Reinschütten, rumrühren, fertig
Alles wird gut
Alles wird langsam
Nur der Kanonenschlag
Bei Jo in der Hand
Schnell wie immer
Schwarze Hand
Alle lachen
Schwein gehabt
Willi hat Valium
Wir haben Bowle
Siggi wusste nichts davon
Das mit der Bowle
Dreht durch
zittert und schwitzt
Wir kochen Tee
Sylvester

Mit meinem Opel Record L Coupé hatte ich sicher fast ein Jahr Spaß. Solange TÜV drauf war, wie immer. Er war in einem leuchtenden Hellgrün lackiert, schwarze Rallyestreifen auf der Haube, schwarzes Vinyldach. Ab und zu blieb der Wagen einfach stehen. Das Gestänge, dass das Gaspedal mit den Vergaserklappen verband, sprang manchmal heraus. Man musste es wieder einhängen und es ging weiter. Der mittlere Auspufftopf hatte ein Loch, die Abgase kamen ins Wageninnere. Also Fenster auf beim Fahren.

Ich war irgendwann mal der Meinung, dass man etwas auf den Opel draufschreiben müsste. War wohl auf dem Gelände bei den Garagen von Whity und Wolle.

Eine Dose roter Sprühlack war da, was draufstehen sollte, war schnell klar: »Sex and Drugs and Rock 'n' Roll« in riesengroßen Lettern, Freihand von vorne bis hinten und auf beiden Seiten. Sah geil aus. Ein Statement.

»Sex and Drugs and Rock 'n' Roll« von Ian Dury erschien im August 1977 und logisch, wieder mal voll mein Thema. Der Song wurde zu einem Klassiker, obwohl oder gerade deswegen, weil er sofort auf dem Index landete.

Grund für die ganze Aufregung war der textliche Einstieg ins Lied: »Sex and drugs and rock and roll / is all my brain and body need / sex and drugs and rock and roll / is very good indeed.«

Ian Dury sagte über den Song später, dass es »als milde Ermahnung angefangen, aber als eine schöne Hymne geendet habe« – und dass er damit allen Zuhörern »nahelegen wolle, dass es im Leben mehr gebe als diese drei Themen«. Ha, ha, ha, selten so gelacht.

Mit dem Opel und dem Spruch drauf habe ich Mami morgens zu ihrer Arbeitsstelle gebracht. Immer dann, wenn der Fahrer des Amtsleiters sie nicht abholen und mitnehmen konnte. Sie war Sekretärin des Chefs. Ganz oben. Sie ist dann innerlich immer weiter im Sitz versunken, umso näher wir kamen. Nach außen tat sie so, als ob nichts wäre. Peinlich mit »Sex and Drugs and Rock 'n' Roll« und röhrendem Auspuff am Bundesamt für Anerkennung ausländischer Flüchtlinge vorfahren. Mami stieg aus und wahrte Haltung. Trotzdem besser als vier Kilometer laufen auf Stöckelschuhen.

Ich habe Songs geschrieben, langsame getragene Songs, wir waren schließlich ständig auf Valium. Schnell geht da nicht. 1979 hatte ich wieder eine Band. Gun. Wir probten in einem schrecklich kalten Hochbunker. Ich experimentierte mit vier Gitarren, Keyboard, einer insgesamt acht Mann starken Band. Ich wollte einen neuen Sound erfinden. Da waren Topleute dabei, an den Gitarren Felix Eigen und Ludwig Petermann, die damals schnellsten und besten Techniker ihrer Zunft. Ich habe versucht, sehr auf vokale Präsenz zu setzen, sechsstimmiger Gesang, wir haben geprobt wie die Blöden. Tempo-

und Stimmungswechsel, die Songs sollten wie klassische Werke daherkommen.

Ich habe alle überfordert, mich natürlich auch. Die Gitarristen waren versiert, aber eben nur technisch, sie waren schnell. Ich konnte nicht vorspielen, was ich meinte, aufschreiben auch nicht, ich habe es vorgesungen. Nicht immer gelang es mir, das kreative Durcheinander in meinem Kopf für die Band nachvollziehbar zu befreien. Es gab uns wohl ein Jahr, kein einziger Auftritt und dann war wieder Schluss.

Aus dieser Zeit stammt die Bekanntschaft mit Mark, einem Keyboarder. Er lebte auch auf einem anderen Planeten, das fand ich schon mal gut. Er hatte eine Lehre zum Friseur abgebrochen, fing dann irgendwann in einem Plattenladen an. Da war er aber auch nicht lange. Im Grunde ein ähnlicher Loser wie ich. Etwas kleiner als ich, sehr schlank, dunkle, feste schwarze Haare, genauso schlanke, feingliedrige Hände, weißer Anzug, ein echter Künstler. Unser Kontakt wurde enger, wir haben jahrelang erfolglos versucht, irgendetwas gemeinsam auf die Kette zu kriegen. Es kamen am Ende vier Songs dabei raus.

Er wohnte in einer alten, frei stehenden Villa bei seinen Eltern. Seine Mutter war etwas merkwürdig, ich hatte immer das Gefühl, dass sie nicht so ganz alle Latten am Zaun hatte. Sie war scharf auf mich, so viel war sicher. Es war ein altes, etwas unheimliches, zweistöckiges herrschaftliches

Haus. Immer dunkel, immer kalt. Verarmter Landadel oder so. Wenn man reinkam, war da zuerst eine Art Vorraum. Man konnte sich vorstellen, wie dort früher die Gäste vom Butler empfangen wurden. Es hingen Geweihe an der Wand, ein alter Gobelinteppich, Ölgemälde. Von dort ging es ins Wohnzimmer. Ein großer Raum voll mit alten Möbeln, ein ausgestopfter Wildschweinkopf an der Wand, ein offener Kamin. Holz war keins da. Ein kleiner Heizlüfter musste reichen. Da stand das alte Klavier rum und Mark konnte spielen. Auch Gitarre und Bass. Er hat gespielt, ich habe dazu gesungen. Wir haben uns die Songs fertig geträumt. Wie es klingen würde, wenn wir es denn hinkriegen würden. Nur geträumt.

Immer wenn wir zusammen waren, wussten wir: Wir sind unglaublich talentiert und werden weltberühmt. Wir waren Spinner, aber vom Auftreten, von der Optik her, vom Allerfeinsten. Immer in Sakko, Weste, ich im Rüschenhemd. Natürlich alles Secondhand. Aber mit Geschmack, »très chic«.

Mark war der König der Abschlepper. Für mich blieb auch oft etwas übrig. Wir waren damals oft im »Boot«, einer Disco mit Bar in einem alten Ausflugsdampfer, der am Rhein-Main-Donau-Kanal dauerhaft angelegt hatte. Oder auch im »Zirkel« in Erlangen, einem Studentenclub, einer Disko im Keller. Wir waren immer da, wo die schärfsten Mädchen waren.

Irgendwann haben wir dann doch mal versucht, eine Band auf die Reihe zu bekommen. Erst mal einen Übungsraum gemietet. In der Hornfabrik in Fürth. Der Zugang war etwas schwierig und im Sommer wirklich ekelhaft, da ja im Hof tonnenweise das Horn von Rindern auf mehreren Halden gelagert wurde. Ja, es war der Sportplatz neben der Fabrik, auf dem ich in der Realschule im Sportunterricht versagt hatte. Es war wie damals. An den Hörnern war immer noch etwas Rind dran und das verweste fröhlich vor sich hin. Aus dem Horn wurde in der Fabrik Pflanzendünger. Die Räume waren im Keller und nur notdürftig gegeneinander schallisoliert. Da probten locker zehn Bands, ich weiß noch, dass wir mit einer Hardrockband, die AC/DC coverte, echte Probleme hatten. Die waren lauter als wir. Wir hatten so ein New Wave Punk-»Projekt« am Start. Ob und was das werden sollte, war uns selbst noch nicht klar.

Wir waren oft im »Dröhnland«, einem Musikclub mit Livebühne, da haben wir uns Dr. Hook & the Medicine Show reingezogen. Oder im »Rührersaal« bei einem sensationellen Konzert mit Roger Chapman. Der »Rührersaal« in Reichelsdorf hatte neben dem Konzertsaal noch eine Kneipe mit Bar, da waren wir oft. Einmal standen wir am Tresen, wie immer, in perfekter Optik wie die Rockstars.

»… Was meinst du, ob wir nach der Bridge nicht lieber einen synkopierten Übergang zurück ins Thema schaffen sollten? Das würde dem Song noch mehr Anspruch geben.«

»… Hhmmm, glaube eher nicht, da liegt schon der E-Major 7, das ist ja harmonisch schon sehr cool, oder?«

Aus einer Gruppe von Gästen kam dann die schüchterne Frage: »Entschuldigung, darf ich mal fragen, von welcher Band ihr seid?«

Wir haben was von einem Projekt gefaselt, uns wurden Prügel angedroht.

Mark und ich, das war das weltberühmteste Duo aller Zeiten, das wirklich völlig unbekannt war.

Wir sind nie aufgetreten.

Im September 1979 habe ich mit einer Weiterbildung zum staatlich geprüften Techniker für Polygrafie begonnen. Das hieß später Drucktechniker. Als besonders schwerer Fall mit entsprechender Historie auf dem Arbeitsamt bekam ich während der zweijährigen Weiterbildungsmaßnahme vom Arbeitsamt Unterhalt bezahlt. Prima, wieder zwei Jahre, ohne mich in einer Druckerei zu vergiften. Vergiften konnte ich mich ja selbst immer wesentlich angenehmer, mit Drogen aller Art. Es gab Schulferien, in denen mir Zeit gegeben wurde, Schulschwänzen war ja auch mal drin oder mal krank machen.

Wie immer etwas verspätet schwappte die Punkwelle 1978 aus dem Vereinigten Königreich nach Deutschland herüber. »No future«, ich dachte mir, »Nein danke« meinerseits. 1975 war ich aus der Rattenburg mit Frank und damit aus »no future« entkommen. Die Sex Pistols fand ich auch musikalisch grauenerregend – mit der ganzen Schreierei, der Gewalt und dem Pogo-Tanzen konnte ich überhaupt nichts anfangen. Außerdem fanden die Punks es damals alle chic, sich an Nazisymbolen zu bedienen. Auch mein großes Vorbild David Bowie, nicht als Punk, aber als »Thin white Duke«, meinte in einem Interview, dass »Adolf Hitler der erste große Popstar war«. Während die Sex Pistols in schwarzem Ledermantel und Hakenkreuz-T-Shirts den immer stärker werdenden rechten Bewegungen in England huldigten, gehörte The Clash zu den Unterstützern von einer linken, liberalen Gegenbewegung, die die Festivalreihe »Rock against Racism« begründet hatten.

»London Calling« von The Clash fand ich toll, auch Fischer-Z war mein Ding, habe ich lange gehört. Das waren aber auch eher die intellektuellen, eben nicht nihilistischen und alles ablehnenden, zerstörenden Ableger des Punks. Es waren Gitarrenbands und das war schon mal prima.

Die Punk-Klamotten fand ich immer lächerlich. Noch blöder war es dann, als es kaputte Hosen beim Kaufhof gab und wirklich jeder Hanswurst eine Sicherheitsnadel im Ohr hatte. Dann war das auch vorbei.

Ich weiß nicht mehr, wann und warum ich dem Walter über den Weg gelaufen bin. Ich glaube, es war über einen Zettel, den ich in meinem Lieblingsmusikladen, dem »Music Sound« gefunden habe: »Roadie für Top 40-Band gesucht.« »Music Sound« war meine Welt, da habe ich mich dauernd herumgetrieben. Bei Heinz und Richard. Heinz war eher ein gemütlicher, großer und fülliger Bär, Richard sah aus wie eine Mischung aus Nosferatu und Graf Dracula. Spindeldürr, kalkweiß im Gesicht und immer schwarze Klamotten. Ich habe ständig irgendeine Gitarre getestet, es muss für alle Anwesenden grauenvoll gewesen sein. Nach PSI habe ich ja nicht mehr geübt, war nur noch Songwriter und Sänger. Entsprechend ausgeprägt war mein spielerisch technisches Unvermögen. Das führende Magazin für Musiker, den »Soundcheck«, gab es da auch. Ich konnte mir damals gut vorstellen, in einem Musikladen zu leben. Heinz und Richard hätten diese Idee sicher nicht so prickelnd gefunden. Ich also den Zettel genommen und da angerufen und einen sehr, sehr merkwürdigen Typen kennengelernt.

Walter war Tanzmusiker. Bassist bei Bands, die damals im »Reichelsdorfer Keller« gespielt haben. Tanzmusik. Rentnertanz. Mumienschubsen. Der wollte eine Top 40-Band machen? Ich habe ihn zu Hause besucht. Goldkettchen, Minipli-Frisur, Typ Versicherungsvertreter. Er hatte eine Vertretung für Salzgebäck, sein Vater hatte wohl mal eine Fabrik. Für mich sah es bald so aus, als wenn er sich ab sofort nach Kräften bemühen wollte, die Kohle von Papa durchzubringen. Warum zum Geier kommt so eine Figur auf die Idee, Rockmusiker zu werden?

Egal, ich habe angeheuert, er hat Leute zusammengesucht, eine Anlage beim »Music Sound« zusammengestellt, Ton und Licht bezahlt, sicher 10.000 D-Mark damals. Ich hatte den Auftrag, einen Transporter zu finden. Das ist mir gelungen. Ein echtes Wrack für kleines Geld, einen Mercedes Benz T1, ein Bus mit Scheiben und Sitzen drin. Sitze raus, Scheiben von innen mit blickdichter Goldfolie zugeklebt und rosa gerollt die ganze Kiste. Ludwig und ich, wir waren Roadies, Willi war der Mann am Mischpult, ich habe zudem noch das Licht gemacht und war der Fahrer vom Bus.

Die Band wurde Marlboro genannt, die Zigarettenmarke von Walter. Er hat es geschafft, dass die Plakate von einem Zigarettengroßhändler bezahlt wurden.

Das Line-up der Band: Miller, ein schwarzer Sänger von der US-Army, Joel am Schlagzeug, Achim an den Keyboards, Gerd an der Gitarre und Walter am Bass. Die haben dann zwei Monate geprobt, bei Walter im Keller vom Reihenhaus. Walter war verheiratet.

Noch so ein »No Go«. Rockmusiker sind nicht verheiratet. Seine Frau war eine merkwürdige, völlig asexuelle Tante, die von sich selbst sagte, sie hätte mal als Fotomodell gearbeitet. Ihr Tagesablauf war gekennzeichnet durch Überwachung der Putzfrau, Friseurbesuch oder ein Gang zur Kosmetikerin. Wenn man bei Walter zu Hause zur Tür reinkam und unterbewusst die Luft anhalten wollte, wusste man, dass seine Frau da war. Mit Parfüm hat sie nicht gespart. Es hingen ein paar Bilder in der Wohnung. Irgendwann erwähnte sie, dass sie auch künstlerisch tätig sei, wie ich mit Hinweis auf besagte Bilder. Was bei den Bildern eindeutig unter der Farbe zu sehen war: Es war Malen nach Zahlen. Wie peinlich.

Wir waren dann bald jedes Wochenende unterwegs. Auf dem Land draußen, Neumarkt, Berg, Ansbach, alles so Hallen im Radius von maximal zwei Stunden Fahrzeit. Da gab es damals eine sehr aufstrebende Musikszene von Nachspielbands. Bauerntanz. Ich fand das zum Kotzen. Das nachzuäffen, was die Originale sowieso besser können, das war mir im Innersten total zuwider. Aber wir hatten Publikum. In manchen Sälen vier- bis sechshundert Leute. Also Freitagmittag mit Ludwig den Transporter laden, noch ein wenig rumhängen im »Music Sound« und dann los in irgendein Kaff auf dem Land. Ludwig war ein grobschlächtiger Typ von eher einfacher Natur. Er hatte Kraft, Hände wie Klodeckel, er konnte wahnsinnig gut Gitarre spielen. Schnell. Er war Techniker. Wir hatten ja zusammen mal die Band Gun. Bei Marlboro war er Roadie, so wie ich.

Der Transporter hatte grundsätzlich bestimmt 200 bis 300 Kilogramm zu viel Gewicht auf den Achsen, das Wrack hat verdächtig gewankt. Die Boxen waren riesig damals, die PA, der Marshall-Turm des Gitarristen, eine wahnsinnige Schlepperei war das. Aber gut bezahlt. So etwa achthundert D-Mark extra im Monat steuerfrei waren immer drin. Essen und Trinken frei. Das war eine Währung auf dem Land. Schnitzel, Pommes, acht Bier und hübsche, willige Landmädels. Die waren ab und an gar nicht so solo, wie sie taten. Es gab schon mal Ärger mit den Ureinwohnern. Dann morgens um zwei abbauen und nach Hause.

Oft sind wir noch zu »Emilia«. Eine wüste Bar in Nürnberg, im Keller. Emilia war eine Spanierin, sie war mit einem zwielichtigen Schläger zusammen, das Publikum aufgrund der Nähe zum Puff reichlich abenteuerlich. Emilia hat immer ihre zehnjährige Tochter Flamenco tanzen lassen. Nachts um vier Uhr. Ob sich da die Männer dran aufgegeilt haben? Keine Ahnung. Nach ein paar Runden Tequila sind wir dann nach Hause gefahren. Ist immer gut gegangen.

Von meinem Verdienst habe ich mir dann bald einen 2500er BMW-Baureihe E3 gekauft, ein 6-Zylinder. Der hat gesoffen wie ein Loch, passte gut zu mir, unter sechzehn Liter ging kaum was. Die zweite Ölkrise 1979/1980 hat mich mit der Karre dann voll erwischt. Ausgelöst wurde das durch den Angriff des Iraks auf den Iran, den ersten Golfkrieg. War aber egal, mein Einkommen hat es ja hergegeben. Am Wochenende bin ich sowieso meistens »Bus gefahren«, das rosarote Spielmobil.

Für die Abteilung Licht und Ton, Willi und mich, war es auf Dauer schon schwierig, bei jedem Auftritt den Miller bei »Hold the line« oder »Africa« von Toto verhungern zu hören. Das war schon sehr hoch für ihn.

Willi, der kleine Waldschrat mit Vollbart, unser Toningenieur, verzog an zwei bestimmten Stellen immer das Gesicht.

Miller war mehr so KC and the Sunshine Band mit »Get down tonight« oder The Commodores »Three Times a Lady«, das waren eher seine Dinger. Das konnte er richtig gut. Damit hat er reihenweise die weibliche Landbevölkerung rumgekriegt.

Weil es ja die »Neue Deutsche Welle« gab, hat mir irgendwann Walter die zusätzliche Aufgabe übertragen, ein Set NDW-Songs zu singen. Ich war dann dran mit »Verdamp lang her« von BAP, der »Deja Vu« von Spliff. »Sternenhimmel« Hubert Kah und »Der goldene Reiter« von Joachim Witt. Manches fand ich abartig, aber ich hatte ja auch Ian Durys »Sex and Drugs and Rock 'n' Roll« und noch ein paar andere schräge Sachen. Es hat mir noch mehr Geld eingebracht und war eine Zeit lang schon in Ordnung. Es waren tolle Bühnen, wir hatten eine super Anlage, ein beeindruckendes, aufwendiges Licht, und ein gutes Gefühl war das schon immer vor Hunderten von Leuten aufzutreten. Aber Coverband auf Dauer? Niemals! Auch wenn es Bands gab damals, bei denen jeder so zehntausend D-Mark im Monat machte, wo sich Musiker ganze Bauernhöfe gekauft haben. Nein, Nachspielband, das ging gar nicht! Nur noch Handwerk, keine Kunst mehr. Ausgeschlossen.

Walter hatte sich inzwischen noch ein Tonstudio gekauft. »Tonstudio Bulle«. Es gab da alte Kontakte in die Musikszene Österreichs, einen umfangreichen Katalog an Volksmusik und Schlagerproduktionen, aber eben auch ein paar größere Unternehmen wie Universal Music, die dort Pop produzierten. Bulle Records hatte auch ein Label und einen Musikverlag. Walter hatte ja mitbekommen, dass ich in Sachen deutschsprachiger Musik durchaus was konnte. Irgendwann bekam ich die Aufgabe, zu bestimmten Themen Songs in einer ungefähr besprochenen Stilistik zu produzieren.

Ich habe mir dann meinen Freund Mark geschnappt, wir haben das bei ihm in seiner kalten Villa vorproduziert und dann im Studio alles schön sauber eingespielt. War mit Willi damals. Bekommen haben wir außer einem Kasten Bier und zweimal Pizza weiter nichts. Willi kam dann später mal auf mich zu und bat mich, einen angeblichen Bandübernahmevertrag von Universal Music zu unterschreiben. Der Waldschrat hat mich über den Tisch gezogen. Ich dachte, es wäre ein Bandübernahmevertrag für diese Songs, aber da stand drin, dass ich alle Rechte an allen meinen Songs für 10 Jahre abtreten würde. Die konnten alles veröffentlichen, was sie wollten, alles, was ich so komponierte. Im Nachhinein war das aber gar nicht so verkehrt, denn irgendwann hat Universal mal einen Song von mir veröffentlicht, der gut im Radio lief und auch gut verkauft wurde. Ich war Mitglied bei der GEMA.

Ich hatte mal plötzlich ein paar Tausend D-Mark bekommen, ohne dass ich zunächst wusste, warum. Praktisch, ich konnte Schulden zurückzahlen. Schulden hatte ich ja immer.

Auch wenn ich mich ja inzwischen eher dem Musikerdasein verschrieben hatte, holten mich die Ereignisse von 05. März 1981, die Massenverhaftung im »Komm«, zu Demonstrationen auf die Straße zurück. Auslöser war ein Film über die Hausbesetzerszene in Amsterdam, den sich etwa zwei- bis dreihundert Leute angesehen hatten. Danach wurde im Rahmen einer spontanen Demo in Nürnberg randaliert und ein Sachschaden von dreißigtausend D-Mark verursacht. Die Polizei ließ die Demonstranten gewähren und griff nicht ein.

Wohl unter dem Druck der bayerischen Staatsregierung ordnete der damalige Chef des Polizeipräsidiums von Mittelfranken, Helmut Kraus, an diesem Abend eine Massenfestnahme zur Abschreckung und Einschüchterung der Demonstranten an. Nach einer vierstündigen Belagerung, einer vollständigen Abriegelung des »Komms«, versprach er den Eingekesselten, dass sie nur erkennungsdienstlich behandelt würden, wenn sie einzeln aus dem »Komm« herauskämen.

Alle einhunderteinundvierzig Personen, die herauskamen, wurden dann aber verhaftet und in getrennte Gefängnisse verschleppt. Darunter waren einundzwanzig Minderjährige, denen teilweise erst achtundvierzig Stunden später erlaubt wurde, die Eltern zu benachrichtigen.

Achtundsiebzig der Verhafteten wurden angeklagt. Die ganze Aktion der Polizei, der Staatsanwaltschaft und der Richter stand in keiner Relation zum entstandenen Sachschaden bei der Demonstration selbst. Der Schaden wäre ohne Probleme durch ein Eingreifen der Polizei zu verhindern gewesen. Dieses Vorgehen war glatter kollektiver Rechtsbruch von staatlichen Behörden. Laut Recherche des »Spiegels« wurden in der Folge Akten verändert oder Einträge entfernt, existente Tonaufnahmen oder deren Abschriften nicht zu den Ermittlungsakten gegeben und damit den verteidigenden Rechtsanwälten der damals angeklagten Personen vorenthalten.

Als das erste Verfahren gegen zehn Angeklagte am 3. November 1981 begann, wurde schnell klar, dass es sich um ein Komplott zwischen Staatsanwaltschaft, Richtern und Polizei handelte. Drei Wochen später wurde das Verfahren ausgesetzt, kurze Zeit später waren alle Staatsanwälte und Richter abgezogen, zum Teil versetzt und wegbefördert.

Das ging trotzdem munter so weiter mit dem Rechtsbruch in Bayern. Oktoberfestattentat 1985. Die bayerische Staatsregierung wies die ermittelnden Behörden an, dies als Einzeltat hinzustellen, obwohl der rechtsradikale Hintergrund des Täters Gundolf Köhler hinreichend bekannt war. Unter anderem war er Mitglied der Wehrsportgruppe Hofmann. Franz Josef Strauß nannte diese Gruppe »ein paar harmlose Spinner«. Es war ein Wahljahr für die CSU und das war wichtiger als die 13 Toten und 213 Verletzten.

Ab und an war ich auch in der Schule. Das erste Jahr ging noch, im zweiten kam dann noch eine Band mit Walter und den anderen mit deutschen Texten dazu und ich hatte noch weniger Zeit da hinzugehen, mich mit dem Stoff zu beschäftigen, geschweige denn zu lernen. Ich hatte eigentlich eine sehr lustige Klasse damals. Wir hatten Spaß und auch eine recht gut ausgestattete Schule. Die Ausbildung war inhaltlich gut, die Lehrer fair – ok, den Bleisatz hätte ich damals nicht mehr lernen müssen. Mit der Hand Buchstaben zusammenfügen, hier mal 0,25 Punkt mehr Abstand zwischen den Buchstaben »o« und »c«, Durchschuss 1,5 Zeilen, dann die Form schließen und auf den Buchdrucktiegel drucken, das war damals eigentlich schon nicht mehr angesagt. Von Linotype gab es schon Lichtsatzmaschinen. Aber wir haben das noch per Hand gemacht. Ich habe gelernt, was ein Schusterjunge ist und ein Hurenkind. Im Bleisatz.

Es kam, wie es kommen musste. Gemeinsam mit Kovu Burundi, einem Suaheli, der ganz schlecht Deutsch konnte, war ich der einzige Schüler in der langen Geschichte der Technikerschule, der jemals durchgefallen ist. Es war nun wirklich nicht schwer, die Lehrer waren gut, man konnte das ohne Probleme schaffen. Aber man durfte halt nicht Berufsmusiker sein.

Nebenbei.

Ich habe das Wiederholungshalbjahr tatsächlich noch vom Arbeitsamt bezahlt bekommen, habe mich angestrengt, Ausbilderschein und REFA-Schein gemacht und immerhin mit 3,12 noch befriedigend bestanden.

Zu Hause im »Folterkeller« war ich am Wochenende immer seltener, mit der Motorradclique aber zumindest gemeinsam im Urlaub. Ich hatte die BMW noch, wann immer es ging, war ich damit unterwegs. Sprutz hatte in letzter Zeit komische Sprüche drauf. Er brachte so was wie »Ich habe ja jetzt schon alles erlebt, was soll denn da noch kommen?«

Na ja, ganz unrecht hat er ja nicht damit, dachte ich, und bald war es wieder vergessen. Später habe ich mir Vorwürfe gemacht, dass ich nicht mit ihm drüber gesprochen habe.

Sprutz fing an mit dem Motorradführerschein. Ich fand das gar nicht so gut. Er war ein unsicherer Autofahrer, verhuscht, unkonzentriert und kurzsichtig. Und das dann auf dem Motorrad? Als er den Lappen hatte, kam er auch gleich mit einer 250er Honda an. Zwei Monate später sind wir mit der Motorradclique aufgebrochen, ohne festes Ziel, ab in die Sonne.

Wir hatten uns überlegt, bis nach Marokko zu fahren, Afrika, das wäre doch mal was. Wie immer sind wir fast nur Landstraße gefahren, am ersten Tag durch die Schweiz bis Bourg-en-Bresse, fast 13 Stunden. Am Abend ab in die Büsche mit dem Schlafsack auf irgendeine Wiese. Am nächsten Tag kamen wir in unser gefürchtetes Labyrinth Lyon, ein unglaubliches Gewirr von Autobahnen und endlosen Tunneln. Wir fuhren da immer auf die Autobahn, diesmal brauchten wir die A7. Als wir endlich die richtige Auffahrt gefunden hatten, sind alle losgebrettert, ich als Letzter hinterher. Als ich auf der Autobahn war, hat mich ein Autofahrer überholt, käseweiß mit entsetztem Blick und ich habe realisiert, dass der mir wohl gerade mit einer Vollbremsung das Leben gerettet hatte. Beim Auffahren auf die Autobahn hatte ich vor lauter Euphorie den Schulterblick einfach weggelassen und bin drauf auf die Piste. Nochmals Glück gehabt, hätte anders ausgehen können.

Wir sind am nächsten Tag bis Tarragona gekommen. Da haben wir in einer Seitenstraße in einem Vorgarten gepennt. Am nächsten Morgen gab es Kaffee von der älteren netten Dame, die dort wohnte. Dann ging es weiter. Ich erinnere mich noch an die Sierra Nevada.

Wenn man da in einer Ortschaft neben einem Lkw stand und der blies seine Abgase direkt ans Hosenbein, dann war das auch nicht wärmer, als die Luft sowieso war. Fünfundvierzig Grad und Wüste, ein Mörderritt auf dem Motorrad. Es kamen die ersten Einwände, ob denn Marokko wirklich eine gute Idee wäre. Wir sind dann runter bis nach Gibraltar, Estepona hieß das Kaff, damit haben wir es gut sein lassen. Es war eine spanische Einöde mit Wasser vor der Tür, nah an Gibraltar, und es gab einen Campingplatz am Meer. Wir wollten uns ja später mit Sprutz und Mark in Le Barcarès treffen an den Pyrenäen, wo wir inzwischen oft unser Lager hatten. Wir waren fast zwei Wochen in Spanien, Stammgäste in der einzigen Diskothek von Estepona. Wir waren bekannt wie die bunten Hunde und wurden gebeten, beim Wettbewerb »Mr. Estepona« mitzumachen. Die schönsten Männer der Einöde, immerhin hab ich Platz drei belegt. Ansonsten immer Wasser, immer Sonne. Als wir dann losmussten, die Motorräder gepackt hatten, sind wir das letzte Mal auf der kerzengeraden menschenleeren Promenade entlanggefahren. Kein Baum, kein Strauch, kein nichts. Whity hatte auf der linken Seite gegenüber ein paar Leute aus der Disco gesehen, sich umgedreht und gewunken.

Man konnte dreihundert Meter kerzengerade nach vorne schauen. Es stand ein einziges Auto auf der rechten Seite am Straßenrand und da ist er drauf. Gott sei Dank war er nicht schnell. Ohne Helm im Unterhemd. Es ist nichts passiert, nur die Gabel vom Motorrad war hinüber.

Wir haben dann versucht, seine 1100er Yamaha wieder fahrbar hinzubekommen. Öl aus der Gabel raus, Vorderrad ausgebaut, mit Rundstahl von einer Baustelle die Standrohre halbwegs gerichtet, das Öl wieder rein und dann um drei Uhr Nachmittag endlich los. Natürlich viel zu spät, weil wir ja die anderen zwei treffen wollten. Wir sind ohne Pausen durchgefahren, nur zum Tanken, fast nur Autobahn, damit es schneller geht.

Wir fuhren Formation und ich weiß noch, wie Ernst so zehn Meter vor mir immer wieder nach links abdriftete, bis ich nach vorne bin, gehupt habe. Wir sind auf der Autobahn bei Barcelona während des Fahrens auf den Motorrädern eingeschlafen. Morgens um sechs Uhr waren wir auf dem Zeltplatz. Mark und Sprutz waren nicht da. Merkwürdig, aber erst mal pennen. Nachdem die zwei den ganzen Tag nicht kamen, habe ich dann am Abend zu Hause angerufen. Werner hatte sehr schlechte Nachrichten für mich.

– Sprutz fragt, was denn da noch kommen soll

Seit ich halbwegs denken kann, habe ich Spaß, das Leben ist ein einziger Witz für mich, über den ich ständig lachen muss. Seit der Zeit mit Tim in der Realschule mache ich mein Ding, ohne jemals Ärger mit der Realität gehabt zu haben. Ok, meine Alten, die machen Stress. Die sind bei den Zeugen Jehovas, das ist schon extrem Mittelalter. Aber so sind Eltern halt: alt. Kommt Eltern von alt? Bei meinen sicher.

Ich lebe jetzt hier seit zwei Jahren mit Wolle und Tim zusammen in unserem Folterkeller. Das ist richtig lustig, aber es wiederholt sich. Jeden Freitag geht es los mit Drogen aller Art, volle Dröhnung bis zum Montag.

Wir hören Musik, die wir kennen, Musik, die wir mögen. Aber jedes Wochenende ist immer so ähnlich wie das davor. Meine ständig neuen Freundinnen haben auch immer eines gemeinsam: Es sind Frauen. Also vom Körperlichen sind die alle gleich. Sex mit Aliens wäre sicher mal interessant, ist aber eher unwahrscheinlich. Obwohl? Wer weiß?

Ich frag mich immer öfter, was denn da noch kommen soll. Was kann mir helfen, aus diesen Gedanken herauszukommen? Ich bin auf der Suche nach etwas Neuem. Irgendwie ein Kick, den ich so nicht kenne. Wie wäre es mit dem Motorradführerschein? Ok, das mache ich mal so.

2 Monate später bin ich fertig mit dem Lappen, es kann losgehen. Ich kaufe mir eine 250er Honda, schnell genug das Ding. Es macht schon Spaß, aber ich habe Angst beim Fahren. Vielleicht ist die Angst das Neue, das ich gesucht habe?

Ich habe meinen Führerschein, aber Routine habe ich noch keine. Das wird schon werden. Ich bin mit den anderen jetzt schon ein paarmal am Wochenende mitgefahren. 6 Wochen später geht es los in den Urlaub nach Frankreich. In Frankreich hat es mir immer gefallen. Mit Wolle und Tim waren wir mit dem Auto in Straßburg, im Elsass, mal über Ostern an der Côte d'Azur, am Atlantik in Biarritz, in Le Lavandou oder Le Barcarès. Da sollte es diesmal auch hingehen. Unser Zeltplatz »Europa« in Le Barcarès. Mark will mit seiner Honda 750er Bol d'Or mitfahren. Das ist prima, dann muss ich nicht die ganze Strecke allein fahren, dann hätte ich noch mehr Schiss.

Wir packen die Motorräder, um 08:00 Uhr geht's los. Die Sonne scheint, 24 Grad, was will man mehr. Es macht schon Spaß auf dem Motorrad. Ich fahre voraus, meine Honda ist nicht so schnell und ich kann noch nicht so gut fahren. Am ersten Tag schaffen wir es bis nach Belfort. Eigentlich wollten wir bis nach Baumes-les-Dames, immer die D636 entlang, aber was soll's. Wir sind noch durch Belfort durch und haben uns danach in die Büsche geschlagen mit den Schlafsäcken. Am nächsten Morgen haben wir uns einen Café au Lait gegönnt und ein Croissant und sind weiter über Lyon bis nach

Montpellier. Super, jetzt sehen wir gleich das Meer. So ein Mist, mitten im Berufsverkehr.

So schöne Häuser in dieser alten Festungsstadt, ich suche das Meer, wo zum Geier sieht man hier das ... Scheiße, der steht ja! Ich kann nicht mehr bremsen und bin auf einen Lieferwagen drauf.

Ich steh auf, nichts passiert, nichts passiert, alles ok!

Der Lieferwagen hat noch eine weitere Beule, dem Fahrer ist das völlig gleichgültig. Die Gabel von meiner Honda ist verbogen, das Schutzblech klemmt am Reifen und der ist platt. Ok, wir beschließen das Motorrad in Montpellier stehenzulassen. Was wir damit dann machen, sehen wir schon, wir haben über zwei Stunden verloren, es dämmert schon. Jetzt erst mal weiter und ich fahre bei Mark mit. Wir haben einen ganz schönen Berg Gepäck auf seinem Motorrad drauf, aber was soll's, ist eine 750er, die schafft das schon.

Jetzt, wo ich den Führerschein habe, ist mir hinten drauf mitfahren unangenehm, da habe ich manchmal Angst, auch wenn Mark vorausschauend und sicher fährt. Auf der Landstraße in Frankreich werden Kurven manchmal sehr eng. Na ja, ich werde es schon überleben. Wir wollen aber auf jeden Fall noch bis Le Barcarès, sind noch 2 Stunden. Inzwischen ist es gegen halb elf Uhr und dunkel, aber das wird schon. Wir fahren die Landstraße N 109 Richtung Gignac .

Es wird etwas hügelig. Mark fährt ruhig dahin, so acht-zig bis neunzig Stundenkilometer, grade auf der mittle-ren Spur von dreien, die ist für uns freigegeben. Ich sehe die Scheinwerfer von einem Auto hinter dem Hügel in den Himmel strahlen. Wir kommen auf dem First des Hügels an, ich sehe ganz viel Licht, nur noch Licht.

Auf der Kuppe des Hügels kam ihnen ein Auto entgegen. Sie hatten keine Chance. Es gab einen Frontalzusam-menstoß. Mark schwer verletzt, Sprutz war sofort tot.

Das hat mich sehr getroffen.

Sprutz, das war mein bester Freund seit der Realschule, eine Art Sandkastenfreundschaft. Er war ein musikali-scher Ratgeber von Format, der wusste wirklich was und wir hatten so ein schönes Leben zusammen. »Ich habe ja jetzt schon alles erlebt, was soll da noch kommen?« Das hallte jahrelang in meinem Kopf nach.

Die Eltern von Sprutz waren ja Zeugen Jehovas und selbstverständlich nie damit einverstanden, wie ihr Sohn lebte. Sprutz hatte in der Zeit, in der ich ihn kannte, sicher mehr Sex als seine Eltern in vierzig Jahren Ehe, mehr Alkohol und Drogen sowieso, alles undenkbar für Zeugen Jehovas. Die Eltern kamen nach seinem Tod und haben sofort sein Zimmer auf den Kopf gestellt und nach Sparbüchern gesucht. Ich kann mich an Vaters un-christliche Flüche erinnern.

»Verdammt nochmal, der muss doch irgendwo Sparbücher haben, wo hat der sein ganzes Geld versteckt?«

Irgendwann haben sie gefunden, wonach sie gesucht haben und seine Mutter meinte noch: »Wir können froh sein, dass er so früh gestorben ist, sonst hätte er noch mehr Schuld auf sich geladen.«

Ich hätte kotzen können.

Damals und heute. Ich hasse dieses verblendete Gesindel von ganzem Herzen. Religionsfanatiker sind die schlimmste Pest des Erdballs.

Mark kam nach einem halben Jahr Krankenhausaufenthalt in Frankreich schwer gezeichnet auf Krücken zurück. Als er halbwegs genesen war, ist er noch für ein Jahr bei uns eingezogen.

Wir hatten in all den Jahren drei schwere Motorradunfälle im Freundes- und Bekanntenkreis, insgesamt sieben Todesfälle auf dem Motorrad. Drei weitere starben am Alkohol, zwei Drogentote, ein Selbstmord.

»Only the good die young?« Was für ein blöder Spruch! Ich fand das nicht lustig, fühlte mich zunehmend unsicher beim Fahren und habe bald darauf das Motorrad verkauft.

Bis ins Jahr zweitausend habe ich keins mehr angefasst, dann ging es nicht mehr anders.

Ich bin bei meiner Bauerntanzband Marlboro ausgestiegen, die Band ohne Namen mit den deutschen Texten, an der ich gemeinsam mit den Musikern von Marlboro gearbeitet hatte, habe ich auch aufgegeben. Die Musiker waren gut, technisch sehr gut, aber sie hatten keinerlei kreatives Talent. Sie konnten einfach nur nachspielen. Ideen, eigene Arrangements? Fehlanzeige. Auch wenn die Musiker nett waren, meine Freunde waren, das führte einfach zu nichts. Ich brauchte mal wieder einen Bruch, etwas ganz anderes.

Auch wenn Walter das sicher nicht verstehen konnte, er hat trotzdem immer gesorgt für seine Leute, das muss man ihm hoch anrechnen. Ich war ja finanziell und beruflich voll daneben, ein Schmalspurkünstler ohne sonstige Talente. Er hat mir trotzdem immer irgendwelche Jobs gegeben.

1983 hatte er die aberwitzige Idee, aus der alten Fabrik seines verstorbenen Vaters, der Karl Bulle KG auf einem Gelände nahe dem Schlachthof in Nürnberg, ein Art Zentrum für Pop und Rockmusik zu machen. Mit Veranstaltungshalle, Übungsräumen, Übernachtungsmöglichkeiten für Bands mit Gastronomie. Er hat mich eingestellt, um die Umbauarbeiten als Projektmanager zu leiten. Es war mal wieder eine Zeit des totalen Umbruchs.

Wir haben den Folterkeller aufgegeben, Wolle hatte sich selbstständig gemacht, Mark wollte mit seiner neuesten Flamme zusammenziehen. Eine mittellose Kunststudentin, die Malerin werden wollte. Nach ein paar Monaten war sie schwanger, die zwei Traumtänzer sind zusammengezogen, haben geheiratet.

Es hat erwartungsgemäß nicht lange gehalten, sie waren geschieden, bevor der Sohn richtig laufen konnte.

Ich zog also um in die alte Fabrik. Ich hatte ein Zimmer in dem Gebäudeteil, der später mal so eine Art Pension für Musiker werden sollte, das »Gesindehaus«, wie wir es nannten. Es stand ein altes Doppelbett im Zimmer und ein alter Schreibtisch, alles Massivholz aus der Jahrhundertwende. Den Schreibtisch habe ich heute noch. Ich habe da nur zwei Monate gelebt, aber an Julia, an die kann ich mich noch gut erinnern.

Sie war die Tochter des Gitarristen von Marlboro. Blutjunge siebzehn Jahre alt. Sie hatte einen überirdisch schönen Körper. Ein Traum von einer Frau. Für ihr Alter war sie selbstsicher im Auftreten, hatte offensichtlich mehr Geld als ihre Eltern und konnte sich teure Klamotten leisten. Bald habe ich herausgefunden, dass sie sich regelmäßig für diverse Pornohefte nackt ablichten ließ. Mit diesem Körper kein Wunder. Ich hatte zweimal Sex mit ihr, es war sterbenslangweilig und machte einfach überhaupt keinen Spaß. Was für eine Verschwendung der Natur.

Nach zwei Monaten Arbeit im Objekt war Schluss. Die Nutzungsänderung der Fabrik wäre ein steuerliches Desaster für Walter geworden. Das Gelände hat man dann verrotten lassen bis Ende der Neunzigerjahre. Ich habe da noch etwas wohnen bleiben können und dann beim Hopfenbau Siebdruck in Erlangen als Drucktechniker einen neuen Job aufgetan.

8 Dodge Magnum, Druckerei, Speed und Rockstar (1983 – 1990)

– Klaus beweist uns, dass Heroin tödlich ist

Manfred war ein Choleriker, untersetzt, eigentlich stark übergewichtig, lange Haare, er schwitzte immer. Er war auch Musiker, ein Keyboarder. Er hatte neben der Druckerei noch eine Kneipe. Wir hatten bald eine Druckerei-Band und sind da zwei Mal aufgetreten. War lustig, aber der Manfred ging mir auch auf die Nerven mit seinen Tobsuchtsanfällen. An seiner eigenen Unfähigkeit waren immer andere schuld. Die Druckerei war in Erlangen, direkt unterhalb des Geländes für die Bergkirchweih. Ein schon etwas älterer Flachbau. Man kam rein, links der Drucksaal, rechts die Grafik und man glaubt es kaum: wieder mit einer Grafikerin, die mir recht gut gefiel.

Ich war kaum drei Wochen dabei, da war ich an einem Samstag in der Firma, es musste noch etwas fertig werden. Die Grafikerin war auch da. Diana hieß sie. Es war Sommer, ich hatte kaum ein paar Worte mit ihr gewechselt, sie stand auf, beugte sich mit ihrem kurzen Röckchen über den Leuchttisch, um das Fenster zu öffnen. Muss Absicht gewesen sein. Ich sah von hinten, wie sich ihre Muschi im weißen Schlüpfer abzeichnete. Es hat nicht lange gedauert, dann waren wir beide in der Dunkelkammer. Wir haben uns die Klamotten vom

Leib gerissen, ich habe sie auf den Kontaktkopierer gesetzt und wir haben richtig gut gevögelt.

Ach, das war geil, davon habe ich doch schon in der Lehre geträumt. Mit Karin. Endlich kam es mal dazu. Es war und blieb das eine Mal. Wir haben uns gemocht, ok. Aber sie war verheiratet.

Da war noch ein schräger Vogel in der Druckerei, ein Typ, der mit mehreren Copyshops ein kleines Vermögen gemacht hatte. Jürgen hatte die Läden verkauft und innerhalb von fünf Jahren die ganze Kohle in der Karibik beim Surfen verprasst. Er hatte eine Offsetmaschine beim Manfred in den Drucksaal reingestellt, die er noch irgendwo herhatte und auf Rechnung dort gearbeitet. Eine arme Sau. Schon um die sechzig, keine Rente, nicht mehr eingezahlt.

Ich war damals weit entfernt von solchen Sorgen, bin mit einem weißen Mercedes 280 SE vorgefahren. Der reine Luxus mit Schiebedach, rostfrei, ein insgesamt gutes Auto. Die Druckerei habe ich dann bald als klassischer Angestellter verlassen und habe ein Gewerbe angemeldet: freiberufliche Tätigkeit als Drucktechniker. Da konnte ich einen Stundensatz verhandeln, schien mir viel lukrativer zu sein und der Manfred konnte das Geld für die Sozialkosten auf die Dauer sowieso nicht aufbringen. Ich war zu teuer.

Im Mai 1984 bin ich nach Fürth in die Jakobinenstraße 24 gezogen. Eine schöne Altbauwohnung mit drei Zimmern. Wohnzimmer in der Mitte, rechts daneben das Schlafzimmer, abgetrennt durch eine große Schiebetür, links davon das Billardzimmer. Ja, ich habe damals gerne Pool Billard gespielt und irgendwo ein Gebrauchtes zu bezahlbarem Tarif erstanden. Die Küche war zum Innenhof hin mit kleinem Balkon, ebenfalls das Klo, Badezimmer daneben. Schöne, hohe Räume mit Stuckdecken. Ins Schlafzimmer habe ich ein gigantisches Hochbett reingebaut, eine Art Podest in der Höhe von etwa ein Meter zwanzig mit Treppe hinauf und oben lag eine riesige Ikea Doppel-Hochmatratze. Es war fast eine Art Altar oder Opferplatz, wie man das aus der antiken Literatur kennt. Wobei ich immer sehr gut mit meinen Gefährtinnen umgegangen bin. Ich glaube nicht, dass sich jemals eine als Opfer gefühlt hat. Unter dem Bett war mein Kleiderschrank mit allerlei Türen, einer Schiebetür, da hingen meine Jacken und Sakkos drin. Irgendwie und irgendwann habe ich dann auf einer Party die Lilly kennengelernt.

Sie war eine extrem positive und heitere Person. Immer gelacht und in bester Laune. Lilly war Kindergärtnerin und in Sachen Drogen echt hart drauf. Hat sich Fliegenpilze gesammelt, exakt nach Plan von irgendwelchen Naturdrogengurus zubereitet. Nur die Haut der Pilzkappen sollte eine Wirkung haben, ich weiß es nicht mehr so genau. Ich kam jedenfalls dann dazu und sie war stinksauer, weil sie nach dem Essen keine Wirkung verspürt hat. Dann hat sie die ganze Pfanne gebraten und gegessen.

Soweit ich mich erinnere, hatte sie bis auf ein wenig Rumpeln im Bauch keinerlei Probleme damit. Ich möchte trotzdem davon abraten, das auch mal zu versuchen. Ich war jedenfalls sehr beeindruckt. Sie ist dann zu mir gezogen.

Irgendwann habe ich dann überlegt, mir einen richtig scharfen, guten Alfa GTV zu kaufen. Hatte da beim hiesigen Dealer einen gesehen in grau, braunes Leder, totgeiles Gerät. Ich hatte mir vom Hopfenbauer eine Lohnbescheinigung fälschen lassen und mir viertausendfünfhundert D-Mark von der Bank geliehen.

Bevor ich meinen Traum wahr machen konnte, kam Manfred Hopfenbauer mit der Idee dazwischen, ob ich nicht seinen Textildruck kaufen wollte. Er war ständig klamm und brauchte mal wieder Geld. Gesagt, getan – habe ihm ein Druckkarussell zum T-Shirt-Drucken, diverse Druckrakel, alle Farben und eine Heißpresse zum Fixieren der Farben abgekauft. Dann noch auf die Schnelle die Gewerberäume im Hinterhof auf gleicher Ebene meiner Wohnung dazu gemietet, so etwa achtzig Quadratmeter, separate Toilette inklusive Waschküche für die Siebkopie im Keller. Türe durchgebrochen, Büromöbel gekauft, VW Polo Kombi geleast und mit Werbung »Vario Drucktechnik« beschriftet.

Auf einmal hatte ich eine eigene Druckerei. Die von der Bank waren ganz schön sauer damals, dass sie keinen Kfz-Brief bekommen haben als Sicherheit, aber sie haben stillgehalten.

Ich hatte bald meine ersten Aufträge von einem reichlich unseriösen Kunden, den ich von Manfred übernommen hatte. Ein Diskothekenbetreiber. Er wollte alle zwei Wochen zweihundert T-Shirts bedruckt haben mit »Rockhouse« vorne und auf der Rückseite ein gezeichnetes Motiv mit immer neuen Schwertkämpfern und Monstern von einem seiner Gäste. Natürlich ohne Rechnung und ohne schriftlichen Auftrag. Ziemlich riskant war das damals, aber fast eineinhalb Jahre die Stütze des Betriebs. Ich musste ja von irgendetwas leben, sonst hatte ich ja kaum Jobs am Anfang. Benny, ein Freund und Bassist aus alten Tagen, hat dann grafisch umgesetzt, was sich der amerikanische Diskothekenbesucher so ausgedacht hatte. Ich habe dann eben zweimal im Monat zweihundert T-Shirts gedruckt und geliefert und das war es im Wesentlichen. Dann war Freibad angesagt. Nicht schlecht, das Leben als Unternehmer. Acht Tage arbeiten im Monat und gut ist es. Ging aber nicht gut. Was ich schade fand.

Ich hatte nämlich wieder eine Band. »Hartgeld«. Benny hat mitgemacht. Eine deutschsprachige Band. Ich schrieb die Songs und die Texte. Bis auf Benny waren die Musiker eine recht spießige Truppe, die immer hinreichend entsetzt war, wenn ich etwas aus meinem

Leben erzählt habe oder einen etwas anrüchigen Text anbrachte. Der Keyboarder war ein junger Pfarrer, alle anderen waren Studenten oder irgendwie Beamte. Wir probten in einem Kirchturm, Friedenskirche ganz, ganz oben im Turm. Wenn die Glocken läuteten, war Schluss mit Proben, dann hieß es warten, bis es vorbei war. Ich weiß noch, dass wir einmal das gesamte Equipment inklusive Hammondorgel die engen Treppen heruntergeschleppt haben. Ob wir jemals aufgetreten sind, weiß ich aber nicht mehr.

Der Namen »Hartgeld« war das Beste an diesem Versuch. Kommt aus dem fränkischen Slang-Begriff »Hartgeltlottl«. Damit sind kleine Zuhälter gemeint, die es nicht wirklich auf die Reihe kriegen, Geld damit zu verdienen.

Passte ja so insgesamt ganz gut zu mir.

Der Betrieb entwickelte sich so langsam. Ich habe über Wolle einen Windhund namens Alfred kennengelernt. Wolle war Partner in der gemeinsamen Firma Flott Promotion. Die waren irgendwie ganz gut im Geschäft mit Promotion-Aktionen in Baumärkten für einen bekannten Hersteller von Bohrmaschinen. Wolle hatte da immer allerlei Gerätschaften vorgeführt. Verkaufsförderung. Der Alfred war für mich schwer auszuhalten, eine ganz harte Nummer. So ein Typ weiße Tennissocken mit farbigen Ringelchen, Ford Escort Cabrio in Weiß.

Träumte von Rolex, Goldkettchen und hat immer vom »Erfolg als Unternehmer« gefaselt.

Ich solle doch mit ihm Tennisspielen gehen, da wären die Kontakte, da macht man die Geschäfte. Und in die CSU müsste ich. Ich in die CSU. Unvorstellbar. Er hat mich dauernd eingeladen in das Café, die Bar »Schiggeria« in Nürnberg. Mannomann, war das ein Affenstall. Da saßen alle auf einem Haufen, die ich zum Kotzen fand. Ich habe mir das eine Zeit lang tatsächlich angetan. Es war widerlich. Punkrocker und Popper werden nie zueinander finden.

Trotzdem, ich war tapfer.

Ich habe mir eine Tampon-Druckmaschine gekauft und habe fortan auch Werbemittel wie Kugelschreiber, Feuerzeuge und so ein Zeug bedruckt. Im Tampondruck nimmt ein Tampon aus latexähnlichem Material aus einer in Stahl geätzten Negativform die Farbe auf und überträgt dann das Druckbild auf den Kugelschreiber. So wurden viele Sachen bedruckt, auch im Bereich Spielzeugautos die Scheinwerfer oder Werbeaufdrucke auf Planen der kleinen Wiking Lkws.

Wurde auch Körperdruck genannt, ein verständlicherer Begriff, wie ich meine.

Es waren die Achtzigerjahre, Schulterpolster und Karottenhosen waren angesagt. Aber nicht bei mir. So rumlaufen wie die Popper in der »Schiggeria«? Sicher nicht. Musikalisch wollte ich weiter mit deutschen Texten arbeiten. Vorbilder gab es damals eher nicht, Udo hatte auch eine schlappe Phase. BAP, Heinz Rudolf Kunze, nein, Betroffenheitsrock war nicht mein Ding.

Dann war da noch die »Neue Deutsche Welle«, die ich mit Ausnahme einiger weniger Bands wie Ideal oder Nina Hagen eher blöd fand. Ich hatte so etwas singen müssen bei Walter damals. Ich habe mich immer wieder zur Ordnung gerufen, nicht alles in Bausch und Bogen abzulehnen, was sich mir nicht sofort erschlossen hat.

Es gab da sehr wohl eine lebendige und interessante Szene damals. In Düsseldorf und Berlin. Viele Bands wurden durch den »Ratinger Hof« in Düsseldorf bekannt, Fehlfarben, 999 oder DAF – Deutsch-Amerikanische Freundschaft oder ZK. Die Vorgängerband der Toten Hosen spielte hier ihr erstes Konzert. Die Jungs von Kraftwerk, Joseph Beuys und der Maler Immendorff trieben sich im »Ratinger Hof« rum. Wie damals bei Andy Warhol, Iggy Pop und David Bowie, Mitte der 70er-Jahre, die Musik als Kunst verstanden und beides zusammenführten, so flackerte es kurz wieder auf in der Avantgarde, Wave- und Punkszene in Düsseldorf.

Das hat Mark auch musikalisch sehr fasziniert. Mich nur teilweise. Ich fand den »Eisbär« von Grauzone einfach nur scheiße. Die Verbindung Musik und Kunst fand ich schon spannend. Dem sich entwickelnden Trend zum Keyboard, zu getriggertem oder gleich komplett künstlichem Schlagzeug konnte ich nichts abgewinnen. Ich war ein Gitarrenrocker, was sollte das denn? Keyboard?

Die einzige Ausnahme war für mich Kraftwerk. Das habe ich schon als epochale Entwicklung der Musik verstanden und respektiert. Und ich war Fan der Cars. Die waren schon auch ziemlich Plastik, hatten aber gute Songs.

Ich blieb bei den Gitarren. Punk als harte Gangart des Rocks konnte ich mir gut vorstellen, The Clash oder Fischer-Z. Was Ähnliches habe ich ja später dann auch realisiert mit einer Band. Ich wurde Edelpunk, Mark ein Wave-Fuzzi. Wir haben aber natürlich ausgesehen wie die, die es können, aus Berlin oder eben Düsseldorf.

Die besten New Wave Alben 1984

Pretenders – Learning to Crawl
Simple Minds – Sparkle in the Rain
Madness – Keep Moving
Ultravox – Lament
Les Rita Mitsouko – Rita Mitsouko
Soda Stereo – Soda Stereo
Os Paralamas Do Sucesso – O Passo Do Lui
The Cars – Heartbeat City

Mark stand voll auf Prince. Von Prince war ich zunächst mal überhaupt nicht angetan. Ich fand sein Auftreten affig. Konnte man auch so im »Musikexpress« lesen: Prince sollte lieber die Mätzchen lassen und mehr Gitarre spielen.

Der »Rockpalast« 1985 konnte aber alle meine Zweifel ausräumen. Prince war der Größte. Sheila E., eine Wahnsinnsband, einfach sensationell, was er da machte. Später habe ich mit meiner Band den Song »Sign O' The Times« von ihm gecovert. Trotzdem, musikalisch haben sich die Wege von Mark und mir immer mehr getrennt.

Lilly hatte ja die Angewohnheit, sich ausgiebig und immer mit allen möglichen Drogen zu beschäftigen. Tatsächlich war sie noch heftiger unterwegs als ich. Irgendwann kam ich nach Hause von einem Termin so um die Mittagszeit und habe im Anschluss einen Kunden erwartet. Lilly hatte Haschplätzchen im Backofen. Die ganze Bude roch nach Shit. Ich war dann schon kurz nervös, der Kunde hat entweder nichts bemerkt oder er hat so getan als ob. Eine nette Geschichte war das allemal. Die Kekse waren aber so was von sensationell. Die haben richtig heftig geturnt.

Wir haben gedruckt wie die Wilden: T-Shirts, Aufkleber und Werbemittel. Ich hatte Randy zur Unterstützung. Der Typ hatte vorher beim Hopfenbauer den Textildruck gemacht. Jetzt war er bei mir. Randy war Amerikaner, mit einer Deutschen verheiratet und lebte schon zehn

Jahre in Fürth. Lilly hat auch geholfen. Bei uns lief immer Radio AFN in der Druckerei, war eine schöne Zeit, solange es gut ging. Ich habe dann eine Firma aus England aufgetrieben, die Transfers angeboten hat für T-Shirts. Das waren Druckmotive von Iron Maiden, Deep Purple, Bon Jovi, die ganze Hard & Heavy Fraktion.

Das waren lizenzierte Profidrucke, sehr edel. Die waren auf Transferpapier – mit der Bügelpresse, die ich hatte, konnte man die auf T-Shirts draufbügeln.

Randy hatte eine Genehmigung, als fliegender Händler zu arbeiten in den amerikanischen Kasernen. Wir sind dann losgezogen und haben in allen zwölf US-Baracks immer irgendwo im Umfeld des Veranstaltungssaals einen Verkaufsstand gehabt. Silberschmuck, Pins, Aufkleber und eben T-Shirts, jedes Wochenende war Randy woanders. Damals habe ich auch die monatlichen Veranstaltungsposter für alle Kasernen der Umgebung gedruckt. Das Geschäft lief ganz gut, aus Verlusten wurde ein wenig Gewinn.

Die T-Shirts für das »Rockhouse« waren trotzdem immer das Beste. Ohne Rechnung.

Die letzten zweihundert Shirts hat er dann einfach nicht mehr genommen, obwohl er die bestellt hatte. Gott sei Dank waren sie noch nicht bedruckt. Er war dann pleite. Walter hat mir wieder einmal geholfen. Er hat damals die Gitarrenmarke Hoyer zusammen mit der ganzen Fabrik gekauft. Also Hoyer Shirts gedruckt und noch einige andere Sachen. Leider war Walter kein Gitarrenbauer. Er kannte da auch keinen oder hat keinen übernommen. Ich weiß es nicht. Es ging das Gerücht um, dass für die erste Serie von neuen Gitarren, die er ausgeliefert hatte, das Holz nicht ausreichend abgelagert war.

Die Gitarren fingen im Laden an, Risse im Lack zu bekommen. Zu Stimmen waren die oft auch nicht mehr. Böses Foul. Der letzte Job wurde dann auch mit einer Gitarre bezahlt. Die habe ich heute noch und die hat sich nicht verzogen. Er war dann pleite. Alle pleite, nur Tim Vario nicht.

Mit Lilly war dann irgendwann Schluss, es hatte sich totgelaufen, wie das manchmal so ist. Es folgten mehr oder weniger erwähnenswerte Affären mit Frauen, die ich damals teilweise auch über die Zeitung kennengelernt habe. Komische Situationen, bei denen man meistens versuchte, beim ersten Treffen so schnell wie möglich wieder zu verschwinden. Das habe ich dann bald besser hinbekommen. Wenn es auf den ersten Blick nicht passte, war ich weg, bevor ich entdeckt wurde. Na ja, ein paar waren schon dabei, mit denen ich einige Wochen oder Monate zusammen war.

Irgendwann zog Mark bei mir ein. Er war ja frisch geschieden und Teilzeitsingle. Mit ihm kam das Chaos. Dreckiges Geschirr, überall seine Jacken, Hosen, alles mögliche Zeugs flog überall herum, nur nicht in seinem

Zimmer. »So what, mit Chaos kenne ich mich ja aus«, dachte ich anfangs.

1985 war ich mal wieder in der »Musikzentrale« in Gostenhof, dem Künstlerviertel in Nürnberg. Die »Musikzentrale« war so unser Treffpunkt für die Szene. Die haben monatlich ein Magazin herausgegeben. Wann immer ich meinte, eine interessante Story zu haben, bin ich zu Harry und habe ihn bequatscht, was über mich oder meine Band zu schreiben. Er sollte bald reichlich Futter kriegen. Die hatten in ihrem Büro ein Schwarzes Brett für Musiker, die Anschluss suchten. Da hing ein Zettel »Band mit deutschen Texten sucht Sänger«. Im Nebensatz stand zum Stil der Band »Synthiepop«.

Das habe ich mal ignoriert und dort angerufen, einen Termin vereinbart. Die hatten einen schicken Übungsraum von der »Musikzentrale«, gleich eine Straße weiter von Harrys Büro. Die Besetzung war: der Honk an der Gitarre, Schlagzeug der Paffi und am Keyboard der Olm, inklusive Moog-Synthie. Damit spielte er den Bass. Sehr knackig!

Ich hatte mein Zeug dabei, damals einige Songs geschrieben, inklusive der Texte dazu. Sie haben sich überreden lassen, das mal zu versuchen. Es hat sofort gefunkt. Meine Güte hat das geknallt! Der Moog Bass und die Gitarre vom wilden Honk! Derart rough und entfesselt, wie der spielte, nur noch geil. Das Schlagzeug voll auf die zwölf, so was von straight. Wir haben zwei Songs gespielt und sofort gewusst: Das ist es.

Ich war zu dieser Zeit Fan der J. Geils Band und Aerosmith fand ich auch geil. Das war R&B der etwas härteren Gangart und beide hatten eine Mundharmonika dabei. Huey Lewis auch, gefiel mir damals sehr. Mit Mundharmonika und einem kompletten Bläsersatz obendrauf. Die hatten 1984 einen sensationellen Abend im »Rockpalast«. Die waren perfekt. Unglaublich.

Wie wäre es, wenn man unseren knalligen Punk-Songs mit einer Art Bläsersatz noch melodiöse Farbtupfer geben würde? Ich hatte da schon Melodien im Kopf. Gesagt, getan, einen Mundharmonikaspieler gesucht und einen wirklich versierten gefunden. Ein auffälliger Typ damals, der Ludwig. Immer mit dem Fahrrad gefahren aus Umweltgründen, zu einer Zeit, in der das überhaupt niemanden interessierte. Er studierte Jura. Beeindruckend war sein unglaublicher Satz an verschiedenen Mundharmonikas, ein ganzer Koffer voll. Vor allem die Chromatischen, die brauchten wir öfter wegen der Tonartwechsel im Song. Für einen Rockmusiker war Ludwig irgendwie von einem anderen Stern. Er sah aus wie ein Bergschrat irgendwo in einer Einöde, Reinhold Messmer, Luis Trenker mit Vollbart, wortkarg und verbissen bei den Proben. Aber wenn der auf der Bühne war, du liebe Güte! Er führte einen derartigen Veitstanz auf, raste von einer Seite der Bühne zur anderen, der ist restlos ausgerastet. Schon witzig, wie eine Bühne Menschen verändern kann.

Wir hatten dann vielleicht so zweimal geprobt und es lief gut, dann kam der Olm an mit der Meldung, wir müssten auf der »Chance«'85 spielen, einem damals sehr renommierten Nachwuchswettbewerb in Nürnberg. Die »Chance« war oft der Beginn einer Karriere. Die Band hatte sich aber mit dem alten Material, mit Synthiepop, beworben. Es waren noch sechs Wochen hin zum Auftritt. Wir sollten eine halbe Stunde spielen. In der »Zabo Linde«, einem der besten Clubs der Stadt mit Platz für etwa zweihundert Leute. Geil, aber was machen?

Wir haben beschlossen, da hinzugehen, aber einfach als »Tim Vario Band« aufzutreten. So hießen wir dann eben, die alten Sachen wollte keiner mehr spielen. Ich habe gleich mal T-Shirts für alle gedruckt. Für den Auftritt habe ich noch einen Saxofonisten dazu geholt, damit der »Bläsersatz« voller wird, Ronny, einer der besten der Szene.

Sechs Wochen später war die »Zabo Linde« rammelvoll. Es spielten alle möglichen Bands, ich fand sie mehr oder weniger langweilig. Nur eine Band, deren Namen ich leider nicht mehr weiß, extrem groovy und funky, mit Bläsersatz, damals schon in der Region weit und breit bekannt, als die spielten, wusste ich: Das wird eng.

Wir kamen dran. Peng, Vollgas, der erste Song hat die Halle gerockt. Wir hatten das Publikum sofort.

Keine Ahnung wie. Vielleicht war es meine lange mit Mark geübte Attitude des Superstars, wir waren es einfach. Das Publikum hat getobt, die sind ausgerastet, es war unglaublich.

Sparschwein

Du bist nicht fett
Du bist nicht mager
bist kein Genie
und kein Versager
Du bist nicht schön
Du bist nicht hässlich
Alles an Dir ist mittelmäßig
Du hättest mich
nie interessiert
doch gestern hast Du mich total verwirrt
hab Dich gesehn
in einer Bank
was mich geschafft hat war Dein
Kontostand

Gib mir Dein Sparschwein Baby
Komm lass die Scheine sehn
Gib mir Dein Sparschwein Baby
Alles was ich will von Dir
ist nur Dein Bestes, glaube mir

So unterm Strich
da wird mir klar
was ich bis heute für ein Trottel war
Du bist doch schön
Du bist charmant
warum hab ich das denn nicht
gleich erkannt?
mein Herz ist groß
hat für Dich Platz
ich bin ein Räuber
Du mein
größter Schatz
ich bin so lieb
und bin auch treu
Komm nimm mich mit, Du wirst es
nie bereuen

Gib mir Dein Sparschwein Baby
Komm lass die Scheine segeln
gib mir Dein Sparschwein Baby
alles was ich will von Dir
ist nur Dein Bestes, glaube mir

Wir haben die Herzen des Publikums im Sturm erobert. Gott sei Dank.

Harry meinte danach, die Jury wolle uns disqualifizieren. Verständlich, wir hatten uns ja mit anderem Namen und anderer Musik beworben. Daran hatten wir keinen Gedanken verschwendet! Gott sei Dank hat die Jury aufgrund der Publikumsresonanz es dann doch durchgehen lassen. Wir haben den zweiten Platz gemacht. Die ersten drei bekamen als Preis einen Auftritt im »Komm«, großer Saal inklusive Liveübertragung im Bayerischen Rundfunk. Yeah!

Die Proben mit der Band waren ein wenig anstrengend für mich. Bevor irgendetwas ging, wurde erst mal ordentlich geraucht, fette Joints. Dann kam, was man so macht. Labern und Blödsinn. Ich wollte das nicht, hatte schon längst gelernt, dass Drogen beim Musikmachen scheiße sind. Genauso saufen. Kein einziger Musiker, den ich kannte, mich eingeschlossen, war besser, wenn er zugeknallt war. Alle waren schlechter, unkonzentrierter. Es half nichts, ich musste es akzeptieren, dass Honk und Paffi ständig Kiffen mussten. Die waren das von ihrer anderen Band, den »Whiny Truth«, so gewohnt. Es kam der Tag des Auftritts und wir dank 4 Wochen Proben noch ein bisschen besser eingespielt, trotz Kiffen. Wir haben unsere sieben Sachen im Übungsraum zusammengepackt, rein in die Autos und los.

Beim Soundcheck kann ich mich noch an ein denkwürdiges Ereignis erinnern. Der Bayerische Rundfunk hatte einen Übertragungswagen vor dem »Komm« stehen. Ludwig spielte seine Mundharmonika über eine Glocke, ein spezielles Röhrenmikrofon. Das Signal ging zunächst in einen Röhrenverstärker, der auf der Bühne stand, wurde von dort per Mikrofon abgenommen, rein in das zentrale Mischpult. Die Harp sollte schließlich klingen wie die von Magic Dick, der dem Instrument bei der J. Geils Band zur Popularität verholfen hatte. Da musste man sich eben ein wenig Mühe geben. So aufbereitet kam die Harp aus dem Mischpult zum Ü-Wagen. So weit, so logisch.

Als Ludwig dran war, hat er ein paar Minuten reingeblasen. Der Toningenieur im Ü-Wagen konnte sich über Lautsprecher auf der Bühne äußern.

Stille. Dann: »Noch einmal bitte.«

Ludwig bläst wieder ein paar Licks eines Solos.

Stille. Dann: »Noch einmal bitte.«

So ging das bestimmt eine Viertelstunde, bis der Mann im Ü-Wagen total entnervt meinte: »Ich kann machen, was ich will, die Mundharmonika ist immer verzerrt.«

Wir haben laut losgelacht. Wir sind doch hier nicht beim Musikantenstadel, eine Blues Harp muss verzerrt sein, das gehört so. Wir treiben schließlich einigen Aufwand, damit die klingt, wie sie klingen soll.

Eingesehen hat er das nicht, aber er hat dann Ruhe gegeben. War eben der Bayerische Rundfunk.

Ich hatte im großen Saal vom »Komm« schon viele, total geile Konzerte erlebt. Herman Brood & his wild Romance, Southside Jonny oder Eric Burdon & the Animals. Jetzt standen wir auf dieser großen Bühne! Mit Liveübertragung. Geil! Ich war nicht nervös damals. Wir haben ein Brett abgeliefert vom Allerfeinsten. Schlagzeug und der Moog Bass, das hat geknallt, ganz unglaublich. Der Sound auf der Bühne war überirdisch, das Licht einfach nur fantastisch.

Wir hatten geliefert.

Ein paar Tage später stand ein Produzent auf der Matte. Ein Jörg Vogel oder so. Mit Büro in Berlin. Wow! Er war der Meinung, dass die Welt da draußen von uns hören muss. Er fand die Texte witzig, die musikalische Umsetzung sehr gelungen und originell. Schön. Es wurde ein Fototermin für die Band vereinbart. Pressefotos. Vertrag hatten wir noch keinen. Als Location habe ich einen vergammelten, verrauchten und dunklen Pool Billard Laden in Nürnbergs Schmuddelmeile, der Luitpoldstraße, vorgeschlagen.

Olm kam mit weißen Frotteesocken und Sandalen. Superrocker. Sah aus wie ein verkommener, unrasierter Familienvater. Gott sei Dank hatte er einen Trenchcoat dabei. Jetzt sah er aus wie die Typen von nebenan, die

Kunden vom Sexshop und der Peepshow. Wir haben dann die Fotos gemacht.

Paffi und Honk sahen aus, wie sie sollten. Zwei verlotterte Kiffer und ich. Ich war sowieso Rockstar. Schon immer.

Dann sollte ein Termin stattfinden mit Walli Achter, dem Produzenten der Band Extrabreit, Inhaber eines sagenumwobenen Tonstudios in Hilpoltstein von Floh Prost. Wieder eine zufällige Nähe zu Eric Burdon, der 1980 mit seinem Projekt Eric Burdon's Fire Department dort aufgenommen hatte. Rio Reiser mit »Ton Steine Scherben« und Ina Deter arbeiteten dort und die ersten drei Alben von Extrabreit entstanden in diesem Studio unter der Regie von Walli Achter. Da waren wir dann mit Jörg Vogel. Willi war da, der Waldschrat und noch ein Typ, glaube, das war Bo Flachinger. Walli Achter war nicht da. Geil, was für ein Studio. Die hatten mehr Knöpfe am Mischpult als wir Verstand in der Birne.

Die Toningenieure hatten uns herumgeführt und wir sahen uns schon dort arbeiten. Eine riesige Bar, Flipper, ein Billard, jede Menge Relaxing Areas, Küche, drei große Aufnahmeräume, Schlagzeugkabine. Es waren sogar ein paar hübsche Groupies da. Vielleicht waren die immer da, sicherheitshalber, falls Stars auftauchten. Was für eine Welt. Da konnte das »Tonstudio Bulle« von Walter nicht mithalten.

In den folgenden Wochen wartete ich vergeblich auf einen neuen Termin. Irgendwie war der Wurm drin. Vielleicht war Jörg Vogel nur ein Aufschneider, wie es in der Szene hieß. Vielleicht hat die Plattenfirma der »Whiny Truth«, die Polydor, ein Veto eingelegt, was mir im Nachhinein am wahrscheinlichsten erscheint. Es ging jedenfalls nix mehr weiter.

Honk und Paffi haben mir eines Tages mitgeteilt, dass sie jetzt lieber doch mit den »Whiny Truth« berühmt werden wollten. Sie sind ausgestiegen. Gekündigt. Die hatten ja auch einen Major-Deal, ein Management und eine Tour in Planung. Ok, die »Whiny Truth« wurden als Indie-Band dann wirklich ziemlich berühmt und wir eben gar nicht.

Die »Tim Vario Band« gab es nicht mehr. Nach 10 Wochen und einem Preis im wichtigsten Nachwuchswettbewerb der Region.

Ich habe noch aberwitzige, trotzdem halbherzige Anstrengungen unternommen, irgendwie die »Tim Vario Band« mit neuer Besetzung zum Laufen zu bringen. Die Sache war vorbei, ich wollte es aber nicht einsehen. Ich war wieder einmal sehr niedergeschlagen, hab aber so getan, als wenn nichts wäre. Ich konnte stur sein.

Also wurde Larry unser Manager. Er hatte das »Rock«, eine Musikkneipe, in der wir dauernd abhingen. Dort hatten wir auch im Keller ein Lager für unsere »große Anlage«, eine kleine PA. Seine Kneipe war ein wenig zweite Heimat für uns. Der Tresen, alle Regale an der Wand, eigentlich alles war Equipment für PAs, sogenannte Cases, schwarze große Kisten mit Metallecken und Aluschienen außenherum. Das sah schick aus.

Überall hingen Veranstaltungsposter von Tourneen, bei denen er dabei war. Er war früher als Tourneemanager beschäftigt bei der Konzertagentur Händel. Großer Kerl, große Nummer. Er hatte bestimmt einhundertdreißig Kilo, war über einen Meter neunzig groß. Ein sanfter Riese, der den ganzen Tag mit Schnupftabak hantierte und das Zeug eimerweise vertilgte.

Eine von seinen Bedienungen hatte es mir angetan. Karin, ihr Sarkasmus, Fatalismus und ihren Humor fand ich klasse. Sie war interessant, nicht direkt hübsch, aber mit einem sexy Körper. Ich habe auch mal heftig rumgemacht mit ihr, in unserem Lager geknutscht und gefummelt, was ging, aber es wurde dann doch irgendwie nichts draus.

Ich habe Musiker gesucht und Larry hatte das Casting für mich organisiert. Auf dem Gang vor unserem Übungsraum, da saßen an einem Abend drei oder vier Schlagzeuger zum Vorspielen, am nächsten Abend Bassisten und dann die Gitarristen rum. Alle wollten bei uns mitmachen. So etwas hat es in Nürnberg noch nie gegeben und das gab es sicher auch nie wieder.

Alle gecheckt und an einem einzigen Musiker wirklich hängen geblieben. Am Uwe, meinem Uwe. Seit 1987 bis heute. Der war authentisch und hatte eine eigene Art zu spielen, einen eigenen, kratzigen Fender Sound. Es ergibt sich sehr selten, dass zwei Musiker sich finden, hier war es so.

Wir hatten auch einen Bassisten gefunden, den Theo, eigentlich eher ein Hardrocker, spielte noch in einer Countryband »Bernhard und die glücklichen Euter« oder wie die wirklich hießen »Bernie and the lucky sliders«. Theo hatte lange Haare, die er wirklich sehr pflegte. Ich weiß noch, wir waren im Tonstudio, er kam und sollte eigentlich seinen Part einspielen. Das mussten wir verschieben, er verschwand erst mal in den »Sozialräumen« des Tonstudios, unbedingt schnell duschen, weil seine Haare fettig waren. Macken hatten alle, keine Frage, aber das war schon eine ganz besondere. Musiker und waschen. Irgendwann war die Band komplett, der Schlagzeuger hieß Schreiner und war aus Zirndorf. Wir waren dann im Tonstudio »Shiny-Station« in Boxdorf beim Eddy.

Eddy war ein super Typ, wir hatten im Lauf der Jahrzehnte immer wieder sehr viel Spaß miteinander. Obendrein ein wirklich guter Musiker, ein Rock 'n' Roller vor dem Herrn, der das Publikum mitreißen konnte. Man sah immer, welchen Heidenspaß er beim Musik machen hatte.

Damals haben wir drei Songs eingespielt. »Harte Männer, harte Zeiten«, »Wozu denn noch Arbeit«, also eher was Programmatisches, und »Wenn Du gehen willst, bitte geh«, ein ziemlicher Schmachtfetzen. Wenn ich mir das heute so anhöre, glaube ich, dass mir der Reinfall mit der Erstbesetzung irgendwie die Energie genommen hat. Das war nicht mehr die »Tim Vario Band«. Einfach zu schlapp.

So war das eigentlich immer.

Nach einer Pleite mit der Musik brauchte ich Zeit, um mich zu erholen, und ehrlich gesagt war die Band auch lange nicht so gut wie die Erstbesetzung. Wir hatten noch ein paar Auftritte, allesamt eher unspektakulär, dann ist die Band auch wieder zerfallen.

Ich habe weiter rumgesucht nach Musikern. Wie immer Zettel gelesen in Musikläden. Es kam in dieser Zeit für uns, dem Rausch sehr Zugeneigten, etwas völlig Neues auf. Alle Musiker, meine ganze Motorradclique, alle waren auf einmal voll auf Amphetamin, auf Speed. Es ging sehr schnell, dann waren wir allesamt willige Abnehmer von einem neuen Kreis Dealer, Leute, die wir gar nicht kannten.

»Gonzo«, sagte man am Telefon, man fragte seinen Dealer, ob Gonzo vorbeigekommen sei. Angst vor dem Abhören. Keine Ahnung warum. Speed machte einem einfach mal so richtig Feuer unter dem Arsch. Du warst zu 100 % anwesend, sehr positiv gestimmt und wolltest mit Menschen sprechen. Reden, reden die ganze Nacht. Es turnte an und nicht ab wie Haschisch, es warf einen nicht in eine andere Umlaufbahn wie ein Trip.

Am Schwarzen Brett im Musikladen habe ich Paddy, einen übergewichtigen, übernervösen Schlagzeuger mit Nickelbrille, und Felix, den Keyboarder, einen hageren Windhund, dem niemand auch nur einen Meter über den Weg trauen würde, gefunden. Die haben Anschluss an eine Band gesucht. War ich ja, zumindest zur Hälfte, und ich hatte Songs. Am Bass hatte ich Theo, der Udo spielte seine Fender. Angerufen, getroffen, Übungsraum.

Kurze Begrüßung, Paddy packt Tempopulver aus. Alufolie, fein säuberlich gefaltet, frisch aus dem Kühlschrank. Speed schnupfen, mit der Rasierklinge hacken auf dem Glastisch. Wer hat den größten Geldschein zum Schnupfen? Ok, Felix hatte einen Hunderter, also: gewonnen! Wir haben dann mal versucht, meine Songs zu spielen. Theo hatte ein Bier dabei, hatte wohl schon ein paar getrunken. Udo machte auch mit. Aus Drogen hat er sich prinzipiell herausgehalten. Ordentlich saufen ja, aber niemals Drogen.

Das haben wir genauso akzeptiert, wie er es akzeptiert hat, wenn wir Speed geschnupft hatten. Nur Kiffen, da waren wir uns alle einig, Kiffen geht bei der Probe nicht.

Die Probe war gut, hat Spaß gemacht, aber so richtige Arbeitswut kam nicht auf. So lief das. Immer mal wieder ein paar Loser zusammen bekommen, ein paar Monate rumgemacht und wieder aufgelöst. Eine Zeit lang ging irgendwie gar nichts zusammen. War aber trotzdem eine lustige Zeit.

Ich war viel in Fürth unterwegs damals. Fürth war übersichtlich. Alles zu Fuß zu erledigen. Konzerte im »Lindenheim«, »Schlachthof«, »Café Fürst«. Musiker treffen, quatschen, trinken, Drogen.

Gustavstraße, der »Gelbe Löwe«. Man kam den Gang herein, dann war rechts die Kneipe, eine Bierschwemme sondergleichen. Es gab fränkische Küche und ab zweiundzwanzig Uhr waren alle sternhagelblau. Das war auch der Treffpunkt für die Fürther Fußballfans. Allerhöchstes Niveau also.

Wenn man nicht in die Kneipe gehen wollte, gab es da noch eine Art Disco und Bar. Da musste man nur zehn Meter geradeaus den schmalen, dunklen Gang entlang, dann kam man in ein finsteres, fensterloses Loch mit Glitzerkugel an der Decke und einer Tanzfläche. Ein sensationell fertiger Laden. Zwischen zwei und drei Uhr früh lag auf der Tanzfläche immer die Mathilda. Gäste, die das nicht kannten, waren beunruhigt. Mathilda war mindestens fünfundsechzig und hatte um die Zeit so etwa zwei Promille im Blut und zu viel getanzt. Dann ist sie immer umgefallen, fünf Minuten auf der Tanzfläche gelegen und dann ging es weiter.

Im »Gelben Löwen« waren im Grunde nur Assis. Und Musiker. Eddy habe ich da auch oft getroffen. Meinen Freund mit dem Tonstudio »Shiny Station«. Der hatte die Idee, mit seinem Kumpel Leo auf Patrono, einer kleinen Insel bei Teneriffa, ein Stück Land zu kaufen.

Die zwei wollten sieben Bungalows drauf bauen, im Halbrund offen zum Meer, in die Mitte sollte ein Swimmingpool in Gitarrenform gebaut werden. Tonstudio de luxe. Ha, ha, träum weiter. Der Witz war, die haben das Jahre später wirklich durchgezogen.

Mit Leo lag ich mal im Cesar unterm Tisch. Das Cesar war ein Grieche, der einzige Laden, der sonst noch bis drei Uhr früh aufhatte in Fürth. Es war halb drei. Wir sind von der Bank runtergerutscht, wir haben uns so lässig hingesetzt, wie wir lässig betrunken waren. Konnten uns wohl nicht mehr halten. Dann eben unter dem Tisch. Er war sauer. Wir haben laut diskutiert. Unter dem Tisch. Ich war immer schlank und er war immer etwas mollig.

»Zeig mir deinen Sixpack.«
»Sixpack gibt's an der Tankstelle.«
»Zeig mir deinen Sixpack.«
»Herr Ober, noch zwei Bier.«

Wir sind dann rausgeflogen.

Mit Paddy und den anderen haben wir uns oft bei mir zu Hause getroffen. Ich hatte auch einen prima Glastisch zum Speed hacken. Und einen Billardtisch. Wir haben Speed geschnupft, so viel reinging. Billard gespielt. Rockpalast angesehen.

Einmal kam ein Weinvertreter bei Mark und mir zu Hause vorbei. Das lief ungefähr so wie bei dem Vertreterbesuch »Pallhuber und Söhne« bei Loriot. Zum Totlachen. Der Mann kam rein mit seinem Koffer. Er hatte da schon glasige Augen. Dann ging es los. Koffer auf, erste Flasche. Nicht schlecht, das hier mal probieren, wie wäre es mit dem hier? Vielleicht auch einen Weißwein? Er ging dann nochmals an sein Auto, Nachschub holen. Nach gut eineinhalb Stunden waren wir rattendicht, ich habe ein paar Kisten bestellt.

Der Weinverkäufer konnte noch sprechen. Laufen konnte er nicht mehr so wirklich gut. Hat sich überall festgehalten. Er hatte noch zwei weitere Kundenbesuche vor sich. Was aus ihm geworden ist, weiß ich nicht. War ein extrem lustiger Abend.

Ich habe mich dann entschlossen, die Druckerei zu verkaufen. Ich hatte ein gutes Geschäftsjahr hinter mir und habe mal inseriert:

»Druckerei, Textildruck, Werbemittel mit Kundenstamm und Maschinen zu verkaufen. VB 30.000,- DM«

So trat Willi Poller in mein Leben. Schon wieder ein Choleriker. Ein kleiner, rotgesichtiger und bauernschlauer Mann. Er besaß bereits eine Druckerei draußen auf dem Land und einige Mitarbeiter. Die Quelle, der Versandhauskonzern, lag im Sterben, wusste es aber noch nicht. Die haben ihre eigene Hausdruckerei verkauft damals. Willi wollte unbedingt die Druckerei kaufen, mit meiner zusammentun und ich sollte Betriebsleiter werden. Gesagt, getan. Im Mai 1987 haben wir den Vertrag unterschrieben, im Juni ging es los. Wir haben meine Maschinen in die neuen Betriebsräume geschafft, meine »Kunden« sollten weiter betreut werden. Eigentlich hatte ich die ja gar nicht mehr. Der Gauner mit der Disco war pleite, Hoyer pleite, Flott Promotion pleite. Egal, habe mein Geld vom Verkauf genommen, einen Restkredit abgelöst und mir einen Dodge Magnum XE Coupé, Baujahr 1978 gekauft.

Der Dodge Magnum war baugleich mit dem Chrysler Cordoba, nur ein viel geileres Heck und eine Front mit Glasverkleidungen vor den Scheinwerfern.

Die klappten mit einem vernehmbaren »schrong« auf, wenn man das Licht einschaltete. Dafür musste man einen großen silbernen Knopf herausziehen. 5,9 Liter Hubraum und 157 PS. Automatik. Dunkelgrün, hellgrünes Kunstleder. Auf der Rückbank konnte man auch mal eine Nacht verbringen. Wenn man weit weg war und zu viel Bier erwischt hatte. Ein Traum von einem Ami. Neu lackiert, optisch und technisch top. Sechstausendfünfhundert D-Mark waren damals sehr viel Geld für so ein Teil.

Die Straßen von San Francisco in Fürth. Geil. Ich hatte meine liebe Not, am Morgen um sieben Uhr dreißig in der Firma zu sein. Das war einfach nicht meine Zeit. Von meiner Wohnung und dem Ex-Betrieb aus wären das höchstens zehn Minuten zu Fuß gewesen, auf diese Idee bin ich jedoch nie gekommen. Oft standen die Mitarbeiter bereits vor der Tür der Druckerei, wenn ich mit meinem Dodge in den Hof gerammelt kam. Einmal habe ich noch so fest geschlafen bei dieser Übung, da bin ich mit der Karre an die Mauer hingeknallt. Gott sei Dank hatte dieses fast sechs Meter lange Schiff eine Stoßstange, die einen Aufprall von bis zu sechs Stundenkilometern mittels eingebauter Federung ausgehalten hat. Nichts passiert, es haben nur alle gelacht.

Ich habe den Laden trotzdem recht erfolgreich weiter aufgebaut. Einen Partner für Grafik und Druckvorstufe gesucht und gefunden. Timon Molani, ein deutscher Italiener mit langen Haaren und Pferdeschwanz. Er zog in den ersten Stock der Druckerei ein. Dann habe ich Drucker eingestellt. Max, super Typ, nebenbei Fotograf und Künstler. Max hat Zlatko mitgebracht als Druckhelfer. Dann war da noch der Berger, ein kleiner Wichtigtuer, immer flink, immer Ideen, nur manchmal gute.

Außerdem habe ich noch drei Arbeiterinnen eingestellt, obendrein eine Anfang Zwanzigjährige, ein Riesenfehler, wie ich heute weiß. Frauen in einem Druckereibetrieb, das wird schwierig, besonders dann, wenn nur eine Attraktive dabei ist. Da wurden alle anderen Damen eifersüchtig und dachten, die junge und hübsche würde bevorzugt. Wurde sie nicht und wenn sie sich bei Abteilungsbesprechungen noch so lasziv auf einer Palette Kartonagen gerekelt hatte, ihr Titten nach vorne gereckt hat, sobald ich aufgetaucht bin. Ich hatte nichts und ich wollte nichts von ihr. War ja nicht lebensmüde.

Wir haben immer gute Laune gehabt und laut Musik gehört im Drucksaal. Radio. Willi konnte das nicht ab. Immer wenn er mal da war und in den Drucksaal kam, hat er rumgebrüllt: »Ihr seid hier nicht zum Spaß, ihr seid hier zum Arbeiten.«

Zlatko ist nach so einem oder ähnlichen Einsatz von Willi einfach nicht mehr gekommen. Dachte sich wohl »Willi, du Arschloch, kannst mich mal!«

Null Bock. Ich mochte Zlatko und wir hatten sehr viel Spaß miteinander. Mit ihm und Max war ich bald eng befreundet. Zlatko war damals schon ziemlich abgestürzt, als er zu uns kam, das sollte nicht wieder passieren. Also habe ich jedes Mal, wenn der einfach nicht mehr kam, am Abend die ganze Kneipenszene in Fürth abgesucht, bis ich ihn gefunden habe. Ich konnte ihn immer überreden, wieder in den Betrieb zu kommen.

Irgendwann kam mein Mitbewohner Mark mit Katherina an. Ich war sofort hin und weg.

Sie war eine Frau, wie ich sie damals noch nicht kannte. Sehr exaltiert, sehr eigen gekleidet, laut, voller Lebensfreude. Sie studierte Architektur. Sie hatte schwarze Haare, eine Art Cleopatra-Schnitt und eine eher unauffällige, schlanke Figur. Auffallend waren ihre sinnlichen Lippen. Sinnlich? Na ja, sie war eine Schlampe. Ich hätte es am ersten Tag merken können.

Mark war mit ihr zusammen, wir fuhren mit dem Dodge in die Pampa, die Fränkische Schweiz. Die zwei saßen hinten, ich war der Fahrer. Sie suchte die ganze Fahrt Blickkontakt über den Rückspiegel. Als sie den hatte, zog sie den Pullover aus und zeigte mir ihre nackten Titten. Hach, mir ist so warm. Ja, mir wurde auch warm. Mit Speck fängt man Mäuse. Ich war die Maus und ich war in der Falle. Mark war ihr nicht gewachsen, er hatte schon mitbekommen, was er sich da geangelt hatte. Wir waren dann zusammen. Ein halbes Jahr später zog Mark aus und Katherina ein. So ist das halt manchmal.

Mit Marks Ex, der Katherina, hatte ich damals viel Sex, sehr viel. Sie wollte immer. Und dann nochmal. Auffällig war ihr Lernzirkel. Einmal habe ich sie abgeholt. Als ich vor der Tür stand, küsste sie einer ihrer Mitstudenten leidenschaftlich zum Abschied. Zungenkuss vor meinen Augen. Beiden war das irgendwie egal. Ich dachte mir, die werden wohl dauernd ficken, anstatt zu lernen und wusste gar nicht, wie richtig ich damit lag. Ja, ich war dahingehend auch immer gut unterwegs. In einer Beziehung hatte ich aber immer eiserne Prinzipien. Ob das gut ist, weiß ich selbst nicht. Ich halte das so. Wenn, dann richtig. Richtig heißt exklusiv. Bei Katherina gab es dann aber auch meinerseits ein paar deutliche Abweichungen. Ich war dann Schlampe. Allzeit bereit.

In der Druckerei hatten wir sehr gut zu tun. Wenn ich einen Auftrag von der Quelle bekommen hatte, was eigentlich immer war, mussten wir monatlich einmal die komplette Schaufensterdekoration für alle neununddreißig Quelle-Kaufhäuser in Deutschland und Österreich drucken. Aufkleber, Bordüren für Hunderte von Metern Schaufenster, irgendein Motto, Sonderaktionen, Sonderpreise, irgendwelche Motive zur Verkaufsförderung. Dann standen immer zwei Lkw-Wechselbrücken im Hof der Druckerei. Die Zusammenstellung und Verpackung für die einzelnen Kaufhäuser war auch unser Job. Das war Stress pur. Endlose Listen mit Artikelnummern, alles mussten wir drucken und dann eben auch zusammenstellen und verpacken. Musste alles zum Abholtermin fertig sein.

Willi brachte irgendwann einen neuen Kunden an. Fahrbahnteile für Carrera-Autorennbahnen. Mittelstreifen draufdrucken.

Es war doch schon blöd genug damals in Sachen Tampondruck. Wir hatten Zehntausende von Kapseln für Kosmetikstifte zu drucken, es wurde alles immer mehr zum Kleingeldgeschäft. Damit ist Willi eben »groß« geworden.

Ich fand das echt beschissen. Wir hatten viel zu tun und irgendwann habe ich dann in seinem Auftrag eine nagelneue, fünfzehn Meter lange Thieme DIN-A0-Druckmaschine mit Trockenkanal gekauft. Großformat im Pfenniggeschäft? Für was denn?

Eines Tages kam meine alte Bekannte Barbara mit einer Bitte auf mich zu. Sie hatte als Sozialhelferin was angefangen mit ihrem Schützling, den sie in Bewährung zu betreuen hatte. Geht gar nicht. Barbara hatte das Gehirn zwischen den Beinen, mehr geil als vernünftig. Er war schwer rauschgiftsüchtig, Heroin, mehrfach auf Entzug und hatte wegen Beschaffungskriminalität im Knast gesessen. Sie hat mich gebeten, ihm bei uns im Betrieb eine Chance zu geben. Mit Barbara hatte ich auch so ab und zu immer mal wieder gevögelt. Ich hatte sie gern. Ich habe es nicht fertiggebracht, Nein zu sagen, obwohl ich sofort wusste: Das wird nix.

Der Typ hieß Klaus, ein Meter neunzig groß, kräftig, ein Hüne von Mann. Sein Vokabular war einfältig und eindeutig Drogenszene. Heroin. »Ey Alter, hast du Checkung oder was läuft ab?«

– Klaus beweist uns, dass Heroin tödlich ist

Alter, das war ein Fuck damals. Die Idee von Jürgen, die Connection mit der Spedition. Ich brauchte Stoff, verdammte Scheiße. Woher soll man ständig die Kohle nehmen? Alter, der Jürgen meinte, wir können Stereoanlagen aus einem Lkw rausholen, wäre kein Ding. Also Spedition, um drei Uhr in der Nacht auf das Gelände. Jürgen wusste, wie man da reinkommt. An einer Stelle konnte man den Maschendrahtzaun hochdrücken und durchkriechen. Wir gingen rein, war easy. Jürgen hat den Lkw gefunden, Plane auf, erste Kiste raus, zweite Kiste raus, dritte und vierte. Dann rüberschleppen zum Zaun. Scheiße, die Kisten passen da nicht durch, wir reißen wie blöd an dem Zaun, das muss doch irgendwie … plötzlich ist der ganze Hof hell, Scheiße, Scheiße, Scheiße.

Dreck, die haben mich zum zweiten Mal erwischt. Ich war auf Bewährung. Also ab in den Bau. Zwei Jahre. Kalter Entzug. Die Hölle. Wochenlang die Hölle. Irgendwann ging es dann im Knast doch ganz gut. Ich war dreiundzwanzig und hatte etwas anderes in Planung. Ein paar Monate vor meiner Entlassung haben die mir gesagt, dass ich einen Bewährungshelfer kriege. Es war Besuch da, eine Bewährungshelferin. Das war lösbar. Ich habe sie angesehen, klein und zierlich, wie sie war. Sie brauchte einen Beschützer, sie brauchte mich. I'm a Rocker, I'm a Roller, Baby, du bist genau mein Ding.

Als ich rauskam, sind wir sofort zu ihr nach Hause. Zwei Tage nur gevögelt, nicht mehr raus aus dem Bett. Es ging aufwärts mit mir. Ich bin groß, ich bin stark, ich bin ein richtiger Mann. Sie hat leider manchmal mit mir geredet wie mit einem Kind. Als wenn man mir nicht trauen könnte. I'm a Rocker, I'm a Roller, ich bin unbesiegbar.

Ich hab den Django am Hauptbahnhof getroffen. Ihm ein Gramm abgekauft. Alles im Griff, nur Barbara darf das nicht wissen. Sie hat mir ein Vorstellungsgespräch verschafft. Siebdruckerei als Druckhelfer. Hab ich schon mal gemacht. Der Betriebsleiter hieß Tim Vario. Merkwürdiger Typ. Der tat so weit weg, dabei war der sicher auch schon oft auf Droge. Haschisch, Koks, was weiß ich. Ich hab den Job bekommen.

Eine Woche clean, zwei Wochen clean und dann hab ich ein Briefchen mit in die Arbeit genommen. Sitze auf dem Klo und drücke mir eine Ladung. Pah, das knallt gut rein.

Am nächsten Tag finden die blöden Weiber die Spritze im Papierkorb auf dem Klo und ich bin draußen.

Fristlos.

Das war's dann auch mit Barbara. Hat mir sowieso zu viel gemeckert. I'm a Rocker, I'm a Roller, das freie wilde Leben hat mich wieder. Ich bin auf der Piste, knall mich richtig weg, wann ich will und sooft ich will. Ich treffe

Django am Hauptbahnhof, hat eine neue Quelle. Alter, das muss ich sofort checken. Geh aufs Bahnhofsklo, koche mir das, zieh die Spritze auf und rein damit.

Paah, wow, was ist das denn, ich brenne, Scheiße, das ist zu rein, Scheiße …

Klaus wurde kurze Zeit später auf dem Bahnhofsklo entdeckt. Die Türen waren unten dreißig Zentimeter offen und sein Bein kam da raus. Er war groß, er war tot. Auf seiner Beerdigung waren drei Leute und die Barbara.

Als Helmut Kohl, einem der größten Aussitzer, Abwarter und Nichtstuer in der Politik, im November 1989 die Wende in den Schoß fiel, war ich sehr zwiespältig in meiner Gefühlswelt. Ich kannte die DDR durch sehr viele Transitfahrten nach Berlin. Wir waren öfter in der Punk- und Wave-Szene unterwegs, haben in irgendwelchen besetzten Häusern, einmal in einem alternativen Punk-Café im Gastraum gepennt. Die Angst dort an der Grenze, als angeblich »vom Staat bezahlter Jugendlicher, beauftragt Neid und Zwietracht bei den DDR-Bürgern zu sähen«, einfach weggesperrt zu werden, war mir überdeutlich präsent.

Immer wenn wir die Pässe abgegeben hatten, habe ich wirklich gezittert, ob wir die denn wiederbekommen würden. Die Volkspolizisten legten die auf so ein Förderband – und zack, weg waren sie. Der Transitweg war eine einzige Angststrecke, auch wenn es immer geklappt hatte. Interessiert hatte mich die Wende politisch und wirtschaftlich schon. Was passierte da nun auf einmal?

1987 hatte ich mir ein kleines Tonstudio eingerichtet. Ich hatte einen Kork Sampler, das geilste Sampling Keyboard, dass es so gab damals, eine Roland Drum-Maschine und einen Atari mit Steinberg Recording Software drauf. Ich habe da viel rumgebastelt, mit elektronischer Musik Erfahrungen gesammelt. Felix, der Keyboarder vom letzten Bandversuch, hat mir ab und an geholfen. Wir haben mehr Speed geschnupft als gearbeitet, es kam nur ein Song dabei heraus.

Die Wende habe ich 1990 dann mit meinem Freund Eddy in Form eines Musikprojekts mit Soundcollagen und Samples verarbeitet. Ich habe eine Single gepresst und Radiostationen bemustert. »Neuland« nannte ich die fiktive Band, der Song »Berlin«, der handelte über den Fall der Mauer. Die B-Seite war ebenfalls eine rein elektronische Collage mit dem Titel »5 vor 12«, einem Umweltthema.

2020 habe ich einige von den Singles für epochale zehn Euro das Stück verkauft. Da gab es auf einmal eine Sammlerszene, die Songs waren von Fans auf YouTube hochgeladen worden. Eine späte Anerkennung ist besser als gar keine. Bis dahin standen vierhundertsiebzig von fünfhundert Singles originalverpackt im Keller.

Wir sind dann ausgezogen aus meiner Wohnung in Fürth, die alten Räume hat mein Freund Max aus der Druckerei komplett übernommen.

Ich war schon immer ein Fan von urbanem Leben, das Thema Architektur hat mich interessiert, Kunst und Musik sowieso. Andy Warhol, Charles Wilp, Peter Lindberg, David Bowie, Iggy Pop, eine Mischung aus Pop Art und Musik war fest verbunden mit dem Wohnen in alten Fabriken: Ein Loft sollte es werden. Ich habe eine alte Spiegelfabrik in Fürth direkt am Stadtpark gefunden. Die Quadratmeterpreise waren bezahlbar, man musste halt alles selbst ausbauen. Super!

Ich habe 280 Quadratmeter angemietet. Ich wollte das mit Zlatko teilen. Das halbe erste Stockwerk eines Gebäudeflügels mit Blick in den mit Glas überdachten Innenhof. Das war mal eine Spiegelfabrik. Ich war mit Katherina zusammen, meiner nymphomanen Architekturstudentin, Zlatko hatte auch eine feste Beziehung, die Klara, ein blutjunges Ding mit gerade mal siebzehn Jahren. Es ging los mit dem Ausbau.

Die größte Schufterei war das Abschleifen der Dielenböden. Da waren vorher Büroräume des Kaufhauskonzerns »Quelle« drin. Alles mit braunem Nadelfilzboden, fest verklebt auf diesem wunderschönen alten Dielen. Es war echt hart, den Bodenschleifer im Griff zu behalten. Nach zwei Wochen hatten wir das geschafft. Wir hatten Holz gekauft, Rigipsplatten ohne Ende und jeder zwei

Türen, haben uns jeweils ein Schlafzimmer und ein Arbeitszimmer abgetrennt, der Rest war offen. Ein riesiger Raum, fast einhundertdreißig Quadratmeter, wenn man reinkam in der echten Ecke hinten die Küche vor dem Schlafzimmer, links am großen Industriefenster zum Fabrikhof hin ein gemauertes Sofa, zwei Sessel und ein Couchtisch, ansonsten nur ein großer, leerer Raum.

Die zwei Wohneinheiten waren durch eine Rigipswand geteilt, die teilweise schon stand. Den Rest haben wir dazu gebaut. Eine Tür, damit wir uns besuchen konnten, wenn uns danach war.

Die Tür war meistens offen. Schalldämmung gab es sowieso kaum, der durchgängige Dielenboden hat alles mehr oder weniger ungedämmt von einem in das andere Loft übertragen. War uns egal.

Wir hatten eine Dampfzentralheizung. Bei Katherina und mir waren Bad und Klo in einem Vorraum, der Zugang erfolgte aber von der Wohnung aus. Ein richtiges Fallrohr gab es da nicht. Da der Leitungsquerschnitt nicht ausreichend war, brauchten wir einen Zerkleinerer fürs Klo, wir nannten das Ding den »Kackehäcksler«. Die Dusche dann eben auch als Kabine, etwas erhöht. Da war irgendwie eine Pumpe drin. Natürlich gab es ab und zu Ärger mit diesen Hilfskonstruktionen. Egal, es war einfach nur genial.

Perfekte Wohnlage direkt am Stadtpark Fürth, inklusive Stellplatz im Hof.

Ich weiß gar nicht mehr, wie es zuwege kam, 1990 hatte ich auf einmal wieder eine Band beieinander. Vorgänger der neuen Band war so eine Art Spaßprojekt »Nothing Lose«. Dafür konnte ich Zlatko überreden, Bass zu spielen oder sagen wir besser lernen Bass zu spielen und sich einen Bass zu kaufen. Nach einem halben Jahr haben wir dann ernsthaft eine Band gegründet »Noisy Comix«. Der Bandname kam fast automatisch zuwege. Mein erster Song hatte den Titel »Life is a comic strip«.

Das Konzept war einfach und genial. Ich wollte von Anfang an gar nicht, dass die Band technisch besonders toll spielt. Ich wollte eine wilde Truppe, Punk Rock und die Geschichte einer Band erzählen, Geschichten, die ich selbst erlebt hatte. Also eigentlich das Scheitern als Musiker als Konzept.

Wir haben uns gekleidet wie lebende Comicfiguren. Loli, der erste Gitarrist, hatte eine Base Cap auf dem Kopf mit einem endlosen, verlängerten Schirm aus Pappe und trug viel zu große Baseball-Klamotten, Zlatko im Arbeitsoverall dreckverschmiert. Mampf, der Schlagzeuger, hatte einen Trenchcoat an, immer etwas zum Essen dabei und einen Pandabären aus Plüsch. Udo war der böse schwarze Mann mit Sonnenbrille, mit viel Gel und hoch toupiertem Haar. Ich war so eine Art weißer Clown, weißer Anzug mit Revers aus einem plüschigen Stoff mit Tigerfellmuster, die Hosenbeine ausgestellt mit eingenähten Keilen aus dem gleichen Stoff. Mit ordentlich Gel das Haar nach hinten gekämmt.

Ich kam auf die Idee, dass unsere Geschichten fantastisch über einen Comicstrip zu erzählen wären und habe meinen alten Freund Benny gefragt, ob er Lust hätte, die Comics zu zeichnen. Das war damals sein Hobby, er hatte schon ab und an was verkaufen können und er war wirklich gut. Nach einigem Zögern hat er zugestimmt. Ich habe in Nürnberg einen Verlag gefunden und ab sofort kamen Geschichten über die Band in Form von gezeichneten Comics heraus.

Jeden Monat erschien eine Story im renommierten und auflagestarken Monatsmagazin »U-Comix«. Immer eine geschlossene Geschichte, so sechs bis acht Seiten.

Wir hatten unseren Übungsraum auch in der Fabrik. Super beheizt, mit Nebenraum, in dem man theoretisch die Band aufnehmen konnte. Wir hatten dort eine Sitzecke mit Kühlschrank zum Biertrinken. Das Konzept war perfekt. Kaum hatte ich zwölf Songs zusammengeschrieben und wir konnten die halbwegs spielen, sind wir ins Tonstudio »Shiny Station« zu meinem alten Freund Eddy und haben in zwei Tagen unser Erstlingswerk aufgenommen. Es war eine einzige Party, völlig locker und bedenkenlos haben wir vor uns hindilettiert. Vollgas. Punkrock. Endlich wieder Punkrock. Diesmal mit englischen Texten.

Die »Noisy Comix« liefen super, im damals stark wachsenden Bereich Comic Literatur hatten wir eine ordentliche Fanbase. Dann kam auch mal ein Extraheft »The Noisy Comix Special« mit allen Storys der Band heraus. Auf dem »Comic Salon« in Erlangen, im »E-Werk« habe ich nach unserem Auftritt dort vor gut eintausend Besuchern mal eine Autogrammstunde gegeben. Da war ganz schön Andrang damals. Wir hatten regelmäßig Konzerte. Im »Café Fürst«, im »Schlachthof Fürth«, in Immeldorf, einem verwanzten, alternativen Club mit Bauernwirtschaft in »the middle of nowhere« irgendwo an der Autobahn nach Heilsbronn. Es war für mich mit der LP und dem Comic wirklich einfach, Auftritte zu bekommen. Von irgendwoher bekamen wir Tipps, wo man spielen kann. Unsere Auftritte waren immer gut besucht, wir immer gut betrunken, hatten Spaß mit dem Publikum und dem Wirt. Wir haben immer gleich den nächsten Termin vereinbart.

Besonders schön war es im »Café Fürst«, eine Institution in Fürth. Eigentlich früher ein Café für ältere Damen, wurde es irgendwann von Joschi übernommen und ordentlich umgekrempelt. Joschi war ein Kulturschaffender, ein glühender Musikfan, er hat den Laden neu ausgerichtet. Die Einrichtung blieb so Fünfziger, Sechziger-Style, eben wie sie war. Er veranstaltete Konzerte, jedes Wochenende war etwas los. Es gingen vielleicht so einhundert Leute rein und dann war es aber rappelvoll und die Leute mussten stehen.

Die Bühne war gerade groß genug für uns, Silvester 1990. Die Show haben wir eröffnet: Wie immer mit der Mülltonne, in der ich versteckt war, die vor die Bühne geschoben wurde. Es ging los mit »Life is a Comic Strip«, in der Tonne dröhnte der Bass, das Scheppern der Becken war angenehm gedämpft. Die Höhen von Udos Fender auch.

Bei der ersten Zeile von »Life is a comic strip« komme ich aus meiner Mülltonne. Das Mikro hatte ich in der Tonne dabei. Der Song war eine Hymne, eine Art programmatische Proklamation für alles, was noch kam. »So sharp«, »Dr. K« und »So lonely« waren echte Knaller – ein Punkrock-Brett der Extraklasse. Wir hatten das Publikum von der ersten Minute an total im Griff. Mampf spielte Schlagzeug wie der Teufel. Der letzte Refrain von »So lonely« – und mittendrin war auf einmal das Schlagzeug weg. Die Band hat weitergespielt. Ich dreh mich um. Das Schlagzeug war da, Mampf war weg. Ein Schlagzeug steht üblicherweise auf einem Teppich, damit es nicht wegrutscht, wenn man darauf einprügelt. Ganz wichtig, wenn man Punkrock spielt. Das hatte unser Mampf auch so. Alles stand auf dem Teppich, nur sein Hocker nicht.

Mampf ist mitsamt dem Hocker nach hinten runtergefallen. Hat sich selbst runtergespielt von der Bühne. Wir sind gleich hinterher, er kam schon von unten hoch. Gott sei Dank hatte er sich nichts getan, war immerhin einen Meter hoch die Bühne.

Das Konzert war so ziemlich gelaufen. Die Band hatte nach dem Unfall keinen guten Groove mehr. Das Publikum hat es gar nicht bemerkt. Wir haben dann trotzdem noch drei Zugaben gespielt und ordentlich das neue Jahr begossen.

Mit der LP und den Storys im »U-Comics« gelang es mir immer besser, auch bundesweit Interesse für die Band zu wecken. Den Vertrieb der LP habe ich selbst übernommen. Damals konnte man noch im Telefonverkauf LPs auf Kommission in die Läden bekommen. Wir haben so etwa eintausendsechshundert LPs bundesweit verkauft, am besten lief es für uns in Berlin. Da wollte ich unbedingt mal live spielen. Die Clubs waren aber derart »Nase oben«, ich bin nirgendwo reingekommen.

Ich hatte Kontakte zur Musikpresse aufgebaut, Musikexpress und vor allem Pop Rocky, das war damals für eine noch jüngere Leserschaft als die von der Bravo. Ich war auf der Suche nach einer Idee für eine Promotion, mit der wir bundesweit Beachtung bekommen könnten. Keine Ahnung, wie ich drauf kam, irgendwann war klar, dass es ein Open-Air-Konzert auf dem Dach des Bahnhofhochhauses in Fürth werden sollte. Wie damals bei den Beatles, ganz bescheiden. Dabei, so der Plan, wird aus dem Hubschrauber heraus ein Musikvideo gedreht. Wir präsentieren den Song »Wake Up« und der soll dann auf MTV laufen. Typisch, wie immer bei mir nach dem Motto eines fränkischen Dorfmetzgers »Darf's etwas mehr sein?«

Meinen Bandkollegen, allen voran dem Mampf, wurde das langsam unheimlich. Er wollte seine Ruhe haben und keinesfalls berühmt werden. Bei Loli, dem ersten Gitarristen, war das auch so ähnlich. Er war Architekt und glücklich in seinem Beruf. Mampf war einfach nur faul. Der Rest der Band war meiner Meinung.

Ich habe den zuständigen Ansprechpartner für ein Konzert auf dem Dach gefunden. Den Architekten und Objektbetreuer. Ich habe ihm fünfhundert D-Mark als Entscheidungshilfe angeboten. Er hat zugesagt. Mit einer Filmfirma verhandelt, die Presse wollte kommen, alle regionalen Zeitungen und ein Fotograf von Pop Rocky aus München. Das Ganze war ja nicht ganz einfach zu organisieren, das Wetter musste passen, sonst könnte der Hubschrauber nicht fliegen und wir würden nass. Ein Open Air auf dem Dach des Hochhauses in Fürth. Ich habe so etwa zehntausend D-Mark in diese Show und das Video investiert damals, alles mehr oder weniger auf Pump von der Bank geliehen.

Mit der Band hatte ich drei Samstage vorbesprochen und alle gebeten, sich die mal freizuhalten.

Bald war klar, wann es losgehen sollte. Ich hatte einen Tag gefunden, an dem die Filmfirma konnte, alle Medienvertreter hatten zugesagt, der Fotograf von Pop Rocky, noch ein Fotograf für die Band, der Architekt, Feuerwehr, Polizei, Krankenwagen und technisches Hilfswerk und laut Wettervorhersage sollte es keinen Regen geben.

Alles war klar, bis ich die Band angerufen hatte, um den Termin mitzuteilen. Alle haben sich gefreut. Bis auf Mampf.

Seine Antwort:

»Oh, das ist aber schlecht, am Samstag will ich meine Hecken schneiden.«

Hecken schneiden.

Einen solchen Tiefschlag hatte ich als engagierter Musiker noch nie erlebt und habe ich auch nie mehr erlebt.

Es kostete mich einiges an Überzeugungsarbeit, bis es mir gelang, ihn mit Engelszungen zu überreden, die Hecke später zu schneiden.

Und dann war es endlich so weit.

Ich hatte Angst. Der Himmel verdunkelte sich zunehmend. Wir hatten aufgebaut, Soundcheck gemacht, das Publikum war da. Ganz oben auf dem Dach. Auf dem achtzehnten Stock des Hochhauses. Etwa achtzig Fans warteten, obwohl das gar nicht über die Presse angekündigt war. Eddy war da und Joschi. Es hatte sich wohl herumgesprochen. Endlich. Die Windböen hatten sich gelegt, der Hubschrauber konnte starten. Wir haben unser Programm durchgezogen und wir waren wirklich gut. Es hat riesig Spaß gemacht. Dann kam der Hubschrauber. Wir spielten »Wake Up«. Außen auf den Kufen saß der Kameramann. In einem speziellen Stuhl war er da festgeschnallt, die Kamera an der Schulter im Anschlag. Der Hubschrauber drehte Runde um Runde, flog mal von vorne, von links oder rechts – mein Gott war das ein geiles Gefühl. Das Publikum war auch begeistert, viel von dem Jubel war sicher für das Video. Es wurden geile Bilder, eine echte Sensation, es war der Hammer.

Als das Konzert vorbei war, habe ich noch mehrere Interviews gegeben, Bildzeitung, Abendzeitung, Nordbayerische Nachrichten, alle waren da und dann hat der Fotograf aus München noch Fotos gemacht von der Band. Unten auf den Bahngleisen.

Was für ein Erlebnis. Danach waren wir bei Antonio. Unserem Italiener gegenüber unserer Fabrik. Schlemmen und ein paar Liter Wein saufen. Schön war's.

Dann war das Video fertig. Wir hatten noch jede Menge eigene Szenen gedreht und mit eingebaut. »Wake Up« handelte von einem Traum, den eigentlich alle Männer träumen. Viel Geld und eine schöne Frau an der Seite. Bei der Zeile »I wanna wake up with a princess by my side« haben wir Katherina im Bett gefilmt. Sie setzte sich abrupt auf, mit Gesichtsmaske aus grüner Pampe und zwei Gurkenscheiben auf den Augen.

Sie sah hinreißend scheiße aus. Bei der Zeile »I wanna wake up with a million dollar cash« saß ich in der Badewanne, Zigarre im Mund und anstatt dem Wasser waren fotokopierte Geldscheine in der Wanne. Insgesamt ein lustiges Video. Wurde dann ja auch fleißig gespielt. Bei Tele 5, MTV, in Regionalfernsehsendern und ganz vielen Live-Clubs bis runter nach Österreich.

Dem Mampf hatte ich das Heckeschneiden nicht vergessen. Ich war sonst nicht nachtragend, aber die Band lief gut, warum sollte ich mich mit solchen Witzfiguren herumärgern? Auch Loli, der war Architekt und kein Gitarrist, was soll man mit solchen Leuten auf Dauer? Wenn man was erreichen will, braucht man Musiker. Richtige Musiker. Mal ehrlich, die gab es in Nürnberg, Fürth und Umgebung nur in homöopathischen Dosen oder eigentlich gar nicht.

Na ja, die Hoffnung stirbt zuletzt, also wieder mal Leute gesucht. Einen Gitarristen, einen Schlagzeuger. Wir hatten einen exzellenten Ruf, wir waren die kommende Superband in der Region.

Wir waren im Fernsehen, Tele 5, MTV haben unser Video gespielt. »Noisy Comix«, das war was. Irgendwann hatte ich den wohl besten Gitarristen in der Region, bekannt in ganz Bayern. Ronald Metzger. Der wollte mitspielen. Super!

Der kannte alle und brachte Frank Zeisig, der Ex-Schlagzeuger der Kevin Coyne Band. Yeah, ich hatte zwei absolute Stars in der Band. Zlatko war zunehmend von

Selbstzweifeln zerfressen. Ich musste ihn ständig trösten, beruhigen. Katherina nicht. So was war ihr fremd. Sie spielte Keyboard oder sagen wir besser, sie legte ein paar Akkorde als Teppich im Hintergrund. Wir haben eine Show entwickelt, die Storys der Songs mit schauspielerischen Einlagen unterlegt. Das kam sehr gut an und wir haben immer mehr davon eingebaut.

Musikalisch waren wir auf einmal auf einem ganz anderen Level unterwegs. Zlatko und Katherina haben der Sache noch den prägenden Charme des Dilettantischen gegeben, der Rest der Band war perfekt. Vielleicht zu perfekt, zu weit weg von der eigentlichen Idee der Band, wie sich später zeigte.

Ich war sehr zufrieden, die Veranstalter auch. Wir haben die Hütte gerockt. Wir tourten durch Süddeutschland. Ich konnte gute Gagen verlangen, Stadtfest Ingolstadt, zweitausendfünfhundert D-Mark für eine Stunde als Headliner. Mit meinen eigenen Songs. Wow. Das war unglaublich. Das funktionierte nicht zuletzt auch, weil ich Musiker von Rang und Namen in der Band hatte.

Apropos Ingolstadt. Wir spielten unser Set, das Publikum ging gut mit, dann kam die Stelle, an der Frank Zeisig sein Schlagzeugsolo hatte. Man muss dazu wissen, dass er mal zwei Jahre in irgendeiner dubiosen Sekte gefangen war, ausschließlich Tee trank, keinen Alkohol, also grundsätzlich ein sehr verdächtiger Esoteriker, mit dem nicht leicht umzugehen war.

Also, sein Schlagzeugsolo war dran.

Er spielte ganz alleine einfach nur den Grundbeat. Über zweitausend Leute dachten sich, jetzt kommt aber was. Es kam nichts. Wir schauten ihn an, er glotzte zurück. Er spielte einfach den Grundbeat. Ich bin dann zu ihm hin und habe gerufen: »Was ist mit deinem Solo?«

Antwort: »Mir ist heute nicht danach.«

So viel zum Thema »Ach was, bin ich froh, dass ich jetzt Profis habe.« Musiker sind alle bekloppt. Dazu später noch mehr.

Wir waren in Regensburg, im »Milljö«, eine Rockkneipe, wir haben uns ganz Süddeutschland erspielt, waren recht erfolgreich unterwegs. In Regensburg war Katherina das letzte Mal dabei. Sie musste dann mehr »lernen«, hatte nicht mehr so viel Zeit für die Band.

Ich weiß noch einmal in Straubing, ein Club im Keller in der Innenstadt. Wir waren für Freitagabend gebucht. Zwei Stunden vor dem Einlass da, Bus vor der Tür geparkt. Ich hatte mir einen Ford Transit gekauft und mit dem »Noisy Comix«-Schriftzug riesengroß bunt dekoriert. Die Anlage runterschleppen in den Club, dann erst mal Soundcheck. Der Wirt war nett zu uns, hatte richtig Bock auf das Konzert. Das Video zu »Wake Up« hatte er von mir bekommen, Videos liefen damals oft in Musikkneipen. Wie immer, erst mal Schnitzel mit

Pommes und eine Halbe Bier. Es ging dann so um einundzwanzig Uhr los, die Bude war rappelvoll und das Publikum ging richtig gut mit. Bereits nach dem dritten Song wurden wir von einer Runde braunem Tequila unterbrochen. Für den Durst das Bier auf der Bühne, für den Spaß Tequila.

Dann kam noch eine Runde, noch eine und noch eine, von Gästen, vom Chef, kurzum: Als wir fertig waren mit dem Konzert und den Zugaben waren wir rattendicht. Ende Gelände, wir konnten kaum noch sprechen.

Gott sei Dank hatte der Wirt im ersten Stock ein Zimmer, in dem ein Schrank stand, auf dem Boden lagen Matratzen rum. Also heute unser Nachtlager.

Ich war schon am Eindösen, als ich aus dem Augenwinkel Ronald in der Ecke stehen sah. Unter ihm lag Frank, der Schlagzeuger und schlief. Ronald nestelte an seiner Hose herum, versuchte den Reißverschluss aufzubekommen. Er wollte in die Ecke pinkeln. Ich sprang hoch, hab gesagt, dass er das nicht machen soll und ihn in Richtung Zimmerausgang gedrängt. Da stand ein Schrank. Er macht die Schranktür auf. Ich wieder hin. Halt Ronald, hier nicht. Ich habe ihn auf den Flur geführt, dort war ein Waschbecken. Gott sei Dank, das ging ja noch mal gut.

Schon mal einen richtigen Tequilarausch gehabt? Grauenvolle Kopfschmerzen, echt gnadenlos. Wir sind am nächsten Morgen mit schlimmen Schädeln nach Hause gefahren. Allen ging es schlecht. Bis auf Frank. Der trank ja grundsätzlich nur Tee.

Irgendwann bekam ich einen Anruf, Paula aus dem »Live Club«, Oberegelfing. Oberegel- what? Ich hatte da meine Promotion inklusive der LP hingeschickt. Sie fand unsere Band klasse und wir sollten doch mal kommen. Gesagt, getan, im Herbst machen wir was. Wir sind dann da hin, raus in die Pampa, irgendwo bei Murnau in Oberbayern. Es war ein Bluesclub, Blues war bei uns schon mal nicht, eher eine Punk-Variante, aber mit guten Melodien. Ok, eigentlich hat die ganze Rock- und Popmusik ihre Wurzeln im Blues. Immerhin. Peter, der Betreiber war selbst Bluesgitarrist und ein begnadeter Gitarrenbastler, war wohl mal Gitarrenroadie für den Frank Diez von der »Peter Maffay Band«.

Peter hatte früher mal ein paar Boutiquen, fuhr zu dieser Zeit einen Porsche und hat die Kohle mit beiden Händen rausgeworfen. Irgendwann ging er pleite und kam zu seiner wahren Passion, dem Blues, dem Gitarre spielen und eben Gitarren reparieren für Berühmtheiten wie Frank Diez. Frank Diez und Collin Hodgkinson, dem »Electric Blues Duo«, die zwei waren in Ingolstadt mal Vorband für uns. Die hatten da was geliefert. Meine Güte waren die gut. Aber wir waren die Größten damals. Maffay hatte in Tutzing sein »Red Rooster Studio«, wo sich oft die ganze Blase herumgetrieben hat. Maffay selbst haben wir nie zu Gesicht bekommen. Macht aber ja auch nichts.

Der »Live Club« war eine alte Bauernwirtschaft. Dunkel, niedrige Türen, wenn man in den Gastraum hineinkam, war der Tresen gleich rechts, links der offene Gastraum und die Bühne.

Wir hatten ein warmes Essen am Abend, Übernachtung, Frühstück, alle Getränke frei, fünfhundert D-Mark Festgage. Das war für uns sehr wenig, wenn man allerdings die Zusatzleistungen des Clubs ansieht, hat es sich immer gelohnt.

Besonders für mich. Wegen Paula. Keine Ahnung, warum, es war beim ersten Blick in ihre Augen klar, wo wir zwei landen würden. In ihrem Bett. Es war manchmal so dringend, dass wir noch nicht einmal den Bus ausgeladen hatten. Wir sind sofort übereinander hergefallen. Keine Ahnung warum. Bei uns war das so. Wir haben jedes Jahr zweimal in diesem Club gespielt. Irgendwann war Schluss mit der Wirtschaft im Dorf. Die ganzen langhaarigen Musiker und die Langhaarigen, die so etwas hören wollten, waren zu viel für den Bürgermeister. Der Besitzer des Gasthauses wurde gezwungen, den Pachtvertrag zu kündigen.

Der Club zog um in eine alte Mühle, es wurde eine GmbH gegründet, an der angeblich auch Peter Maffay beteiligt war. Die Mühle in Alleinlage in einem kleinen Tal. Man kam nur über eine einzige Zufahrt dort hin. Ein Feldweg. Alles grün, komplett zugewachsen bis auf einen kleinen Platz vor der Mühle. Da war Außenbestuhlung, ein paar

Schuppen außenherum, Holzstapel für den Winter. Im Sommer war da ein wunderschönes, heimeliges Open Air mit vielleicht zweihundert Leuten Publikum.

Der Gastraum und die Bühne waren unten in der Mühle, genauso die Küche, in der saßen wir nach dem Konzert am nächsten Morgen oder besser Mittag oft stundenlang herum, tranken Kaffee und hörten zu, wie Ronald mit Peter Gitarre spielte.

Im ersten Stock die Schlafzimmer für die Musiker, Paulas Zimmer und Peters Wohnung. Es war sehr schön dort, für mich ein absolut traumhafter Platz.

Manchmal musste ich auch einfach so hinfahren, drei Stunden von Nürnberg aus. Wegen der Atmosphäre. Wegen einer anderen Band. Wegen Paula. Es war perfekt, der schönste Ort der Welt für mich. Ich habe öfter daran gedacht, einfach dortzubleiben.

Die letzten Dinosaurier

Einpacken, losfahren
Auspacken, aufbauen
veranzter Club
Besoffener Wirt
Volltreffer
Das große Los
wird rappelvoll
Die Bühne
Die Show beginnt
König und Bettler
Schweiß, Blut, Tränen
Zwei Stunden pralles Leben
Orgasmus
Rock 'n' Roll
Erschöpfte Zugaben
Das schönste Gefühl der Welt
Immer neu
Aufgewühlt
Strahlend lebendig
Sex belohnt die Sieger
Trinken bis der Tag beginnt
Die letzten Dinosaurier

Über Ronald Metzger, unserem Gitarrengott, kam eines Tages eine interessante Anfrage herein. Ob wir Begleitband sein wollten für eine Konzerttour »Rock kontra Klassik«. Professor Dr. Wilfried Wimmer leitete das Ganze. Er war ein bekannter Filmkomponist aus München, so einer, der mit Joseph Vilsmaier und Roland Emmerich auf dem Oktoberfest im Bierzelt saß. Ronald kannte die Tricki Meier, als Cellistin war sie bekannt und wurde gerne für ungewöhnliche Projekte gebucht. Dazu noch zwei Geigen und eine Oboe. Fertig. Wir haben dann geprobt, ohne Zlatko und ohne Udo, weil beide keine Noten konnten.

Der Fritz an den Keyboards, Ludwig am Bass, Frank am Schlagzeug und natürlich Ronald. Alle konnten Noten lesen, außer mir. Macht nichts, habe mich erfolgreich durchgeschmuggelt.

Das Programm bestand aus Popklassikern wie »Twist in My Sobriety« von Tanita Tikaram, die mit dem Quartett aufgehübscht wurden, und historischen Barocktänzen, auf die ich versucht habe, nach Pop- und Rockmanier zu singen. Das ist durchaus hörbar gewesen, wenn auch rhythmisch ziemlich schräg. Es ist schon sehr merkwürdig, wenn Melodien nicht in Vierersequenzen, sondern eben Fünfersequenzen im Fünfviertel-Takt aufgehen. Die Tour war erfolgreich, wir hatten ordentlich viele neugierige Zuschauer und sind auch in Musikhochschulen aufgetreten. Wilfried war mit uns und dem Ergebnis zufrieden. Wir hatten uns ein wenig angefreundet und ich hatte das Gefühl, dass er als klassisch ausgebildeter und lehrender

Professor meine Art, mit Musik umzugehen, nicht wirklich nachvollziehen konnte. Qualitativ war es für ihn in Ordnung. Irgendwann hatte ich ihn dann mal gefragt, ob er meine Hilfe brauchen könnte für seine Filmmusik. Ich dachte da mehr an so Hintergrundmusik, wenn im Film Leute in eine Kneipe reinkommen oder so. Das fand er tatsächlich hilfreich und ab dann habe ich immer fleißig Songs von mir neu produziert, als Instrumental neu aufgenommen. In der Folge hatte ich mit vielen Bands der Region Verträge mit meinem Musikverlag abgeschlossen. Wilfried brauchte Songs, ich habe geliefert. Für die Fernsehserie »Marienhof«.

Katherina fing neben ihrem Studium an, als Bedienung zu arbeiten. In der Bar, in der Zlatko und ich dann Stammkunden waren. Immer wenn sie da war, waren wir auch da, alle zusammen oder auch mal einfach so. Der Laden war Kult. Der Chef hieß Werner und der war wieder eine Art »Riff Raff«, ganz in Schwarz, lange blonde Haare, sehr intelligent, geistreich, voller Sarkasmus, ein Mann von Welt. Durchaus eine faszinierende Erscheinung. Und das, obwohl er locker zwanzig Jahre älter war als wir. Er war mit Carola, einer Spanierin, verheiratet. Die Bar war in Gostenhof, dem Künstlerviertel, wo sonst. Es gab Thunfischsandwich vom Feinsten, frisch getoastetes spanisches Weißbrotbrötchen mit Olivenöl, Thunfisch, viel Zwiebeln und frisch gemahlenem Pfeffer.

Danach Carajillo, einen doppelten Espresso mit einem 103er Cognac drin. Das Getränk kam eigentlich aus

Kuba, war ursprünglich mit Rum. Wesentlich war, dass der Cognac in der Espressomaschine mit heißem Wasserdampf ebenfalls erhitzt wurde. Das war wichtig für einen homogenen, runden Geschmack. Das war was ganz anderes, als einfach einen kalten Schnaps in den Espresso zu kippen. Italiener kennen das genauso, aber mit Grappa und nennen es Café Corretto.

Bald hatte Katherina auch mit Werner eine Affäre, was mir dann leider die Laune an unserem Stammlokal verdorben hat. Nicht dass ich Werner böse gewesen wäre, aber da jeden Abend herumhängen in der Gewissheit, dass die zwei vögeln, wenn ich heimgehe, das war dann doch nicht meins.

Eine meiner Bands, die ich unter Vertrag hatte, war damals »True Lion«. Die hatte ich von meinem Freund und Saufkumpanen aus der Fabrik, Addi, der Typ mit dem Tonstudio gegenüber unserer Wohnung. Der Chef der Band war Janek, ein Pole, dann gab es da noch einen weiteren Polen und einen Russen an der Gitarre. Die waren wirklich sehr, sehr gut damals, vor allem auch der Satzgesang. Bei Addi hatten die eine CD produziert. Die war richtig toll geworden. Janek, der Bandleader, wollte unbedingt eine Tournee als Support Act mit der Band durchziehen. Einmal eine richtige Deutschlandtour machen.

Ok, wir haben einen Managementvertrag aufgesetzt. True Lion in meinen Musikverlag. Ich habe mich ans Telefon geklemmt, Tourneeveranstalter in ganz Deutschland angerufen und nach einer Möglichkeit gesucht, als Vorband irgendwo reinzukommen. Bei den anfallenden Kosten hatte ich versprochen, die Mehrwertsteuer zu übernehmen, mehr war nicht drin. Irgendwann hatte ich dann das, was wir suchten: »True Lion« als Support für Alannah Myles. Geil. Die Agentur hatte zugesagt.

Janek musste zehntausend D-Mark auspacken. Ja, so war das und ist es heute noch. Ein regionaler Tourneemanager, die verantwortliche Agentur für Deutschland, verlangt für acht Livetermine als Vorband zehntausend D-Mark. Für die Agentur ist das eine brauchbare Aufbesserung des Verdienstes, sonst nichts. Die werden froh gewesen sein, dass der eigentlich geplante Act Iggy Pop abgesagt hatte, obwohl er schon angekündigt war. Der hätte vielleicht nicht so viel bezahlt.

Was wird für das Geld geboten? Alannah Myles hatte mit »Black Velvet« einen Welthit geliefert und war nun achtzehn Monate am Stück weltweit on Tour.

Wir wurden Teil der Tour. In Deutschland. Acht Konzerte, Fahrt, Übernachtung und Verpflegung inklusive. Licht geht extra, die Bezahlung der Techniker von Alannah Myles. Den Ton machte unser Addi. Janek wollte es unbedingt machen. Hat damals als Kellner gearbeitet. Genauso bekloppt wie ich. Hat sich das Geld komplett zusammengeliehen. Dann waren wir unterwegs. In Ludwigsburg ein Radiointerview, außerdem noch ein paar Erwähnungen in der Presse, zum Teil auch eine kleine

Würdigung in Sachen Qualität von »True Lion« in der jeweils regionalen Zeitung. Mehr konnte ich nicht an Promo-Maßnahmen herausschlagen.

Wir waren dann mal weg. Erster Saal, Mannheim, ca. eintausend Leute. Die Band kam gut an. In der Zeitung konnte man was lesen von Take That und Boygroup. Das stimmte schon ein bisschen. Das Vorbild konnte man gut heraushören. Es war trotzdem toll, wir waren sehr zufrieden. Auf Tour sein.

Die ganze Nacht im Bus, rumsitzen, trinken, mit den Roadies und Musikern quatschen.

Alannah Myles und die Band waren natürlich nicht mit uns unterwegs, sie hatten immer Hotelzimmer. Alannah hatte den Ruf, wie ein Bierkutscher fluchen zu können und reichlich robust im Umgang mit anderen zu sein. Das stimmte so auch. Ich mochte die Songs, aber Alannah war mit Vorsicht zu genießen. Einmal hat sie live im Konzert den Song abgebrochen, weil ihr irgendwie nicht passte, was der Gitarrist gerade spielte, aber garantiert niemand bemerkt hatte. Wir auch nicht.

Dann hat sie nochmals neu eingezählt und es ging weiter. Sie hat einen Song abgebrochen und sich öffentlich vor Hunderten von Leuten dafür entschuldigt, dass der Gitarrist zu viel saufen und kiffen würde.

So etwas geht gar nicht. Da waren wir uns einig. Wir vom Personal.

Wir hatten kleine Kojen im Bus. Stockbetten. Mit Vorhang davor. Der hintere Bereich war »Aufenthaltsraum« mit Sitzbänken und Tischen. Schlafen konnte man so gut wie nicht. Auch wenn wir mal nicht dabei waren, es saßen immer Leute rum und haben lautstark diskutiert und getrunken, Gitarre gespielt, fast die ganze Nacht.

Wir fuhren über Nacht von einer Stadt zur anderen.

Hamburg blieb mir im Gedächtnis. Große Freiheit 39, wir dachten an den »Star-Club« in St. Pauli. Weltweite Berühmtheit erlangte der Club durch die Gastspiele der Beatles, die drei Mal dort gastierten. Da haben wir mit den Roadies von Alannah Myles drüber diskutiert, obwohl die aus Kanada kamen, wussten die gut Bescheid über die Beatles in Hamburg.

Das erste siebenwöchige Gastspiel ging von April bis Mai 1962. Dann folgten im November 1962 weitere achtundzwanzig Konzerte. Der Laden immer rammelvoll mit kreischenden Teenies. Das dritte Mal waren sie im Dezember 1962 auf dieser Bühne. Was ich nicht wusste, dann aber erfahren habe: Auch meine heimliche musikalische Liebe, der Prog-Rock, war dort ab 1969 zu Hause. Der »Star-Club« wurde damals unter der neuen Geschäftsleitung von Frank Dostal, Kuno Dreysse und Achim Reichel ein Mekka des Prog-Rocks.

Achim Reichel, der The Rattles und später The Lords gegründet hatte und sehr erfolgreich unterwegs war in der Beat-Ära, kümmerte sich in dieser Zeit um das Booking.

In der Hauptsache spielten Bands wie The Nice, Spooky Tooth, Taste, Yes, Colosseum, East of Eden, Vanilla Fudge, Steamhammer und sogar Black Sabbath, die ja mit ihrem Debütalbum auch Songs mit mehreren Parts veröffentlichten und somit anfangs von manchen auch dem Prog-Rock zugeordnet wurden.

Gleichzeitig war Black Sabbath natürlich prägender Wegbereiter des Hard Rock, Heavy (Black) Metal oder Doom und dabei handelt es sich sicher um die bessere Einordnung des Sounds. Black Sabbath wollte ja erklärterweise Musik machen, bei der sich die Menschen fürchten. Prima gelungen.

Der »Star-Club« jedenfalls war für uns alle ein Ort, dem wir uns voller Ehrfurcht näherten.

Als wir endlich da waren, fiel Mike, dem Gitarrenroadie auf, dass wir nicht in der »Großen Freiheit 39« gastierten, wir waren in der Großen Freiheit 36. Also nicht im »Star-Club«. »Großen Freiheit 39« eröffnete erst 1985 mit einem Konzert des Bluesgitarristen Rory Gallagher. Also dann drei Hausnummern weiter. Aber Hauptsache St. Pauli. Tolles Viertel.

Wir parkten im Bus davor. Sofort eingekreist von sehr hübschen, sehr sexy aussehenden ... ja leider Männern. Es waren Transen. Schade. Der Club selbst war dann genauso wie alle anderen. Dunkel. Muffig. Dreckig. Auch dieser Laden war am Abend ordentlich voll, das Konzert ein Erfolg.

Faszinierend war es, das Geschehen zu beobachten, wenn wir nach einer Nachtfahrt im Morgengrauen eine Halle erreicht hatten. Wir konnten vom Bus aus sehen, wie die zwei 40-Tonnen-Sattelschlepper sofort entladen wurden. Erst die Küche, dann die Anlage. Es dauerte etwas mehr als eine Stunde, dann war irgendwo in den Nebenräumen der Halle eine komplette Küche aufgebaut. Alles in den großen schwarzen Cases mit Rollen dran, ein mehrflammiger Profigasherd, Kühlschränke, alles, wirklich alles, um etwa zwanzig hungrige Arbeiter zu versorgen. Ein gut zehn Meter langes Buffet. Spiegeleier mit Speck, Würstchen, Schinken, Wurst, Marmelade, Nudeln, frische Brötchen, ein Festmahl nach einer harten Nacht. Wir hatten einen Koch und zwei Küchenhilfen dabei.

Nach der fünften Show war ein »Day off« im Hotel. Gott sei Dank, es wurde langsam anstrengend. Wir lagen fix und fertig den halben Tag im Pool und haben viel geschlafen.

Es war hart, das Tourneeleben, Agentur und Techniker waren alles andere als kooperativ, wir hatten am Anfang Mühe, ein bisschen Licht auf die Bühne und Einweisung für den Ton zu bekommen. Ich träumte ja immer mal wieder davon, Rockstar zu werden. Der Weg zum Erfolg war mir aber dann doch immer zu steinig. Natürlich fand ich das sehr geil, mit einer Band unterwegs zu sein, auch wenn ich diesmal gar nicht selbst auf der Bühne stand. Aber so ein Korsett von Album machen, zwei Jahre Tour, Album machen, zwei Jahre Tour, das wäre sicher auch nicht der Beruf, den ich mir wünschen würde. Es ist eine Ochsentour, echt anstrengend und auf Dauer auslaugend und einseitig.

Trotzdem war Musik sehr wichtig in meiner Welt. Ich habe mich natürlich sehr gefreut, als meine Songs und die der Bands, die ich so unter Vertrag hatte, dann endlich im Fernsehen in der Serie »Marienhof« liefen und ich die ersten GEMA-Tantiemen bekam. Beeindruckend, was da zusammenkam.

Ich konnte meine Schulden bezahlen, vom zweiten Schwung habe ich einen nagelneuen Jaguar angezahlt, vom internationalen Roll-out der Serie dazu noch einen 68er Ford Mustang aus L.A. erstanden. Insgesamt war es ein hoher fünfstelliger Betrag. Das war eigentlich das einzig wirklich erwähnenswerte Einkommen, das ich jemals mit der Musik erzielt habe und was habe ich Blödmann damit gemacht?

Autos gekauft.

American Bill Board Top Ten Charts 1990

1. Hold On – Wilson Phillips
2. It Must Have Been Love – Roxette
3. Nothing Compares 2 U – Sinéad O'Connor
4. Poison – Bell Biv Devoe
5. Vogue – Madonna
6. Vision of Love – Mariah Carey
7. Another Day In Paradise – Phil Collins
8. Hold On – En Vogue
9. Cradle of Love – Billy Idol
10. Blaze of Glory – Jon Bon Jovi
11. Do Me! – Bell Biv Devoe

Anfang der 90er-Jahre war ich mental in einem eher schlechten Zustand. Musikalisch gab es im Radio bis vielleicht auf Billy Idol für mich nichts zu hören, dass irgendwie erwähnenswert wäre. Katherina hatte angefangen mit Kinderkriegen und Familie gründen. Ich habe sie geliebt, wir hatten eine tolle Zeit, aber Heiraten? Kinderkriegen? Ihre Nymphomanie würde sie deswegen ja nicht an den Nagel hängen, das war sicher. Was sollte das denn?

Das passte für mich nicht zusammen und wenn es mir noch so schwerfiel: Es war zu Ende. Trotz oder vielleicht auch, weil ich mich gegen eine Zukunft mit Katherina entschieden hatte, ging es bergab mit meinem Selbstbewusstsein.

Wenn man an oder mit einer siebenjährigen Beziehung scheitert, ist das sicher nicht so selten. Ab sofort wollte ich jedenfalls alles eine Nummer größer. Ich nannte mich Tim Duke, habe mir die Haare wie Billy Idol schneiden lassen und strohblond gefärbt. 1992 plante ich die nächste Veröffentlichung, diesmal sollte es eine CD werden.

Ich wollte eine fette Produktion und nicht so für eintausend D-Mark mal schnell etwas runterhauen, also habe einen Geldgeber gesucht und als Mäzen unseren Vermieter, einen Immobilienmogul, gefunden. Der war begeistert vom musikalischen Konzept, von der ersten LP »Life is a comic strip«, von unseren epochalen Live-Auftritten und dem Video. Er gab uns gerne und schnell zehntausend D-Mark für die Produktion.

Er kannte uns aber nur von der alten Besetzung her. Punkrock. Ich war aber inzwischen ja schon länger auf ganz anderen Spuren unterwegs. Ich wollte Anerkennung als Songwriter und Musiker. Ich wollte es gut machen, sehr gut. Vielleicht zu gut.

Ich dachte mir damals für meine Songs und so viel Geld nur das Beste: an der Gitarre Frank Diez von der Maffay Band, Schlagzeug der weltweit renommierte Wolf Haller, am Bass Christian Butler, Johannes Warnickel von der Konstantin Becker Band an den Keyboards, Christoph Schmied, Blues Harp, die Brüller Girls als

Backing Vocals. Wir waren dabei, eine CD aufzunehmen, »Naked Fools«.

Auch bei dieser CD war es wie bei der LP »Life is a comic strip«. Aus einem Song wurde die Idee zur Vermarktung der Band geboren. Nackte Narren, das waren wir dann eben, zumindest in der Originalbesetzung. Da gab es damals ein Gegenstück zum Playboy, ein Magazin, dass sich Playgirl nannte. Da waren dann eben leicht bekleidete Männer drin. Ich habe damals die ganze Band ins Fotostudio gezwungen, allesamt nackig ausziehen und rumblödeln, tolle Fotos sind das geworden, wir hatten Spaß. »Nacked Fools«, als CD und Deutschlands erste, komplett nackte Band im Playgirl. Super. Ronald hatte sich erst geziert, aber dann doch mitgemacht. Er hatte ja die Gitarre vor dem Schniedel hängen, keiner konnte was sehen.

Irgendwann, wir waren mit »Noisy Comix« Headliner auf einem Festival in der Oberpfalz, kam eine völlig durchgeknallte Tussi in Stöckelschuhen auf der Festivalwiese auf uns zu, Playgirl sollte ein Fernsehformat bei RTL werden und wir sollten da auftreten. Wir saßen in der Sonne an einem Biertisch und im Gespräch hat mir Ronald verzweifelt ans Schienbein getreten, er wollte das nicht. Aber ich wollte. Also wieder blendende Promotion für die Band in Aussicht.

Die Playlist der CD:

My Music
Always you
Gimmi back
Naked fools
The runnaway
Radio
Wake Up
Moonlight melody
Bad Boy
Serious man

Für die CD habe ich einen Vertrieb gesucht und mit »Semaphor« einen professionellen Partner gefunden. Alles sah nach einem Riesenerfolg aus.

Es kam anders.

Auch wenn die CD weltweit in den Vertrieb ging, in Korea heute noch Exemplare online angeboten werden, als Künstler und Musiker sind mir die Aufnahmen bis heute noch etwas unangenehm. Ich habe damals wohl gedacht und erwartet, dass die Profimusiker es schon richten würden und war nicht in der Lage zu erkennen, dass ich mich musikalisch völlig verrannt hatte.

Ich wollte aus einer wilden Truppe mit punkigen Rocksongs eine Hochglanz-Mainstream-Band machen.

Obendrein war ich mental schlecht drauf, also bei mir war schon mal sowieso nichts mit Hochglanz. Eine Depression ist keine Idealvoraussetzung, um eine neue CD zu produzieren. Meine Musiker waren ähnlich uninspiriert und desorientiert wie ich. Obendrein waren einige Songs auf der Platte, die einfach noch nicht fertig waren, noch nicht rund.

Meine tollen Profis hatten die Songs noch nicht einmal angehört, bevor sie ins Studio kamen. Die haben das runtergehauen nach dem Motto, wer eher fertig ist, hat mehr verdient. Es gab für jeden 250 D-Mark. So war das Ganze dann insgesamt eher beliebig.

Ausnahmen waren die Beiträge von Ronald in Sachen Arrangements, seine Gitarrensolos und Frank Diez, der einige schöne Licks beigetragen hatte. Ansonsten hat sich niemand weiter für die Songs interessiert und so klang das im Großen und Ganzen auch.

Ein paar wirklich lichte Momente auf der CD gab es schon wie »Voodoo Girl«, ein schönes Arrangement von Ronald und das Frage-Antwortspiel, die Gitarren von Ronald und Frank Diez, übrigens auch einer der guten Songs, der später von Universal Music Österreich in deutscher Sprache veröffentlicht wurde. Oder »The Runnaway«, eine wirklich gute Komposition mit gelungenem Arrangement. Der »Ausreißer«, der vor seinem versauten Leben davonrannte, das hatte ja auch etwas Programmatisches.

The runaway

My whole life looks like a building
which is only build on sand
my money doesn't grow by working
slipping right out of my hands
y have done what J could
all that things that J should
no way
my credit has been blocked
and J can say
they take away my stereo
and all my precious goods
I know they've never been my own
to keep my car J knock on wood
J have done what J could
all that things that J should
no way
my credit has been blocked
and J can say
J spend my last few coins
for a gallon gasoline

I am on the road to free my mind
there is so much wrong to leave behind
J know there's a life thats worth to find
J don't know which way
but J know J can't stay

Dann wäre da noch der Titelsong »Naked Fools«. Wenn ich mir das Gitarrensolo von Ronald anhöre, stehen mir heute noch die Haare auf, so schön ist sein Ton. Aber zwei gute Songs und drei bis vier gute Momente auf einer CD, das ist schon reichlich mau. Der Toningenieur war damals der Addi, mit dem ich ja auch mit Alannah Myles auf Tour war. Wir haben in seinem Studio also nicht nur gesoffen und Speed geschnupft, wir haben da auch aufgenommen. Nichts gegen seine Arbeit als Toningenieur, aber seine Idee, das Schlagzeug zu triggern und mit elektronischen Sounds zu ersetzen, hat dazu beigetragen, eine weitgehend seelenlose Produktion noch kälter klingen zu lassen.

Dumm gelaufen. Es gab noch eine Pressekonferenz, zu der unser Mäzen eigentlich gar nicht kommen wollte. Er hatte die CD inzwischen angehört. Von den Nürnberger Nachrichten kam der Gott der Musikkritik, Peter Hallimasch. Er hat uns verdientermaßen verrissen. Nach dem Motto »Nix als heiße Luft« und »Sein Talent für auffällige Werbeaktionen scheint größer zu sein als sein musikalisches« und ich musste zugeben, das stimmte diesmal so auch. Es gab noch ein Konzert im »Kulturforum Schlachthof«, bei dem wir die CD vorgestellt hatten, da habe ich endlich auch »Sign o' times« im Programm gehabt, mein Cover von Prince und das war's dann.

Musik im Arsch, Beziehung im Arsch. Ich bin dann mal weg.

9   3 Jahre Leipzig: Party geht die Wende hoch (1991 – 1994)

Manfred, der alte Choleriker, hatte mich irgendwann angerufen. Was ich denn beruflich so mache? Mit Willi Poller war ja schon lange nichts mehr, war arbeitslos, hatte viel zu viel zu tun mit der Musik, die Tournee, dann ein halbes Jahr bei einer Firma, die Textiltransfers herstellte. Modische Motive für T-Shirts, Pullover und Blusen. Die hatten Designer, die so etwas entwarfen und mein Job war der Vertrieb, ich sollte das verkaufen. Ging eine Zeit lang, machte auch Spaß, bis es dann mit dem Musikverlag wieder zu viel war. Dann wieder beim Arbeitsamt.

Also nichts von Bedeutung. Manfred, was brauchst du?

Er hatte inzwischen eine vermögende Frau geheiratet, die hatte ein großes Unternehmen von ihren Eltern, über das er sich hermachte. Er hatte in Leipzig ein Motorenwickelwerk für Elektromotoren von der Treuhand gekauft. Ein Motorenwickelwerk. Ob ich daraus eine Druckerei und Werbemittelfirma machen möchte?

Ich habe kurz nachgedacht. Aus einem Motorenwickelwerk eine Druckerei machen. In Leipzig. Sieben Mitarbeiter. Ein Maurer, vier Hilfsarbeiter, die Motoren wickeln konnten, eine Textildruckerin und eine Dame im Büro. Das war derartig abartig, das musste ich einfach machen. Ein neues Spiel, ein neues Abenteuer.

Anfangs bin ich noch hin und her gefahren, doch es wurde schnell klar: entweder ganz oder gar nicht. Man kann nicht an zwei Orten zu Hause sein. Ich jedenfalls nicht. Zu Hause war ich auch nicht mehr in meiner Fabrik. Da war Katherina. Ich habe noch meinen Teil der Miete bezahlt, wohnen wollte ich da nicht mehr. Sie hatte jetzt noch einen anderen, Petermann oder so. Der offizielle Begleiter der Nymphomanin. Sicher weiterhin auch Riff Raff und die Lerngruppe.

Ich bin in die Fabrik in Leipzig gezogen. Ein Nebenraum vom Büro mit Schlafcouch. Wir hatten eine Bürokraft. Die war oft den ganzen Tag fast ausschließlich damit beschäftigt, ein Fax mit zwei Seiten zum Stammsitz durchzubekommen. Es ging einfach gar nichts am Anfang in Leipzig. Gegenüber der Fabrik waren Wohnhäuser oder besser das, was davon übrig war. Die Scheiben teilweise eingeschlagen, Löcher im Dach, aber es wohnten Menschen darin. Merkwürdige Menschen waren das in Leipzig. Grau, alle hatten komische graue oder beige Sachen an. All das, was für mich normal war, war hier völlig fremd. Es gab, wenn überhaupt, nur das Nötigste. Ich war dagegen ein verzogener Luxusfratz, wenn auch immer hoch verschuldet. Trotzdem bin ich mit einem Toyota Celica, einem wirklich schicken Sportwagen, vorgefahren.

Aber ich konnte und wollte arbeiten, ich wollte das hinbekommen. Aus einem Motorenwickelwerk eine Druckerei machen. Ich habe hart gearbeitet, mich richtig hineingestürzt in die Aufgabe. Überall, wo sich westdeutsche Glücksritter für kleines Geld ostdeutsche Firmen unter den Nagel gerissen haben, war ich bereit, habe mobile Messestände, Roadshows erstellt, T-Shirts gedruckt, für Pharmaunternehmen Hampelmänner gedruckt und montiert. Wir haben alles gemacht, viel gelacht, trotzdem oft geärgert. Für die Menschen im Osten war das Credo des Kapitalismus nicht verständlich. Zeit ist Geld. Überhaupt nicht. Ich musste das lernen und es hat Jahre gedauert, bis ich ein wenig verstanden habe, wie der Osten Deutschlands denkt und handelt.

Einmal kam ich am Morgen um neun Uhr von einem Termin in den Betrieb und der Laden war komplett leer. Von meinen Mitarbeitern war niemand da, die Firma abgeschlossen. Ich also rein ins Büro. Nach einer Stunde war niemand da, nach zwei Stunden kam die erste Mitarbeiterin.

Sie hat mir den Grund genannt. Es hatte eine Neueröffnung eines Supermarktes gegeben, drei Kilometer entfernt. Jeder Neukunde bekam ein Netz Apfelsinen. Komplett strohig, geschmacklich unverkäuflich. Im Westen. Aber alle meine Mitarbeiter mussten dort hinlaufen. Die Firma war über zwei Stunden geschlossen.

Das musste man lernen. Der Osten war nun mal anders. Wenn es irgendwo etwas gab, war es wichtig, die Chance zu ergreifen. Alles basierte auf Beziehungen. Wer Metzger war, hatte kein Problem, Dachziegel zu bekommen. Wer Ziegel hatte, bekam Fleisch. Eine Art Schattenwirtschaft der sozialen Kontakte, »Beziehungen« waren wichtiger als alles andere. Waren wurden getauscht, kamen gar nicht offiziell in den Laden, gingen unter dem Tresen weg. Der Mangel hatte aber auch unerwartet positive Seiten.

Bei Kunststoff gab es eine Recyclingrate von 100 %.

Es gab nur eine Kunststofflegierung und nur einen Betrieb »VEB Plaste und Elaste«, Schkopau, die »Buna Werke« zwischen Merseburg und Halle. Wenn wir in Westdeutschland halbwegs was in der Birne hätten, würden wir es selbstverständlich auch mit einhundert Prozent Recyclingrate hinbekommen. Sachlich gibt es bis heute keinen Grund dafür, dass jeder Joghurtbecher eine andere Kunststofflegierung braucht. Das kann ein politisches Ziel sein. Joghurt gab's in der DDR in Glasfläschchen, Kreislaufwirtschaft war selbstverständlich.

Frauen waren selbstständig und selbstbewusst, sie arbeiteten ganztags, wurden gebraucht. Es gab vor der Wende eine flächendeckende Kinderbetreuung den ganzen Tag über, ab Krabbelgruppe im Kindergarten. Wurde dann alles plattgemacht.

Nach ein paar Monaten bin ich in der Fabrik in den Keller der Firma umgezogen. Da gab es jetzt eine Dusche, frisch eingebaut von Manfreds talentierten Polen. Der Boden war mit braunem Nadelfilz ausgelegt und es roch irgendwie streng nach Insektenvernichtungsmitteln. So, als wenn mal mit allen legalen und illegalen Mitteln Wanzen bekämpft worden wären in der Vergangenheit.

Etwa zwei Meter neben meinem Bett war eine Kellertür.

Die Tür hatte unten einen ordentlichen Spalt, durch den es heftig durchzog im Winter. Die Tür war unten schräg abgesägt worden, hinter der Tür befand sich die Rutsche für die Kohlen, die für den Winter geliefert wurden. Apropos Winter. Leipzig hat mich im Winter sehr an das Duisburg der Sechzigerjahre erinnert. Wenn Schnee lag, war der nur ganz kurz weiß. Die Braunkohle und viele, viele Trabbis hatten es in wenigen Stunden geschafft, dass der Schnee schwarzbraun wurde.

Leipzig. Das war ein anderer Planet. Die Hälfte aller Häuser waren beschädigt, schäbig hässlich grau, Löcher in den Dächern und Fensterscheiben, die Straßen kaputt, Loch an Loch. Ich hatte eine Kneipe als mein Wohnzimmer entdeckt. Die »Pfeffermühle«. Die »Pfeffermühle«, das war eine leuchtende Insel des Lebens, mittendrin im Abbruch eine Insel. Es gab Köstritzer Helles, ein ordentliches Bier, braunen Tequila und dazu lauter Windhunde aus dem Westen, hauptsächlich Versicherungsvertreter, Banker und Makler, also alles Leute, mit denen ich im richtigen Leben nichts zu tun hätte.

Um diese ganzen zwielichtigen Gestalten schwirrten sehr junge und sehr hübsche Mädchen aus der Stadt herum. Der Mann aus dem Osten galt kaum noch etwas, er scheint sich heute dafür zu rächen.

Recht bald hing ich mit der achtzehnjährigen Antonia zusammen. Sie war bildhübsch, sehr weiblich, sanft, aber durchaus selbstbewusst. Ich war interessiert an den Menschen im Osten. Dabei ging es mir nicht nur um Sex, obwohl der mit ostdeutschen Frauen schon anders war, unverkrampft und selbstverständlich. Durch Antonia habe ich Reiner kennengelernt, einen Sportstudenten und ausgebildeten DJ. In der DDR konnte man so etwas als Beruf erlernen und ausführen. Dann war da noch Norbert, ein Student der Physik. Mittel- und orientierungslos in dieser neuen Welt waren beide.

Kurz nachdem ich Antonia kennengelernt hatte, waren wir gemeinsam mit Reiner und seiner Freundin Margit zu viert in Mecklenburg-Vorpommern. Ein Verwandter von Reiners Freundin hatte Geburtstag und zu einem Grillfest eingeladen. Klasse Gelegenheit, das mit Antonia klarzumachen. Nach vier Stunden Fahrt waren wir da.

Es war so, wie man sich die DDR auf dem flachen Land vorstellte. Ein menschenleeres Dorf, eine Allee, links und rechts die Häuser, Bauernhöfe, ein bisschen Grün davor.

Alles grau, alles ärmlich. Wir standen vor dem Haus, wurden begrüßt. Antonia und ich, wir sollten oben schlafen. Also Sachen rauftragen im Haus.

Wir kommen die Treppe hoch, da hängt Adolf Hitler. Ein Porträt in Wehrmachtsuniform.

Schöne Scheiße, wo bin ich hier gelandet? Wir haben unsere Sachen aufs Zimmer gebracht. Dann saß ich auf der Treppe mit ihr und habe wild geknutscht. Das erste Mal die Hände in unseren Hosen, unter dem gestrengen Blick des Führers.

Beim Geburtstagsfest wollte dann nicht recht Stimmung aufkommen. Beim Grillen kamen die Gastgeber auf die Idee, zur Aufhellung der Laune eine Kriegsfahne mit Eisernem Kreuz im Garten zu hissen. Das kam bei den johlenden Nachbarn gut an. Bei uns nicht. Den Mädels war das reichlich gleichgültig, sie zuckten einfach mit den Schultern und meinten »die sind halt so«. Ich fand es abartig und wir sind schnell wieder verschwunden.

Ich fünfunddreißig, sie achtzehn. Passt. Passt eben nicht. Es ging trotzdem sieben Jahre im On und Off hin und her. Sie war sehr schön. So einen perfekten Körper. Beim Nacktbaden habe ich es einmal erlebt, dass eine Frau staunend vor ihr stand und ihre Brüste, ihre Figur bewundert hat und meinte »Mein Gott, hast du einen perfekten Körper«.

So ein Kompliment von Frau zu Frau, das war schon erstaunlich. Sie selbst war natürlich nicht mit sich zufrieden, überhaupt nicht, eigentlich nie zufrieden. Psychisch war sie höchst instabil, ich war sicher reinstes Gift für ihre Entwicklung. Sie hatte unter Klaustrophobie zu leiden, ich unter Höhenangst.

Ich habe sie gemocht, sehr sogar. Ich wollte sie immer beschützen, ihr helfen. Sie war so zart. Ich wollte nicht, dass sie von dieser neuen, fremden Welt einfach überrannt wird. Wie sich später herausstellte, war die ganze Sache vollständig andersherum, als ich damals dachte. Sie hatte mir später den Arsch gerettet. Auf sie musste niemand aufpassen, das hatte ich viel mehr nötig.

Im zweiten Jahr hatten wir mit dem Werbemittelbetrieb in Leipzig zweihundertfünfzigtausend D-Mark Umsatz, Personalkosten so gut wie keine, der Laden lief sehr profitabel. Trotzdem: Irgendwann bekam ich keine Schecks mehr von Manfred. Ich konnte meine Lieferanten nicht mehr bezahlen. Der Drecksack hat sich am Zusammenbruch des Ostens bereichert. Als er die Fördergelder für die Beschäftigung der Mitarbeiter durchgebracht hatte, war Schluss mit seiner Luftnummer. Zwei Jahre lang geschuftet, um seinen maroden Betrieb im Westen den Arsch zu retten.

»That's it, shit happens.« Das war's dann also.

Ich musste ausziehen aus meinem Kellerloch. Reiner hatte auch keine Bleibe, war bei seiner Freundin rausgeflogen. Irgendein Bekannter von Reiner hat uns beiden angeboten, dass wir bei ihm wohnen könnten. Er kam mir sehr, sehr merkwürdig vor, ich war misstrauisch.

Er würde bei Onkel und Tante wohnen, die wären aber in Amerika. Gesagt, getan, umgezogen, Schränke aufgebaut, jeder bekam ein Zimmer. Wir haben da gerade mal zwei Wochen gewohnt, dann hat es geläutet an der Tür. Ich mache die Tür auf, da steht eine Frau mit einem Wäschekorb in der Hand. Was ich hier mache, fragt sie. Ich frag, was diese Frage denn soll. Ok, wir hatten zwei Tage Zeit, die Wohnung zu verlassen. Ich habe dann in der Bothestraße in Leipzig-Gohlis eine Wohnung bekommen.

Mit Holzofen. Die Fenster waren ok und die Tür konnte man abschließen. Mein eigenes Reich in Leipzig. Endlich.

Damals hatte ich für Radio SR Werbeartikel produziert. Den Einkauf besorgte Jule, ein hübsches Mädchen aus Hamburg. Geschäftsführer war einer aus Nordrhein-Westfalen, der hatte dort schon einen Sender erfolgreich aufgebaut. Die haben dann jemanden gesucht, der den Vertrieb zum Laufen bringt. Der Sender war damals hochmodern ausgestattet. Ich kannte mich da ein wenig aus, war in Nürnberg ja mal ein Jahr im Marketing für Radio N1. Die bei Radio SR hatten ein voll digitales Studio. Nichts mehr mit CDs auflegen. Alles runter vom

Rechner, nur noch Playlists zusammenstellen. Per Drag and Drop, so geht das heute noch.

SR hatte drei verschiedene Sendegebiete in Sachsen, eine regionale Aufteilung in Chemnitz, Plauen und Leipzig. Dort lief grundsätzlich das gleiche Programm, nur die Werbeblöcke waren regional unterschiedlich, mussten aber natürlich genau gleich lang sein. Das war toll. Marketing zum Laufen bringen für so einen Sender. Zum Laufen bringen war meins. Also los und Vollgas.

Bald habe ich Nissan Deutschland, Ikea, Möbel Roller und viele, viele andere große Markenartikler für den Sender gewinnen können. Aber auch regionale Kunden, Möbelhäuser, Autohäuser, wir hatten recht schnell ordentliche Einnahmen. Mit dem DJ Reiner habe ich dann ein Eventmarketingkonzept erarbeitet, so eine Roadshow, wie man die überall sieht, mit Moderation, Musik, Glücksrad und so einem Scheiß. Das war aber der Hit für die Neueröffnungen von Möbelhäusern, Einkaufscentern oder Autohäusern, die täglich im Sendegebiet aus dem Boden sprießten. Ich habe ihn in den Sender gebracht, ihn herumgeschickt, das kann man sich nicht vorstellen. Er war dauernd ausgebucht. Es war oft schwierig, alle Termine wahrzunehmen. Für mich ein Riesengeschäft – jeder Job, den ich verkauft hatte, brachte Provision.

Irgendwann habe ich Bachmann kennengelernt. Er hatte ein Tonstudio. Absolut amtlich, damals alles neu. Er muss ein Riesengeld investiert haben. Woher er das hatte, keine

Ahnung. Er kam irgendwann auf mich zu, ob ich nicht die Werbespots für meine regionalen Kunden bei ihm produzieren wolle. Gesagt, getan. Ich hatte eine gute Stimme und sprach dialektfreies Deutsch.

Werbung für Radio SR verkauft, Werbespots produziert und gleich nochmals als Sprecher verdient. Es kamen Märchenproduktionen dazu, ich habe Songs komponiert und gesungen. Ein Titel von der CD »Nacked Fools« wurde in deutscher Sprache in Österreich dank des alten Vertrags mit Universal Music veröffentlicht und ein kleiner Hit.

Wirtschaftlich war die Zeit in Leipzig ein voller Erfolg. Ich habe oft um die zehntausend D-Mark im Monat verdient, war ein typischer Wessi, der im Osten seine Chancen nutzt und sich die Taschen vollmacht. Aber: Ich habe keine Leute über den Tisch gezogen. Wie diese Bande von Versicherungsvertretern, die massenhaft ahnungslose Menschen bis über die Halskrause mit völlig unsinnigen Versicherungen vollgestopft haben, oder Autoverkäufer, die alles, was Räder hatte, völlig überteuert an die doofen Ossis verkauft haben. So war ich nicht. Ich habe viel gearbeitet, meine Schulden von der Hochhausaktion mit »Noisy Comix« zurückbezahlt, hatte doppelte Haushaltführung zu bewältigen, außerdem brauchte ich einen neuen Mercedes 190 E. 2 Liter, schwarz mit grau karierten Sitzen. Avantgarde-Ausstattung. Automatik. Klima. So einen hätte ich heute gerne wieder.

In dieser Zeit habe ich sehr viel über die Wirtschaft gelernt. Der Westen hat den Osten geplündert und nach Strich und Faden verarscht damals.

Es gab tolle Unternehmen, eine Fabrik für Fleisch- und Wurstwaren blieb mir da im Gedächtnis. Die hatten über eine Million in ihre Produktionsanlagen investiert, alles blitzsauber und hochmodern. Und dann kamen die nicht in die Regale der westlichen Supermärkte.

Die Wessis nannten das Werbekostenzuschuss. Im Grunde musste jeder, der seine Produkte in einem Supermarkt im Regal stehen haben wollte, erst einmal zweihundertfünfzigtausend D-Mark abdrücken, um ein paar Meter Regal zu »mieten«.

Das multipliziert mit der Anzahl an Supermarktketten und Discountern und man wusste, dass dies die Investition in die Produktion bei Weitem überstieg. Klassischer Fall von Kapitalismus. Der, der alles hat, in dem Fall den Zugang zum Kunden, bestimmt die Regeln. Das Gleiche gilt für Größe. Umso größer das Unternehmen, desto mehr Marktmacht. Können sagt also gar nichts im Kapitalismus, Größe und damit das Kapital macht die Sieger.

Ich hatte auch eine Affäre mit der Jule von Radio SR. Ich war mit ihr zu offiziellen Anlässen unterwegs, Empfang der sächsischen Staatsregierung in Dresden. Da habe ich meinen Freund und Gesinnungsgenossen, den Kampftrinker von der »AGRA«, wiedergetroffen. Der Mann war

von der sächsischen Vermarktungsgesellschaft für landwirtschaftliche Produkte. Ich hatte ihn gerade mal zwei
Wochen vorher besucht. Ein denkwürdiges Ereignis. Am
Abend vorher war ich wie immer in der »Pfeffermühle«
und wir haben ordentlich gesoffen. Erst Bier, Raffi hat
dann mit braunem Tequila angefangen, es wurde immer
später.

Ich hatte den anderen erzählt, dass ich um sechs Uhr
aufstehen müsste, hätte einen Termin in Dresden bei der
»AGRA« und mein Kontakt hieß Fettsack, Heinz Fettsack. Wie kann der Chef einer Vermarktungsgesellschaft
für landwirtschaftliche Produkte Fettsack heißen? Was ist,
wenn der auch noch aussieht, wie er heißt? Bis um drei
gesoffen, um sechs los, um acht in Dresden, unterwegs an
der Tanke einen Kaffee.

Ich war immer noch gut betrunken und konnte mir nicht
vorstellen, dass ich mich in diesem Gespräch beherrschen
könnte. Ging auch nicht. Ich kam rein, Fettsack war
ein Fettsack, hatte ein rotes Gesicht und sah aus wie ein
Schweinchen.

Ich unterdrückte das Lachen und grinste ihn breit an, er
grinste zurück. Er war besoffen wie ein Haus. Schnaps-
fahne bis sonst wohin.

Wir hatten ein wirklich nettes, unterhaltsames Gespräch,
aus dem nie etwas Geschäftliches wurde. Musste ja auch
nicht. Beim Empfang der sächsischen Staatsregierung wa-

ren der Herr Fettsack und ich jedenfalls wieder ausreichend betrunken.

Mit Jule wurde es nichts. Das war eine andere Welt und es war nicht meine. Sie wollte was Festes, Kinder und Familie. Sie wollte immer Sex an irgendwelchen Orten, wo man erwischt werden konnte. Das wollte ich nun gar nicht. Nicht dass ich mich geschämt hätte. Das Gefühl war mir fremd. Für mich war das immer so, dass ich andere damit nicht belästigen wollte. Marlen war schon immer scharf auf Sex in der Öffentlichkeit, aber Jule – ihr war es am liebsten in einem Straßengraben, Fahrräder hinschmeißen, Klamotten runter und los geht's. Am hellen Tag bei ausreichend Straßenverkehr. Na, wie gesagt, ging nicht lange.

Da war dann noch Lena, eine Schülerin, gerade siebzehn Jahre alt, die mit ihrer Freundin zusammen in einer WG gewohnt hat. Soweit ich mich erinnere, habe ich sie in einem der illegalen Clubs in Leipzig kennengelernt. Da gab es einige Läden in Abbruchhäusern, alten Fabriken, die leer standen. Da wussten nur die Eingeweihten Bescheid, wo die waren. Eine Außentreppe, oben stand ein Typ mit Rastafrisur, den Joint im Mund, gut zugeraucht, man grunzte Hallo und ging rein.

Die Läden waren voll ausgestattet, Getränke für Tausende von D-Mark, Klos, komplett eingerichtet und alle schwarz, illegal, ohne Schanklizenz und steuerfrei. Ich verstehe bis heute nicht, warum es die Clubs in Leipzig jahrelang gab. Ok, die Polizei fuhr Trabbi oder Lada, nicht die schnellsten Gerätschaften, aber in so einem Fall waren ja keine Verfolgungsjagden zu erwarten. Nur hingehen, alle verhaften, Laden zusperren. Haben die nicht gemacht. Manchmal zwei oder drei Jahre nicht.

Natürlich waren die dann irgendwann weg. Sowie der ganze wilde Osten, früher ohne Regeln, der irgendwann genauso eng war, wie wir es aus dem Westen gewohnt waren.

Mit Lena hielt das natürlich nicht sehr lange. Was will ein erwachsener Mann mit so einem Mädchen. Auch wenn der Sex anfangs gut war. Auch mit ihrer Freundin Sandra. Sie hat mich immer massiv angebaggert, wenn ich da war. Nachts, wenn Lena geschlafen hat, hat sie mich mal zu sich ins Bett geholt. Praktisch so eine Frauen-WG.

Sex war für mich immer gar nichts Besonderes. Es hat mir Spaß gemacht, mal mehr, mal weniger. Ich war jedoch nie so ein Typ wie der Herr Karl. Das war auch ein Bekannter von mir aus der Versicherungsbranche. Er hat mir erzählt, dass er seiner Ex-Frau hörig war. Sexuell hörig. Das konnte ich mir nie vorstellen, wie das gehen soll. Sexuell hörig. Komisch.

Vielleicht war er Sklave. Und sie hat ihn ausgepeitscht? Das mochte ich mir bei diesem Spießer eigentlich nicht bildlich vorstellen. Wer weiß schon, nicht mein Ding so was.

Egal ob man die Geschichte von Herrn Karl nimmt, die

von Raffi, die ich hier nicht erzähle, oder meine: Alle Wessis, die ich im Osten kennengelernt habe, waren auf der Flucht. Jeder von uns war auf seine Art ein Gestrandeter. Genau genommen alle wegen ihrer Ex-Frauen, von denen man sich auch räumlich deutlich trennen wollte.

Von einem Tag auf den anderen, zum Jahreswechsel 1993 auf 1994 wurden mir bei Radio SR alle überregionalen Kunden abgenommen. Wir waren bei SR damals per Vertrag an eine bundesweit tätige Vermarktungsgesellschaft für Werbezeiten im Radio gebunden. Die haben nur lange nichts auf die Reihe bekommen. Deshalb wurde ich eingestellt.

Im Grunde habe ich den Pennern das Geschäft gemacht und wurde dann abserviert, als die Gesellschaft meinem Chef bei SR mit Konventionalstrafen drohte. Ich hatte im Dezember etwas über zehntausend D-Mark, im Januar wären es dann nur noch regionale Kunden, also nicht mal ganz zweitausend. Zeit, um eine Kündigung zu bitten.

Dann erst mal drei, vier Monate nur rumgehangen, Stütze in ausreichender Höhe bezogen, bis ich ein interessantes Angebot bekam: Ein Druckfarbenwerk für Siebdruckfarben suchte einen Vertriebsmitarbeiter. Ich habe gar nicht gesucht, ich wurde angesprochen. Bei meinem Lieblingsitaliener, beim Essen mit Antonia.

Lars Ranstroem hieß der Typ, irgendwie aus elitärem Hause, beste Familie bla, bla, ein aufgeblasener junger

Schwätzer. Eine Woche später habe ich mir das Unternehmen angesehen. Ich war noch nie in einer Druckfarbenfabrik. Was ich bei der Besichtigung gesehen habe, hat mein Misstrauen geweckt.

Da stimmte was nicht. Siebdruckfarben müssen stinken. Das fehlte fast völlig und die Rührwerke sahen merkwürdig aus. Die ganze Technik war aus dem Mittelalter. Einen Spektralfotometer und Densitometer schien es nicht zu geben. Beides braucht man, um eine gleichbleibende Farbqualität zu gewährleisten. Ich habe dann abgelehnt und vorgeschlagen, dass wir erst einmal ein Beratungsprojekt von vier Wochen vereinbaren. Gesagt, getan. Also jetzt Unternehmensberater.

Ich war sehr erstaunt, dass Lars Ranstroem da mitmachte. Er kam frisch von der Uni, hatte BWL studiert. Der gibt zehntausend D-Mark im Monat aus für meine Hilfe? Der muss das doch selbst können?

Das ganze Firmengelände mit all seinen Gebäuden sah aus wie von 1960. Ziegelmauern, einfach verglaste Industriefenster mit Eisenrahmen, hier und da mit ein paar Brettern gesicherte Fenster, im Hof einige baufällige Schuppen und ein riesiger Haufen, der mit Planen abgedeckt war. Die Mitarbeiter waren nett und aufgeschlossen, die zwei Vertriebsmitarbeiter allerdings fand ich irgendwie verdächtig, nicht loyal. Das stellte sich als richtig heraus, aber nicht, weil sie bösen Willens waren, sie wussten einfach schon mehr als ich zu diesem Zeitpunkt.

Der Chefchemiker der Fabrik war ein völlig verkrachter, versoffener Vogel, der war mir gleich sympathisch. Ich habe ihn gefragt, was für ein Haufen das ist im Hof. Er meinte, vor zwei Jahren hätte man mal drei Tonnen Rohstoffe gekauft, weil es die gerade gab. Die würden gebraucht, weil in drei Jahren wieder russische Eisenbahnwaggons beschriftet werden müssten. Das wäre für eine Spezialfarbe, die die russische Eisenbahn immer abgenommen hätte. Ich habe dann mal kurz überlegt, was es für ein Unternehmen dieser Größe bedeutet, fünf Jahre lang drei Tonnen Rohstoffe zu finanzieren.

Nur an diesem Beispiel wurde mir klar, warum die DDR pleite war. Auch wenn die Planwirtschaft herrschte, Gesetze des weltweiten Kapitalmarktes galten, wenn auch indirekt überall, auch in Leipzig. Die Finanzierungskosten über fünf Jahre hatten mit Sicherheit den Gewinn um ein Mehrfaches überstiegen. Rohstoff, der rumliegt, bringt kein Geld, nur ein schnelles Weiterverarbeiten nach dem Einkauf und ein möglichst schnelles Verkaufen des Endproduktes macht wirtschaftlich Sinn. Das Prinzip des Kapitalismus kannte man im Osten nicht. Zeit ist Geld. Dieser Spruch war vollständig unbekannt und wenn, dann hätte man das als irrelevant abgetan.

Ich bin dann am zweiten Tag mit dem Außendienstmitarbeiter auf Tour gegangen. Wir waren acht Stunden unterwegs, etwa zweihundertzwanzig Kilometer über gruselige Straßen, teilweise ging es nicht schneller als mit dreißig Stundenkilometern voran, voll ab in die Pampa. Wir haben an diesem Tag bei drei Kundenterminen einen Liter Farbe für dreiundzwanzig D-Mark und dreißig Pfennige verkauft. Es war ein normaler Arbeitstag für Herrn Bernstett. Mit Frau Willermann war es nicht anders am nächsten Tag. Sie hat aber gar nichts verkauft.

Super. Setzen, sechs. Das ging wohl gründlich in die Hose.

Lars Ranstroem hatte mit dem Unternehmen locker eine Million und zweihunderttausend D-Mark Verluste eingefahren in fast zwei Jahren. Er war nicht ein einziges Mal mit dem Außendienst auf der Straße.

Man sagte so als Daumenwert, dass ein Tag Außendienst inklusive Pkw und aller Kosten etwa mit vier bis fünfhundert D-Mark zu veranschlagen ist. Wenn dann der Umsatz dreiundzwanzig D-Mark und dreißig Pfennige lautet, sieht man auf einen Blick, warum man Verlust macht.

Ich bin dann noch nach Nürnberg gefahren und konnte den Druckereileiter beim Barthel überreden, die Druckfarben zu testen. Das von mir erwartete Urteil des erfahrenen Druckers: Die Farben waren auf dem technischen Stand der 60er-Jahre, auf Leinölbasis. Die sind nicht trocken geworden im Trockenkanal.

Also unverkäuflich in Westdeutschland. Dann bin ich mit meinem Freund Addi nach Prag gefahren. Seine Eltern waren Einwanderer und er beherrschte die Sprache.

Ich wollte testen, ob man wohl weiter im Osten was verkaufen könnte.

Wir wurden ausgelacht.

Überall waren die Westfirmen schon da und haben versucht, Druckfarben zu verkaufen. Aber die guten. Ich hatte das geahnt, wollte aber nichts unversucht lassen. Mir taten die Mitarbeiter leid. Die konnten nun wirklich überhaupt nichts dafür.

Wir müssten etwa eineinhalb Millionen in die Technik investieren, um auf einem hart umkämpften Markt bestehen zu können, über eine Million Verluste hatten sich angehäuft, dieses Unternehmen machte keinen Sinn mehr. Ich habe also Lars Ranstroem die Nachricht überbracht, worauf er sich für zwei Tage und Nächte in seinem Büro eingeschlossen hat. Wir haben uns Sorgen um ihn gemacht.

Er kam wieder unbeschädigt heraus. Er hatte mit einem Minimalgehalt gearbeitet, neunzig Prozent auf Erfolg. Das kann einen natürlich komplett runterziehen. Zwei Jahre für fünfhundert D-Mark im Monat arbeiten. Wer steht denn auf so was?

Ich habe noch versucht, LED-Werbeanlagen in Leipzig zu vermarkten. Das waren große Werbewände. Darauf konnte man tolle Sachen realisieren, Animationen, technologisch ganz vorne dran, das hat mir gut gefallen. Das war damals eine beeindruckende Technologie, alles über Computer erstellen und die Anlagen zentral vom Büro aus über das Internet steuern. Die Anlagen hatten aber insgesamt nur zwei gute Standorte an stark frequentierten Kreuzungen in Leipzig. Leider hatte das Unternehmen sonst viele monochrome Anlagen der Bundesbahn im Angebot. Einfach nur rot auf schwarzem Grund. Die waren lang nicht so gut, der Kunde sah die Anlagen nicht und was man weder sieht noch hört – kurzum, Buchungen zu bekommen war auf Dauer schwierig. Ich hatte eine Kollegin, die hatte immer einen guten Umsatz. Sie hatte aber Argumente, die ich nicht bieten konnte. Sie war weiblich, sah gut aus und war sehr gerne »nah am Kunden«.

In Leipzig war meine Zeit abgelaufen. Ich wurde immer öfter unfreundlich behandelt. Der Besserwessi. Ich war das nicht, ich mochte Leipzig sehr, auch die Leute, so, wie sie waren.

Nur so manche Ex-Genossen der SED, die ostdeutsche Unternehmer wurden, westdeutscher als die Westdeutschen, konnte ich gar nicht leiden. Da gab es schon viele alteingesessene Kadermitglieder, die sehr schnell sehr reich wurden, damals. Irgendeiner hatte immer Leichen im Keller, an denen man sich hochziehen konnte. Die Abneigung gegen solche Karrieren teilte ich mit allen Leipzigern. Trotzdem. Es war wohl vorbei. Besserwessi.

10   Ende Gelände (1995 – 1996)

Ich bin wieder zurück nach Nürnberg. Katherina war die meiste Zeit bei ihrem ständigen Begleiter, dem Heinz Petermann und kam selten in die Wohnung. Ich habe noch halbherzig versucht, von Nürnberg aus Werbeplätze auf LED-Anlagen in ganz Deutschland zu verkaufen, zwei Monate und dann habe ich aufgegeben.

Ich wollte wieder selbstständig was auf die Reihe kriegen. Als Agentur. Ein paar Aufträge von Radio SR, ein, zwei Firmen aus Fürth und Nürnberg. Es wurde nicht so recht, ich hatte nicht genug Kunden.

Meine Geburtstagsfeier zum Vierzigsten war die Abschiedsfeier aus dem Loft. Weder Katherina noch ich konnten uns die Miete länger leisten und ich wollte auch nicht mit ihr zusammen wohnen. Katherina und Heinz waren da und einige Freunde aus dieser Clique, wir hatten insgesamt so um die sechzig Gäste. Die Tür zwischen den Lofts war ausgehängt, 260 Quadratmeter Partyzone. Auf der Tür von Zlatkos Schlafzimmerschrank war ein Spiegel von oben bis unten, so etwa einen Meter siebzig Gesamthöhe. Diese Tür lag auf der Badewanne. Da haben wir Speed gehackt und Lines gezogen. Wer die längste Line schnupft, hat gewonnen. Es hat gebissen und gebrannt in der Nase, dann lief der Kram den Rachen runter. Bitter wie Medizin. Das war es ja auch. Es machte Peng. Mit einem Knall warst du wach wie nie im

Leben. Unheimlich redegewandt, endlosen Redebedarf, man redete und redete die ganze Nacht.

Saufen konnte man. Literweise Alkohol. Der Körper lief auf voller Last, hat er ja früher alles weggesteckt. Super. Das war doch was.

Es war eine epochale Party damals. Wir haben getanzt und Krawall gemacht, bis es wieder hell wurde. Irgendwann war mein Nachbar Addi so besoffen, den hat der Larry dann geschultert und alleine über den Hof in den ersten Stock in sein Tonstudio getragen.

Laut und wild ging es zu wie in den besten Tagen des Rock 'n' Roll. Doch Musik – Musik kam aus den Boxen, sonst war da nichts mehr.

Ich war mir inzwischen sicher, dass ich was mit Werbung machen sollte. Schließlich haben mir meine Werbekonzepte mit den Bands fast genauso viel Spaß gemacht wie die Bands selbst. Einen Plan hatte ich also, aber um beruflich Fuß zu fassen, brauchte ich was Schriftliches. Einen Zettel, wo drauf stand, dass ich so etwas kann. Ich wollte Kommunikationswirt werden. Ein ganzes Jahr saß ich da nun schon jeden Freitagabend und Samstagvormittag in der Bayerischen Akademie für Werbung und Marketing und lernte das, was mich eigentlich schon immer interessiert hatte.

Aber: Mein Flow war weg.

Der ständige Wechsel von Exzess, Abenteuer, Rock 'n' Roll und spannenden Projekten, bei denen ich was verdient hatte – der Faden war gerissen. Weil mich die Musik verlassen hatte? Weil ich alt war?

Ich war vierzig und plötzlich ohne Zukunft. Das Ende der Stütze war bereits im Blick. Schluss mit lustig. Sechzig Bewerbungen. Nur Absagen. Im Lebenslauf das komplette Chaos. Ich habe es überall versucht, immer wieder. Nichts lief.

Dann habe ich mich an meinen Klassenkameraden Alfred erinnert, von damals aus der Technikerschule.

Der arbeitete bei Siemens.

Aber das ist eine ganz andere Geschichte.

»Tom Hartmann, der Typ ist Rock 'n' Roll, ein Verrückter, ständig auf der Jagd nach dem nächsten, großen Ding, der lebt immer zwei bis drei Leben gleichzeitig«
(Randy Zimmermann, Schlagzeuger)

Tom Hartmann, geb. 01.03.1956, Kommunikationswirt, verheiratet, eine Tochter. Seit 1973 als Songwriter und Musiker aktiv, hat er unzählige Songs und Texte geschrieben, war Bandleader, Sänger von zehn verschiedenen Bands und hat seine Musik in Filmproduktionen und der Fernsehserie Marienhof untergebracht. Er hat eine Vinyl LP, zwei Singles und fünf CDs veröffentlicht. Neben unzähligen Auftritten in kleinen Clubs, auf Festivals und Open Airs und auf großen Bühnen, war der Auftritt als Support Act für „The Hooters" 2010 ein besonderes Highlight.

Sein Leben als Musiker und Motorradfreak lieferte fast automatisch die wilde, teilweise autobiografische, Vorlage für seinen ersten Roman „Vollgas ohne Ziel.

Vollgas ist auch sein Lebensmotto- er hat sein Geld verdient als Siebdrucker, Bauhelfer, Wachmann, Offsethelfer, Berufsmusiker, Fahrzeugaufbereiter, Hilfsarbeiter, Arbeitsloser, Fahrer, Radiosprecher, Werbesprecher, Fotomodell, Regisseur, Filmproduzent, Komponist, Druckereibesitzer, Werbeberater, Vertriebsberater, Unternehmensberater, Leiter Verfahren und Prozesse, Werbeleiter, Leiter Onlinemarketing, Fachbuchautor, Autor für Fachartikel, Dozent für Onlinemarketing und Seminarleiter. Aktuell ist er Inhaber einer Onlineagentur mit Schwerpunkt Videomarketing. 2020 hat er für den Stadtrat in Nürnberg kandidiert und für die SPD einen erfolgreichen Wahlkampf geführt. Er ist Vorsitzender der SPD Nürnberg für den Stadtteil Johannis. Seit 2020 beschäftigt er sich mit Schreiben, Malen und der Bildhauerei.

Kontakt: vollgas@hartmann-tom.de

Internet: https://www.vollgas-ohne-ziel.de

Instagram: https://www.instagram.com/tom_hartmann_kunstraum/

Facebook: https://www.facebook.com/Musiker.Maler.Schreiber